诅咒之神秘王陵

赵文琦 著

天津出版传媒集团
天津人民出版社

图书在版编目（CIP）数据

诅咒之神秘王陵 / 赵文琦著 . -- 天津 : 天津人民出版社 , 2017.5

ISBN 978-7-201-11284-8

Ⅰ . ①诅… Ⅱ . ①赵… Ⅲ . ①长篇小说 - 中国 - 当代
Ⅳ . ① I247.5

中国版本图书馆 CIP 数据核字 (2017) 第 033650 号

诅咒之神秘王陵

ZU ZHOU ZHI SHEN MI WANG LING

赵文琦 著

出　　版　天津人民出版社
出 版 人　黄　沛
地　　址　天津市和平区西康路 35 号康岳大厦
邮政编码　300051
邮购电话　（022）2332469
网　　址　http://www.tjrmcbs.com
电子信箱　tjrmcbs@123.com

责任编辑　章　赪
装帧设计　郑金将

制版印刷　北京慧美印刷有限公司
经　　销　新华书店
开　　本　787 × 1092 毫米　1/16
印　　张　15
字　　数　150 千字
版次印次　2017 年 5 月第 1 版　2017 年 5 月第 1 次印刷
定　　价　36.00 元

1

红叶漫天，尽管已是初秋的黄昏，天气也仍然燥热。我坐在街头的酒吧里，隔着宽大的玻璃看到外面红叶凋零，堆积成床。

“费警官，好久不见了，快，里面坐。”声音突兀地传进耳朵，让我感觉很不爽。

回头，便看到了一个身影，高度在一米八至一米九之间。我一米七多，而且是坐着的，所以只有仰起头才能真切地看见他的面容。那男子四十多岁，身穿宽大的深黄色风衣，头戴一顶褪色的草编礼帽，浓眉大眼，肚子微微前挺。他径直走到靠近吧台的一张桌子旁坐了下来，手里捏着一颗烟卷，不说一句话，似乎心情很不好。

“费警官，您，您要喝点什么？”酒吧的老板是一个二十多岁的小伙子，和我年龄相仿，他略微有些紧张，但还是笑眯眯问道。

费警官坐直了身子，并没有回答，他转过头来看向我。我敢肯定他是有意的。因为我们目光相对时，我很明显地看到了他眼中的询问。这时候天色已经有些暗了，可是我的视力很好，因此他嘴上浓密的胡茬和眼睛里充斥的疑问我能看得一清二楚。我微微笑着点了下头，算是打了个招呼。

费警官并没有回应我的友好，而是眼神凌厉地盯着我看了几秒钟，表情异常严肃。我耸耸肩膀，并没有因为他是警官而感到浑身不自在。我是两年前从部队退役的，本来在地方消防上班，后来觉得单位约束太多，有些受不了，索性辞职和几个朋友合开了一家军用品公司，谈不上效益好坏，主要是让自己有个事做。现在公司基本已经上了正轨，我也不用每天起早贪黑，闲余时间就多了起来。我原本就个性懒散，这样也落得自在。不过闲归闲，但军队上学到的本事一点也没有落下。退役时给的证件也一直没有离身，虽明知道没什么用处，但已成习惯，更多的可能也是一种怀念。

若论退役前的官衔，我与这位费警官孰高孰低还不一定。若论身手，他虽然体型庞大，但肚子也颇具规模，大概来两个，我也不会放在眼里。

我转过头去看窗外，天色有些昏暗。微风吹动时，树影婆娑摇曳。远处走来两个女孩，她们穿着露脐装和短裤，调笑着从我所在的窗子前经过，然后转过头来，莫名其妙地对着我挤眉弄眼。我伸出手来打了个招呼，她们又神秘地笑着走了过去。

我再转过头去时，费警官已经打开了一瓶和我一样的啤酒。他正仰起脖子，咕咚咕咚地大口喝着。放下酒瓶后，他又摸出烟吸了起来。我看着他，自己也摸出一支烟来，点着。

窗户外面变得越发昏暗，路灯闪过一丝微黄的亮光，紧接着整条街都慢悠悠地散发出了昏黄的灯光。吧台前的小伙子站起身来，“啪”地推上了电闸，随即，酒吧的小灯被打开，世界一下子变得蒙眬，似乎别有一番韵味。

酒吧里依然只有我和费警官两人。我不太喜欢这种迷蒙的灯光，便整理了一下衣服，准备离开。

“关掉灯！”忽然，我听到费警官大声喊道。从进门到现在，这是他说的第一句话。他的声音有些沧桑却很浑厚，语调生硬，没有丝毫质疑和商量的可能。

我惊讶地看着他，又转过身看向了吧台的小伙子。那小伙子显然也是一愣，然而他并没有说话，一反手又“啪”的一声关掉了电灯。

凭直觉，我感到这个费警官有心事，这让我原本就有的一点好奇更加厉害了。

退役到如今已有两年时间，一开始我在消防队挂职，薪水还不错，但工作实在是有些无聊。后来辞职做生意，赚了些钱，这让我完全不用为了生计发愁。我正是二十几岁的小伙子，血气方刚，公司可去可不去，又没有家庭的束缚和压力，时间和精力哪个都不缺，平日里也就难免放荡一些。独自一人在外，晚上一般在夜店唱歌、喝酒、看节目，白天蒙头大睡，黄昏就独自在红叶街的旅人酒吧里待着，正如今天一样。

这种消遣的日子总归不适合我，无聊之际我找到了新的爱好，那就是坐在旅人酒吧的大玻璃窗前欣赏来来往往的不同人的姿态，然后猜测他们的身份和生活习惯，自娱自乐。我不知道自己这样算不算变态，不过却感觉这样做很有意思。周而复始，我渐渐掌握了一些观人的本领，偶尔也会感觉自己像一名侦探，这让我度过了一段很长的无聊时光，但我乐此不疲。

现在的费警官显然符合我的口味。我当即思维运转起来猜测着，按照常理，他的心事无外乎两种：一是来自家庭，二是来自工作。既是警官，估计他很少会待在家里，如此苦恼应该不会是家庭矛盾的原因，那么，一定是出了什么棘手的案子，我的兴趣被高高提了起来。

我随手打开一瓶啤酒，又喝了起来。

透过眼前的玻璃窗投进来的路灯灯光照亮了不足三分之一的桌子，除此之外，酒吧里黯淡无光。我没有转过头去，但是能感觉到那个费警官依旧在大口大口地喝着啤酒、抽着烟。

看来他的心事很重，我心里想着，同时更加期待事情能有所发展。

手里的啤酒喝了一半的时候，一阵细微的脚步声传进我的耳朵里，让我一惊。

脚步声如此细微和轻巧，绝非常人。

我用眼角的余光轻瞟了一下，隐约间一个黑影从门口闪了进来，顿了几秒钟后，径直走到了费警官的身边。酒吧里烟雾已经很重了，他能准确走到费警官那边，看来他的视力也非常好。

“队长，我来晚了！”

他刻意压低了声音，似乎是不想让太多人听到。可是我的听力很敏锐，所以一字不漏地听到了他们的话，当然也就听到了费警官重重放下酒瓶的声音。安静了一会后，我又听到费警官问道：“怎么样了？”

那人在黑暗中摇摇头，低声说道：“几个人全部带回来了，而且很配合，可是毫无进展！”

“很配合？”费警官皱着眉头问。

“确实是这样，”那人说，“甚至，甚至还有些迫不及待。”

隔了几秒钟，我听到费警官重重地叹了一口气。他重新拿起酒瓶，大口大口地喝着，忽然，他低声吼道：“搞笑，妈的，不要以为这样就能蒙混过关，到底是谁在装神弄鬼？好好查查他们几个，看看到底是哪个浑蛋，我还就不信了。”

那个黑影没有说话，他在费警官身边坐下来，却没有像费警官一样喝酒。

“喂，我说你行不行，要不然去把那姓肖的叫过来试试吧。”费警官虽然说得轻描淡写，实际上我却感觉他是在刻意压抑着自己。

黑暗中，一阵轻微叹息，后来的那人说道：“你也知道，姓肖的并不是我们的人，让他参与我总觉得有些不妥，而且，这件事情非常诡异，他也不一定能找出什么来。”

费警官仿佛恶狠狠地瞪着他：“不妥个屁。你要是能给我找出是哪个浑蛋了，我还用在这里发愁吗？管他是人是鬼，我先给他一梭子。”

那人吸了一口气，等了一下，低声说道：“你再给我一些时间，我应该能找出一些线索的。”

“给你时间？”费警官咕咚咕咚喝着啤酒，“还应该？我给你的时间还少吗？这才一个月，已经死了两个了，是不是还要等到再死几个人你才破案？再这样下去，我看我也该下课了。”

我用眼角的余光看着他们，那个黑影转过头来四处看了看。我假装看着窗外，喝着啤酒，并没有一丝一毫的慌张，可是我对他们的谈话越发感兴趣了。

“队长，我觉得这件事情确实，”那人咳了两声，“我说确实有些蹊跷，不会真的，真的是那个东西吧？”

“去你妈的，这你都信了？我就不信这个邪！哼，你怕了？我告诉你，这绝对是有人在装神弄鬼！别叫我知道是谁！要是找出来是哪个浑蛋，看我弄不死他！”

“不是我怕了，队长啊，我觉得这事情，唉，算了，那么多人亲眼见的……我也不知道怎么说了。”那个黑影抖抖索索地用手在额头上擦了一下。

气氛有些沉闷，直到我手中的一瓶酒喝完，那边也还是沉默着。费警官不停地喝着酒，酒吧里的烟雾也越发浓了。

“小罗，你见过那个侦探吗？”过了一会儿，费警官突然出声，“就是那个姓肖的小子！”

原来那个黑影叫“小罗”。他没有说话，但我估计他在摇头。

费警官接着说：“这样吧，你回头打听一下，找一找这个人。直觉告诉我，他能够帮我们。”

黑暗中小罗轻轻吸了一下鼻子，不屑地说：“队长，我听说他就一毛头小子，谁知道行不行，而且他愿不愿意也说不准。”

两人又沉默了片刻，费警官说道：“这只是你认为的吧？你去打听打听，找到这个小子，然后我来和他谈。”

黑衣小罗好像很不满，嘟囔了些什么，最后才说：“知道了。”

“我这里有肖侦探的一些资料，你去找找，一定要找到他！”费警官在他的大衣口袋里摸索了两下，然后递过去一些东西。

小罗低声笑了下：“好的，看来你都决定好了，连他的资料都收集了啊。”

“哼，我们自己要是能找出真相，还需要这样吗？给，收好这些资料，回去仔细看看，我听说他经常出没于酒吧、歌厅，你注意查查。”

“知道了，队长！”

“嗯，”费警官的语气明显有些好转，“你要记住，越快越好，他的样子好像比较特别，听说总穿一件黑色风衣，长刘海儿，中等个，人挺瘦的。”

“队长，你喝多了！”小罗仿佛感觉到对方的异样，轻轻说道。

费警官叹了口气，把酒瓶重重地落在桌子上，大声喊道：“喂，小了，你喝够了没有？”

来了，躲不过了，看来看热闹是要付出代价的。

酒吧里再无其他人，他自然是在对我说话。我假装望着窗外，并没有理睬他，但是心中却开始起伏不定。因为听完费警官的话以后，我忽然想起了一个人。

“你喝够了没有？”他又问了一遍。我转过头去，他们两人同时看着我。这时候我略微看清了那个“小罗”的模样：人很瘦，平头，很精干。

我笑了笑，站起身来就往酒吧门口走去。

“等等。”小罗开口叫住了我。

我站住，转过身问道：“请问，有事吗？”

小罗看了费警官一眼，对我喊道：“你过来！”

此时我已经走出了那片亮光，眼睛微微适应了黑暗，能看得更加清楚一些。

我皱了下眉头，装作有些胆怯地问道：“干，干什么？”

看到我没有动，小罗站了起来。他个子不高，比我略低一点，但是从他站起来的过程，我能感觉到他的动作很流畅，身体协调性也很好。这绝对不是一般人的身体素质，而是习武多年才会有的特征。

他走了过来，站在我面前不足半米的地方问：“你叫什么名字？”

我怔了下，并没有说我的名字，因为我认为这完全没必要。我问道：“你要干什么？”

他的嘴角往上翘了翘，说道：“你不用知道这些，把你的身份证拿出来。”

我笑笑，低声说道：“凭什么？”

大概我的表现让他很诧异，他忽然伸出了一只手搭在我的肩膀上，说：“就凭这个——！”他说着忽然手上一用力，猛地滑向我的手肘。

我知道他要干什么，这是典型的擒拿手动作。我马上一斜身，并反手一剪。他的力量明显不如我，手臂被我反绑在了身后。我的反应还算机敏，擒拿格斗是我一直引以为傲的资本，即使退役了也不曾落下。

“你，你要干什么？”他有些吃惊，低声吼道。

我哼了一声，没有说话，我想那个费警官肯定是坐不住的。

果然，他站了起来。我注意到他站起来时脚下打了个趔趄，看来他的酒量挺一般的。费警官嘴里喷着酒气，手里捏着半截烟卷，大声喊道：“喂，喂，干什么？干什么？”

我注意看着费警官时，小罗扭动了两下胳膊，竟然从我的手里逃了出来。我微微有点诧异，但还是站着没动。小罗捏了两下胳膊，咧咧嘴低声嘟囔着：“劲儿还挺大！”

我以为费警官会耐不住性子大声责问，可惜，这次我没有猜对。他只是淡淡地说道：“小罗，你干什么？”

小罗没有说话，拧着眉回望着费警官。

费警官晃晃悠悠地走了过来，他和小罗站在一起，说道：“小兄弟，身手不错嘛！”

我淡淡笑了笑，没有说什么。

他接着问：“战士？武警？”

我一怔，但是随即又想到了些什么，笑了笑。

费警官招了招手，说：“我是B市刑警支队的队长，来吧，小兄弟，过来聊聊，你在哪里服役？”

刑警支队队长，看来比我预想的身份高一点，不过也不是很离谱。我瞅了一眼他身旁的小罗，伸出手说：“我叫莫顿，久仰，费警官！”

“哦哦，军民本是一家亲嘛！”费警官伸出手来哈哈笑着握了手，他的手很肥、很烫，看来他酒量果然很差，“这是支队的罗风，可是我的智囊呢！破过很多大案的，来吧，小兄弟，都是自己人。对了，你在哪里服役？”

我掏出退役时给的证件晃了晃，但是没有打开就收进了口袋里，然后说道：“不了，费警官，我还有事！”

费警官好像还要说什么，顿了下，又伸出手：“那好吧，小兄弟，有缘再见吧！”

我笑着走出酒吧，夜晚的风很舒服地吹在身上，我脑海中回味着费警官和罗风的话。那个“姓肖的小子”，我想，我应该认识他，我要去找他！

我穿过几条街道，远处的伊人酒吧出现在了眼前。伊人酒吧和刚才的旅人酒吧完全是两种风格，这里空间很大，晚上人声鼎沸，座无虚席，音乐震撼，舞蹈煽情。

此刻，这里刚刚开场，人还不是很多，但也不少。我是这里的熟客。从人群中走进去的时候，我一直在四处张望，期望能看到那个熟悉的特殊的身影。失望的是，我一直没有看到。我走到吧台前说：“嗨，晚上好！”

吧台的英俊小伙子抬头看了一眼便认出了我：“好啊，莫大哥，有几天没看到你了！”

我呵呵笑着要了一瓶啤酒，随口问道：“这两天见我那余兄弟了吗？”

“余兄弟？”小伙子想了想，“哪个余兄弟？我不知道啊！”

我大概描述了一下，其实所谓的余兄弟，我也不过见过几次面，喝过几次酒而已。我之所以现在想要找他是因为有次我和他一起喝酒时，他曾经介绍过他的一个朋友给我认识，而他的那个朋友，正好符合费警官描述的“姓肖的小子”！

“哦，我记起来了，原来是他啊，可是，莫大哥，你不知道吗？”

这次我倒诧异了：“知道什么？”

“他已经好久没有来过了，”小伙子凑近点，小声说，“前段时间他好像被警察抓了，听说是杀了人。”小伙子又离远了点，顿了下又说，“不过，我也不确定是不是你说的那个人！”

“这样啊，”我微微有些失落，还是继续问道，“对了，你还记得和他一起来的那个人吗？那个总是穿一件黑色风衣的人。”

说这些的时候，我还略略四处望了望。

费警官描述肖侦探的样子时说“好像很特别”，这个词看来很恰当。小伙子的眼神一瞬间变了好几次，离我的距离也远了一些。

“莫大哥，你，你想要知道什么？”

他紧张，我的期望反而更多，看来他是记得那个人的。

“没什么，我也就随便问问，他最近也没有来吗？”

小伙子好像有了戒心，他犹豫片刻，摇摇头，说道：“我不记得了，这里每天来的人很多。”

我耸了耸肩膀，知道再问也问不出什么，但是我读懂了他的意思：那个人最近一定来过。

我找了个角落，独自喝着酒，眼睛却一直在人群里寻找，一直到大半夜散场，我也没有找到想要找的人。

过了几天，我对那件事情的兴趣渐渐淡化了，但我依然没事就去伊人酒吧喝酒看节目，在不经意间看到了他——那个穿着黑色风衣的很特别的男子，不过这已经是一周以后的事情了。

他独自一人，坐在酒吧的靠里端，那个角落比较阴暗，不仔细看确实不容易发现。

我提着酒瓶走过去，径直走到他的面前，说：“兄弟，你好！”

黑色风衣，长刘海儿，偏瘦，他抬起头来看我时，长刘海儿遮住了他狭长眼睛的一半。他略微皱了皱眉头，并没有和我说话，看样子他对我的印象不是很深刻。

我在他的对面坐下来，举起手里的酒瓶晃了晃，独自喝了一大口。他看了看我，脸上的表情并没有一丝变化，似乎并不反感我这样唐突地坐下来，只是自顾自喝着啤酒。

“抽烟吗？”我点了一支烟，也递给他一支。他接过了，可是并没有点火，夹在右手食指和中指的指缝中。我又递过打火机去，他摆摆手，并没有接。

我们都没有说话，只是自顾自地喝酒。

酒吧的节目演到一半，夜已经很深了，酒吧里气氛空前高涨。我的注意力一直在他身上，整个晚上他都低头喝着酒，好像满腹心事；而那支烟也一直捍在手中，并没有被点燃。

看来他确实很特别。我凑近了一些，问道：“兄弟，你是姓肖吗？”

他扭过头来，斜斜地看了我一眼，好像有点惊讶，不过又很快平静下来。我以为他要说些什么，可是没有，他忽然笑了笑，然后点了下头。

“啊，真的是你！”

我心里一阵窃喜，有些激动，又问道：“那，那你是侦探？”

他盯着我看了几秒钟，带着不屑的眼神和严肃的表情。不过我完全不在意这些，我等着他回答我的问题。他没有说，却反问我：“你这是调查我吗？”

“不，不，”我赶紧并摆了摆手，“肖先生，我没有恶意，只是对你很感兴趣而已。”

“哦？”他忽然笑起来，笑得很纯粹，然后饶有兴趣地晃了晃手里的酒瓶，漫不经心地说道，“我有什么值得感兴趣的呢？”

我不知应该如何说起，举起酒瓶和他碰了一下，仰起脖子喝了几大口。

“我们以前一起喝过酒的，”我说，“那次和小余一起……”

我原本以为听到小余的时候，他会有些反应的，可是事实上他的眼神没有任何变化。我一度以为这些事情他早已经忘记，便大概讲了一下，然后说：“肖先生，我们虽然认识过了，但是你应该还不太了解我。我叫莫顿，是一名退伍的士兵，现在自己做点小生意！”为了让他相信我，我拿出了口袋里退伍时发的证件。

他没有接过去，只是略略扫了一眼，虽没有太大的吃惊，但是态度没有之前那么生硬了，他爽朗地笑了笑：“莫兄，你找我有什么事吗？”

“不，肖先生，我只是对你感兴趣，更确切地说，我对你的职业很感兴趣。”

他耸耸肩膀，说道：“对我感兴趣可不是什么好事，莫先生，你说是吗？”

“对，也是。肖兄弟，你不介意我这样称呼你吧，你真的是侦探吗？说实话，我对这些很感兴趣，能讲给我听听吗？”

“没什么好讲的，混口饭吃，”他耸耸肩膀，盯着手里的酒瓶，慢悠悠说道，“不过相对来说，我还是比较愿意听你讲述你在军队的那些事情。”

“那好啊……”

夜里两点，我回到家，回想一下，我和肖兄弟在酒吧里聊了近三个小时，我相信他对我的印象不错。我比他大半岁，我叫他肖兄弟，他喊我莫兄。而更让我吃惊的是，他也住在城北的红叶街上，只是我们在这里素未谋面而已。

肖兄弟挺健谈，也许他和我一样，只是对感兴趣的人这样。我和他显然挺投缘。就这样，我给他留了电话，并相约下次在旅人酒吧见面。

两天后，我接到了肖兄弟的电话。我走进旅人酒吧的时候，他已经在那里坐着了，而他坐的位置，恰好是我每次来坐的桌子。

“肖兄弟，难得哦！”我笑着在他的对面坐下来。此时正是正午，天气阴沉着而凉爽。

肖兄弟还是穿着一件黑色的风衣，长碎发，长刘海儿，他看了我一眼，举了举手里的酒瓶。酒吧的老板看到我来了，马上仰起一张笑脸，拿过一瓶酒来为我打开。显然，自从上次的事情后，他对我的态度发生了很大的变化。他把酒瓶放到我面前，笑着说道：“莫大哥，好久不见你了！”

我没有说话，只是点点头，便坐了下来。他识趣地走开了。我和肖兄弟喝了些酒，我问道：“肖兄弟怎么今天想起我了？”

他眯着眼睛笑了笑，不能不承认，他的笑确实很纯洁，根本让人想不到他是从事侦探工作的，他说：“没事就不能和朋友喝喝酒吗？”

“啊，当然可以！”不过，我觉得能让肖兄弟称为“朋友”也应该是很不错了。

“不过今天还真有一些事情，”他看着我，忽然眨眨眼睛说道，“有兴趣吗？我可是第一个就想到了你！”

事情一定很刺激，而我又天生喜欢寻求各种刺激，更难得的是他说“第一个就想到了你”，不管是他真心还是顺口说的，我都感到很高兴。“好啊，只要肖兄弟不觉得我碍事，我求之不得。”我说完递过去一支烟。他捏在指缝中，并没有点燃。

他笑着说：“不，莫兄，你不会碍事的，而且我相信你能帮我。”

“那就最好了。”

下午两点半的时候，我和肖兄弟走出来，然后就一路闲逛。他整个人看起来有一种隔世的感觉。走了一会儿后，我问道：“我还不知道你的名字，肖兄弟。”

他并没有看我，目光直视着前方，好像一直在想着心事，我以为他根本没听见我的话，但他忽然转过头来说道：“其实名字根本不重要，那仅仅一个代号而已，你叫我肖兄弟不是一样吗？就好像我称呼你莫兄一样。”

我听了心里怪怪的，随即想想也没错，就笑了笑说是，但他接着还是说道：“我叫肖子谦。”

“嗯，”我点了下头，心里暗想：叫什么名字，确实也不是很重要，不过，他的名字挺不错的。紧接着我们就走到了一处大楼前。

“我们，这是……”我看到门口挂着刑警大队的牌子，忍不住问道。

肖子谦笑笑，径直走了进去。我忽然想起前几天在旅人酒吧碰到的费警官还有那个罗风。看来，肖兄弟是为了那件事情而来啊。很可能他们已经见过面了。

我一阵窃喜，紧跟着走了进去。

2

门口的警察并没有阻拦我们，相反还冲我们笑着打了招呼，我便知道肖子谦已经不是第一次到这里来了，他可能已经知道了整个事情的前因后果。也或者，费警官说的那个案子已经告破。如果真是那样，我只能说我错过了一场好戏。

肖子谦一走进办公室，我便听到里面传来了费警官浑厚的嗓音：“啊，肖侦探，快进来，快进来！”

我跟在后面走了进去，办公室一股呛人的烟味。费警官一边让座一边倒水，等看到我的时候，他忽然愣了愣：“你，你是那个……”

我笑笑，却没有回答。

费警官有点尴尬，或许更加意外。他使劲搓了搓手，很快便笑了起来：“我记起来了，小兄弟，是你，是你啊。你怎么和肖侦探在一起啊？真是失敬失敬，怎么称呼呢？”

费警官伸过手来，我和他握了手，笑着说道：“费警官真是贵人多忘事，我叫莫顿。”

“哦，对，对，是莫老弟啊，坐，坐！”招呼完了，他又坐回到了宽大的椅子后面，说，“肖侦探，你怎么带着这位莫兄弟来了？”

“我想请他配合我进行调查。”

我有些激动，肖子谦邀请我一起调查，我正求之不得。

“这不合适吧，”费警官蹙起了眉头，“事情不一般，我们必须保密，我看我还是从警察局里给你协调一名助手吧。”

我听见肖子谦说："不必了，我看好莫兄。至于保密和纪律的问题，我相信对莫兄来说并不是什么难事。"肖子谦又转过头来问我，"是不是，莫兄？"

我虽然不知道是什么纪律什么事，但料想无非就是保密罢了，又有何难，便很坚定地说："当然。"

"那好吧。"费警官看了看我，同意了肖子谦的要求，开始转入正题，"怎么样，有好消息吗？"

肖子谦摊开双手，很直接说道："没有！"

"肖……"费警官皱着眉头，想要说什么，可是马上被肖子谦打断了。

"因为我对你提供的资料完全不理解，我希望我们可以从头开始。"

费警官没有丝毫生气，他恍然大悟般地点头道："哦，对，对，这完全是你的权利。不过，肖侦探，我们知道的资料都告诉你了，你觉得应该从哪里着手呢？"

肖子谦瞅了我一眼，然后眯着眼睛说道："相对来说，我还是对你们所谓的地狱猎犬更有兴趣一些。"

费警官的嘴巴张得很大，他说："肖侦探，你不会也觉得这事情是那东西搞的吧？"

"也说不定啊！"肖子谦笑笑，"费警官，这个世界上很多的东西，都是有可能的。说没有，只能说明我们不知道而已。"

"呵，肖兄弟，我可不这么认为，他们一定是在玩什么骗人的把戏。要真有，说不定那只是某种犬类罢了，或者别的什么东西，但是归根到底，我觉得这事情背后，一定是有人在搞鬼。"

"但愿吧，我想我们也应该抽个时间去那个什么古墓里看看。"

费警官盯着我们看了一会儿，很爽朗地笑了："哈哈，我也正有此意。肖侦探什么时候想去，我来安排。"

"现在！"

"现在？"费警官有些震惊，"这样吧，我来安排人手，过两天我们出发去那里看看。现在安排出警有点仓促。"

肖子谦微微一笑："不用安排警力了，费警官，我们几个人去就行了，你，我，还有莫兄！"

"这……"

"费警官为难的话，那就算了，我和莫兄自己去也行。"

"不为难，有什么好为难的，肖兄弟说这话岂不是笑我老费没有胆识了。好吧，你说现在就现在，我们这就走。我再带上几个人吧，放心，不会影响到肖大侦探的。"

"先不着急，费警官，我只是说说罢了。我听说当时去过古墓的人好像现在都在你这里？"

费警官听到这话，擦了一把额头，怔了怔，脸上的表情也严肃起来："是的，全部在我这里了，而且我相信凶手一定是他们中的一个。"

肖子谦眉头微微一紧："我想和他们谈谈。"

费警官没说话，站起来摆了个手势。我们三人就从费警官的办公室走了出来。出来的时候，外面的风很是凉爽，我心里充满好奇。

"两位，请随我来！"费警官一路带领着，在警局的院子里拐了几个弯，经过一道小门，眼前出现了一座灰色小楼。

这看似不起眼儿的院子，看来玄机不少。

一路上不时有人打着招呼，有穿着警服的，也有便衣的。费警官腆着大肚子，看起来挺有威严。

"伙计，打开门！"走到其中一个房间的时候，费警官喊道。

"好的，队长！"一个小伙子应声回答，然后拿出一串钥匙打开了铁皮防盗门。

屋子里并没有我想象的那么昏暗，但是也好不到哪里去，房子两边各有一个小窗户，外面装着防护网，玻璃上积了厚厚一层灰。我看到玻璃有些怪异，凑上去仔细一瞧，玻璃窗可以透进来光，可是却看不到外面。靠着墙壁的地方是两张双层的架子床，中间是张桌子，桌子旁的那张床上，被子胡乱扔着，而桌子上，更显得凌乱，烟灰、水杯还有一些东西杂乱地放着。屋子里烟雾缭绕，一个三十多岁脸色古铜的汉子坐在床铺上，神态有些颓废，胡子拉碴。他手里拿着半截烟卷，眼看要烧到手指头了。我们进来的时候他表情有些呆滞。

“起立！谁让你这样抽烟的？”开门的小伙子大声呵斥道，他不断地拿手在眼前扇风，样子很夸张，“费队长来看你了！”

那中年人慢腾腾地站起来，他脸上仿佛有些紧张和期待，还有些不知所措。他就那么干巴巴地站着。

“你，”费警官表情没有变化，语气也是冰冷冷的，他的一只手按在肚子上，另一只手捏着半截烟卷，指着中年男人说，“听好了，现在要做一些调查，把你知道的最好都老老实实说出来。要是撒谎，或者和别人说的不一样，后果你自己知道！”

那人略微有些结巴地说道：“求……求求你……我……我不想死，救救我，救救我！”他说着颤巍巍地站起来，身子不由控制地抖了抖，那烟头就掉在了地上。

“闭嘴，”前面站着的小伙子大声呵斥道，“谁要你死了？问你什么说什么。”

那人嘴巴动了动没有说话。肖子谦呵呵笑着走了上去，我跟在肖子谦身边，听他轻声问道：“你叫什么名字？”

“我，我，你是谁？”那人盯着肖子谦反问道。

肖子谦没有回答，只是笑着。他的笑很纯洁，给人的感觉也很亲切，反而比费警官他们更容易让人信服。

“我姓肖，你别紧张，如果你相信我的话，把你知道的说出来，我可以帮你的，坐下说。”

那人略微放松了一些，刚要坐下来，可是马上又弹起来，眼睛里好像看到了极其恐怖的事物，他忽然大声喊道：“不，不，我不能说，我不能说，你们帮不了我的……地狱猎犬，地狱猎犬，不，不，我要死了，我们都要死的，啊——”

他突然的尖叫让我毛骨悚然！

我吃了一惊，回头望向周围几人，可是他们的表情很淡然，并没有丝毫的意外。肖子谦还是眯眯笑着：“没有人可以让你死，知道吗？我说了我是在帮你，如果你愿意，告诉我你知道的，如果你不愿意，我可以不用再听你说了，当然，如果是这样的话，我们都可以不用在乎你，不管生或者死！”

那人的眼珠左右乱转着，嘴里喏喏地说着：“不，不，你要帮我，你要帮我啊，我说，我都说，啊，不，我不能说啊……那是鬼，一定是的，一定是的……”他的眼神忽然又变得恐慌起来，甚至有些绝望。

费警官凑了上来，想要说什么，肖子谦却摆摆手，从口袋里拿出来一个木盒，轻轻地放在桌子上。我仔细看了两眼，木盒通体乌黑，看不出什么材质，却显得异常沉重，四四方方。

“你，你……”那人看到木盒的时候，两眼忽然睁得滚圆，他张着嘴半天说不出话来。

肖子谦笑笑，伸出手，按在了木盒上。

“不，不，你不能打开它！”那男人忽然咆哮着，猛地扑上来，并且使劲按住木盒，“不能，不能打开它！”

肖子谦并没有勉强，他笑着缩回手，淡淡说道：“你真的很怕吗？”

那人一怔，又慢慢地坐了下去，他并没有说话。

“其实，我已经打开过它了！”肖子谦好像不经意地说道，然后就没有了下文。

我暗自猜测着木盒里到底装的是什么东西，如此神秘，我猜一定和他们刚才说的那个“鬼”有关。

沉寂了一会儿，那人忽然难以置信地盯着肖子谦：“你，你打开过它？”

肖子谦点了点头，目光却严肃起来，半倾着上身子，低声说道：“告诉我，朱六死的时候，你看到了什么？”

“我，我……”他忽然又紧张起来，眼睛盯着桌子上的木盒，半晌，紧张地说道，“你，你真的打开过它吗？”

“朱六，朱六，”他一字一字地说道，眼睛里有一种水样的东西，他颤抖着，神情诡异，“朱六是在那个枯井边上死的，我亲眼看到那口井，那口井里的，不，不，我不能说，它会找到我的，不——！”他的神情忽然暴躁起来，猛地跌坐在地上，双手抱着脑袋，身体也在微微颤抖，你很难想象一个大汉如此恐惧的模样。

我望了大家一眼，每个人都紧皱着眉头。费警官凑上来，他冲着我们摇了摇头。

我们走出来的时候，那人还抱着脑袋坐在地上，看起来挺可怜的样子。

在过道里，费警官低声说：“肖兄弟，他就是朱六的堂兄，名字叫朱颜。据他们说，朱六是在他们离开古墓往回走的路上遇害的，当时朱颜和朱六离得最近，回家以后就有些疯癫了。”

肖子谦认真听着，并没有说什么。

“这个房间里的是朱武，他们几个是堂兄弟，来，打开门，”费警官一边说着，一边招呼小伙子打开门，然后低声说，“或许，他能告诉你一些什么。”

我们走进去的时候，朱武看起来比朱颜要轻松一些。屋子里的布局和刚才的相似，只是相对整齐一些。朱武看到我们的时候，站了起来，但是好像很恼怒的样子，脸上的表情古板严肃。

“朱武，你好！”肖子谦仿佛丝毫不介意，依旧呵呵笑着走上前去，在对面的床铺上坐了下来，“坐下来，我们聊一聊。”

朱武的头发是板寸，根根竖起，看起来挺精神，只是脸色不佳，眉头一直紧皱，我总觉得他的眼神有些不太自信。

“你是来破案的吗？”他冷冷地问道。

“可以这么说，”肖子谦顿了一下又说，“或者你也可以理解为是来帮你的！”

“帮我？就你？还是算了吧！”朱武冷冷地说着，嘴角往上翘翘，“小心把你自己搭进去了！”

我心底一阵不爽，这个朱武还真敢说，我不禁瞅了瞅肖子谦。他脸上没有任何变化，依然淡淡地说道：“谢谢你的好意，不过我希望你能明白你的处境。我相信你能配合我的，因为我相信你也想早点结束这场噩梦。”

朱武的眉头皱了皱，很爽快地坐了下来：“好吧，你想要知道什么，尽管问吧！”

“随便说说，别那么紧张，把你知道的都告诉我。”肖子谦淡淡一笑，“希望你不要隐瞒，因为那样的话，是对你自己的不负责任。”

朱武听后愣了愣，却露出一丝笑容，他看了大家一眼，慢悠悠说道：“道理我自然懂。那我就说说吧。事情是这样的，大概在一个月前，我们几个进山里去捡矿。捡矿，你们知道吧？”

谁都没有说话，费警官摸出一盒烟来，散了一圈。大家都没有客气。我又注意到肖子谦接过香烟但是没有点燃，而是依旧夹在右手的食指和中指之间，就那么一直夹着。我平时也是吸烟的，但并不是经常，而费警官仿佛从来是烟不离手的。

朱武接过香烟，对费警官说了声谢谢，然后狠狠地吸着。我想朱武他们应该是H县附近的山民，因为那里有很多稀有金属矿。而山民们经常去山里捡拾一些遗落的或者未开采的矿石，送到收购的地方去，矿石价值不菲，因此成了当地山民一项重要的经济来源。

朱武吐了几口烟，接着说道：“因为这次我们去的人挺多，所以走得比较远。一直走了两天，当然也有一些收获。每个人都捡到一些矿石，但是比我们预料的要少。于是我们继续往深山里走，后来竟然在山里迷路了。”

朱武自嘲地笑笑，又说：“我们在大秦岭生活了数十年，竟然迷了路，说出来有些好笑，不过确实是不可思议。我记得那天应该是个大晴天，可是走进的那个林子里天色却暗得很。我清楚记得那地方。那里树木的尺寸之大，是我们从来都没有见过的。”

“你们一共去了八个人吗？”肖子谦忽然问道。

“是的，我们都是一起从小玩到大的，彼此关系都很不错。可惜，现在朱六和柳明已经死了。哎！早知道是这样，我们，打死也不会进那个什么狗屁古墓。”

朱武看起来心情很不好，他的眼睛里满是悔恨，大口吸着烟。

“咳，咳，”肖子谦轻轻咳了两下，“你们是怎么发现有古墓的？”

朱武皱着眉头，好像在努力回忆着，然后望着我们说道：“其实我们也不知道那是个什么古墓。我是H县的，你们可能也知道，我们那里不但矿产丰富，而且有很多墓葬，经常挖出来一些古董什么的。”

大家听得有些入迷，纷纷点头。这个我有所了解，不仅仅H县，就是周边的好多区县，也都有古代墓葬，挖出来的也不少，各个朝代都有，有的陪葬品甚至价值连城。

朱武看了看我们，沉思片刻，说道：“有些话，我本不应该说的，但是我相信你，朋友，你且听一听。”

肖子谦笑笑，抿抿嘴。

朱武继续说：“不过，也有你们不知道的。在我们村子里有一个传说，说明朝皇帝朱允炆在位的时候，因为害怕他叔叔夺了他的皇位，曾经将他的很多宝藏放在了一个秘密的地方，并绘制了藏宝图。据说那些宝藏价值连城，而他一直随身携带着藏宝图。后来朱允炆被逼得走投无路的时候，曾经让大将徐辉祖费尽周折把他的儿子朱文奎救了出来，然后就一路逃到了我们那里，朱文奎身上带有很多钱财，并且带着那张藏宝图。可惜了，他们只能过着隐姓埋名的生活，后来一直到死，都没找到合适的复国时机，也没有敢去找寻宝藏。藏宝图也就做了陪葬。”朱武停了一下，忽然神秘起来，他低声说道：“我们老一辈人说，那朱文奎的墓穴就在我们村子后面的林子里。”

我听得云里雾里，朱允炆的下落在历史上一直是个谜，传说的版本也是千奇百怪，没想到这里又和朱允炆父子扯上关系了。

肖子谦还是一副津津有味的样子，他的脸也还是那么亲切随和。费警官冷笑一声，踩了踩地上的烟头，说道："真是扯淡，皇帝的儿子能跑到你们村子里去，还带着富可敌国的财富？你们还真能编故事。"

朱武也不怒，只是等大家继续看向他的时候说道："反正我也没让你们相信，这只是个传说而已。"

费警官满脸不屑，继续说："传说……谁信呢！要真富可敌国就该去夺江山了，还能缩在你们村子里等死啊。"

朱武也不恼，看了费警官一眼，说："说实话，连我也不太相信，不过这传说也并非没有道理。那朱文奎是逃难出来的，并没有多少实力去夺江山，况且当时肯定正在被通缉。我们村子那么偏，说不准还真是个好的藏身之地呢。"说完了又转过头来，对着肖子谦道，"对了，朋友，我还不知道怎么称呼你。"

"我姓肖！"

"嗯，谢谢，这位肖兄弟刚才说让我把知道的都说出来，我才给你们讲的，当时，就是因为这个传说，我们才决定进那座古墓里看看的。"

肖子谦笑着点点头表示肯定，示意朱武继续说下去。我突然想到，他叫朱武，死去的那个叫朱六，还有那个朱颜，他们都是姓朱的，而明朝的皇帝也是姓朱的，莫非他们是皇族后裔？如果是那样的话，这个传说还有几分可信度呢。但是，世上姓朱的人多了去了，谁知道他们到底是不是明朝皇室后裔呢？

朱武继续说："当时我们在那个林子里迷路了，刚开始大家觉得这没什么，总能走出去的。在大山里迷路很正常，也不是一次两次了。可是过了差不多两天时间，大家心里都急躁起来。因为那地方根本看不到天日，总是沉闷至极。后来我们随身带的食物也吃完了，就找了个山洞休息，商量怎么走出去。大家都很急躁，根本没有留意那个山洞的情况。还是柳叶最先发现了不同，她看到山洞的角落里有一些青色砖瓦半露着。显然，这是古墓里才有的东西。我们几个胆子大的就过去看了看，顺便刨了刨，没想到竟然发现了一个地洞。"

朱武神采飞扬地讲着，我们都在用心听着，仿佛自己当时就在现场一样，谁也没有插话。我也就顺便在肖子谦的旁边坐了下来。

“当时我们断定这是一个古墓。一开始我们没想进去，毕竟盗墓是盗墓贼才干的事情，我们不敢去做那些勾当。可是就因为想到了那个传说，我们都有些心动了，犹豫再三之后，我们顺着地洞走了进去。那地洞修得确实精美，全部是用青砖砌成，整整齐齐，棱角也很分明，绝对不是一般粗糙的作品。于是我们更加期待了，也越发好奇起来。”

“地洞越走越低，还拐着弯，后来我们几乎是趴着前行的，也不知道走了多久，眼前忽然开阔起来，我们就到了一个大厅中。应该是个大厅吧，我想，反正不知道多大，我们用手电筒照了照，看到眼前有一口棺材，就被吓了一跳。不过想想古墓里面有棺材那是理所当然的事，我们就大着胆子走了几步，手电筒一照才发现，那个大厅中竟然放了不止一口棺材。我们是第一次进墓地，而且又一下子遇到那么多棺材，再加上不时传来的阴风声，能不害怕吗？”朱武说话间，额头冒出了很多汗珠，显然正在努力克制着自己的恐惧，“我们当时就犹豫了。柳叶和周清她们两个吓得乱喊。我们剩下的人也受到了惊吓，都有了要走的心思。”

朱武此时想笑一笑，缓解自己的情绪，可是笑容僵在了他的嘴角，根本笑不出来：“最后我们商量在古墓里稍微转一转，看能不能发现什么宝藏再回去也不迟，可是，可是，才挪动了不过几米，宝藏没发现，却发现了恐怖的东西……”

朱武的脸色忽然变得苍白，我也感觉后背有些发凉，不觉打了一个寒战。说实话我什么没见过？当年拿枪拿炮，死人活人都见过，胆子也一向很大，可是听到朱武的故事，我竟然后背发凉，想想真是够诡异的。

“当时我们是在地洞里面的，按说四周除了手电筒光之外应该是黑乎乎一团才对，可奇怪的是，我分明能感觉到周围好像有一种幽幽的光点弥漫着，空气中时不时飘过一团一团幽灵一样的东西，就那么飘……”朱武说到这里，又顿了顿，紧咬着嘴唇，好像极其不愿意回忆，他低沉着声音，慢慢说道，“我想，大家肯定都看到了，因为那一刻实在是太安静了，没有人说话，大家都愣在原地，不知道会发生什么事情。后来，我和柳明大哥拿着手电筒，慢慢地照着四周看，说句不怕丢人的话，当时我的手一直在控制不住地抖。”

肖子谦却好像没有任何变化，他的眼睛也变得明亮起来，显然对接下来发生的事情很感兴趣。费警官和开门的小伙子脸色都有些发白。我估计他们也好不到哪里去。

朱武缓和了下情绪，勉强笑着说道：“你猜我们看到了什么？”

肖子谦还是老样子，没有说话。那个小伙子警察有些激动，他怔怔地问道：“难不成看到鬼了？”

朱武摇头，低沉着声音继续说道：“如果看到鬼也没那么恐怖，当时，我们竟然听到棺材里有声音。古墓里，是那么阴森，安静到只能听见彼此的呼吸声，所以那棺材里的声音便显得异常清晰。我们都双腿打战不敢乱动，吓坏了，大气也不敢出，手电筒也不敢乱照，当然更分不清楚声音是从哪一口棺材里发出来的。”

我感觉我的手心里有了一丝汗水。

朱武也努力镇定镇定，说：“当时，还数我和柳明哥胆子最大了，哎，柳明哥现在也死了，真是倒霉！”

柳明哥？我心里突然记起来上次费警官说什么已经死了两个了，难道现在又死人了？或者柳明就是那两个的其中之一？

3

朱武的表情有些沉痛，眼睛也变得湿润起来，他咬咬牙，说道：“那我接着说吧，当时我们都吓坏了，也顾不上什么宝藏了。我看了看大家，大家都指望我和柳明哥拿主意。我望了望柳明哥，然后我们竟然不约而同地向身后指了指，意思是我们就出去吧。大家都点点头，当即转身放轻脚步朝洞口走去。可是，就在我们即将走到洞口的时候，那，那东西出现了——”

朱武嘴唇有些发颤，脸色更加苍白了，我也跟着心头一紧。大家谁也不敢说话，静静等待着。大约过了一两分钟后，朱武咽了咽唾沫，接着说道：“我们的手电筒的亮光里，忽然出现了两只血红的眼睛——”

我觉得背后又是一阵发凉。

“那，那简直不是我见过的任何眼睛，”朱武站起来，他的神情有些不受控制，“这么大，就像，就像，对，就像我手掌这么大的眼睛，那一双眼睛血红血红，就在棺材堆里直直地盯着我们。大家吓得瞬间瘫坐在地上。忽然，一团黑乎乎的东西跳了起来，我看得清楚，那绝对是一条狗的样子，但是却又不完全是，狗根本没有那么大的，也没有那么长的獠牙。它就像一只牛犊那么大，伸出嘴角的獠牙像我的胳膊那么长……”

朱武浑身颤抖：“我们当时都……都吓蒙了，双腿发软，然而那黑影跳了几下之后，又不见了。我们都吓蒙了，还是柳明哥镇定，他闷声喊道：‘大家快走，快出去’。我们这才醒悟过来。虽然那黑影不知道去了哪里，但是待在墓里绝对不是一个好主意，于是我们迅速逃了出来。”

“幸好，”朱武松了一口气，缓缓说道，“后来没有遇到什么危险，也没有什么诡异的事情发生，我们从那古墓之中逃了出来。”

我听得入了迷，舒了一口气，轻声说道：“你们还真是幸运。”

朱武苦笑：“可是接下来就不幸运了，我们从墓道里出来，却昏昏沉沉的，一个个头晕眼花得不得了，想来可能是里面的空气不好吧。我也没注意其他人是什么样子，因为我眼前总是出现那几口棺材，就像做梦，但又那么真实，我总是不停地看到血红色的眼睛从棺材里露出来，十分吓人。”

肖子谦微微一笑，点了下头，有点赞许和鼓励的意味，他示意朱武继续说下去。

“后来，我们就在原地休息了一会儿，觉得反正已经出来了，应该没什么事情了，不想竟然倒在草丛里睡了过去。再后来，也不知道是谁叫醒了我，当时已经是半夜了，四周一片漆黑，大家谁也说不清楚方才是怎么回事。好在我们都没什么大碍，大家也都松了一口气，也不敢继续在林子里面待着，一个拉着一个摸索着往前走，当时也看不清路，更不知道方向，胡乱走着，却不想还真走出了这片漆黑的林子。我们就更加高兴了，那时候尽管天气是晴朗的，走出来的时候有明月高悬，原以为就这样结束了，可是，可是，我们的噩梦其实才刚刚开始而已……”

我知道他即将要说到重点了，于是屏息静气，继续听着。我大概看了一下，大家的情绪都很高，脸上的紧张也是发自内心的。

朱武脸上的表情很严肃，他比我们更紧张。顿了好一会儿，朱武才继续说道：“我们那时候基本上已经走出了林子，到了枯井边，马上就到村子了。月光很亮，照在山路上，亮如白昼一般。那时候大家都走累了，准备在井边稍微休息一下就分道回家。我们刻意避开了那片林子和古墓，谁也不敢谈及。可是，我突然听到柳明哥的声音：‘你拿的什么东西？’柳明哥当时声音都变了。我也吓了一跳，转头一看，却看到朱六兄弟正拿着一个黑色的盒子在月光下端详着。”

朱武眼睛睁得很大，眼神里满是恐惧：“我看了一眼当即断定那东西绝对不是好东西，那东西看起来阴森得厉害。大家当时也都看到了，只是，我们都愣住了，不知道该说什么，就只是静静地盯着朱六兄弟和他手里的盒子。”

“朱六兄弟看到大家都看向他，却嘿嘿笑着，不以为然地说道：‘嘿，你们都羡慕了吧，哈哈，我这次可是发达了。’”

“我问他：‘朱六，你、你拿的什么东西啊？’”

“朱六盯着那个黑色的盒子，笑嘻嘻地说道：‘宝贝，哈哈，我捡到了宝贝，你们猜一猜这里面会是什么？’那黑匣子看起来周围有一圈黑气缭绕，我们虽然有些担心，但是也没有太过恐惧。因为这时候已经快要接近村庄了，应该不会再有什么怪事发生了。”

“朱六说着，就动手打开了那个黑盒子。当时朱六是和朱颜哥坐在一起的，我们都没来得及制止，他已经把盒子打开了。我看到朱六脸上出现了难以置信的表情，也不知道到底看到了什么。朱颜哥也凑了上去，眼睛直直地盯着盒子里面。到底里面是什么东西，我们都很好奇，便都想去看看。可是还没等我们凑上去，朱六兄弟却已经把手伸进去，从盒子里拿出了一把小小的宝剑。宝剑是黑色的，还没有一个巴掌长，一圈一圈的黑色雾气在宝剑的周围飘荡着。我们知道可能真的捡到宝贝了，纷纷围上去想要仔细看看。”

“朱六用手扇了扇上面的黑色雾气。大家借着月光，发现那宝剑上面隐隐约约画着一些奇怪的图案。看着看着，大家忽然都静了下了。我们互相看着，一股股凉意冒了上来。因为那宝剑上面，竟然画着一个模样像狗一样的东西，而且和我们在那古墓里看到的有些相似啊。我们都感到后背有些发凉，朱六慌忙把宝剑装进了盒子里。”

“‘我们快回去吧。’柳叶妹子看来有些害怕了，她的声音在打战。我们都没有说话，赶紧收拾了东西，站起来就走。朱六那时候也收起了盒子，看起来有些得意地跟在大家后面。”

“可是，就在那时候，”朱武又紧张起来，声音都变了，“我们都听见了一声狗叫，仿佛就在耳边一样。我的心一下子悬到了嗓子眼儿，大家都不由自主地跑了起来。我听到身后传来了一声撕心裂肺的喊叫，那是朱六的声音。我们连头都没敢回，没命地狂奔回家，当时谁也不知道朱六兄弟到底发生了什么事情。”

朱武讲得战战兢兢，仿佛又回到了那个恐怖的时刻，他的声音颤抖，还带着余音。我下意识地看了一眼肖子谦。因为我刚才清楚地记得他的手里也有一个黑色的盒子，难道就是——我赶紧止住了猜测，问道：“后来呢？”

朱武歇了一会儿，说道：“没有后来了，第二天一早就有人在路上发现了朱六的尸体，那是什么尸体啊，简直是一团血肉，浑身上下连肉带骨头被撕成了碎片……”

朱武说完龇着牙，吸着冷气。

大家都沉默了，过了好长时间，才好像回过味儿来。我和费警官都看向肖子谦，却没想到他脸上竟然还挂着淡淡的笑容。他仿佛在思考，一会儿又问朱武：“你说的这些都是真的吗？”

朱武冷着脸：“我骗你干什么？都是我亲眼看到的。”

“嗯，”肖子谦点点头，“你们八个人都是谁？”

朱武压着指头说道：“有朱颜大哥、朱六，还有柳明哥、周大和周鹏兄弟俩，还有柳叶妹子、周清妹子，对了，还有我。”

肖子谦继续说道：“你和朱颜、朱六是兄弟吗？”

朱武点头道：“我们是堂兄弟，都不是一家的，朱颜是大伯家的，还有朱六是我二叔家的。”

“其他人呢？”肖子谦淡淡问道。

“其他人……嗯，柳明哥和柳叶妹子也是我们村的，他们是兄妹，平时我们关系都很好。周大和周鹏是亲兄弟。我们都是一起玩大的，也都关系都很好。还有周清妹子，也是我们村的，都是一起长大的。”

“柳叶和周清也跟着你们一起去的？”

朱武这时候露出难得的一丝笑意："是啊，我们几个经常一起出去捡矿，关系就像亲兄弟亲兄妹一样。这次比以前走得远，原本以为能捡到好东西的，可是这下倒好——"

"你们都成家了吗？"

"成家？差不多吧，我们兄弟三个都成家了，柳明兄妹俩也成家了，柳叶是周大的老婆，还有周鹏兄弟好像和周清丫头互相有点意思。"

我大概理了理，他们八个人，其中大概可以分为三个家庭，朱家三兄弟、周大两口子及其小舅子柳明，再就是正在谈朋友的周鹏和周清两人。

我看到大家也都在默默计算着，可能都对这几个人挺有兴趣，只是我算的稍微快一点而已。

停了一会儿，肖子谦问道："你们村子里有多少人？"

"多少人？"周武愣了愣，说道，"这个我还真没统计过，不过至少也有一千人。"

肖兄弟说："看来你们村子还挺复杂啊，村子在哪里呢？"我有些疑惑肖兄弟为什么要问这些与案子无关的事情。

朱武笑了笑，没有否认肖兄弟的话，而是说："我们村子小，也很偏僻，说了可能你们也不知道，我们村子叫朱家沟，虽然是H县的，可是距离县城十万八千里。"

十万八千里有点夸张，但足以说明确实很远。

"朱家沟？"肖子谦默默念了一遍，我也默默念了一遍。这村子我听都没听过。看大家都不说话，我问道："你们那里既然叫朱家沟，应该都是姓朱，怎么还有别的姓氏？"

朱武笑着说："我们那里虽然是叫作朱家沟，可是也不是全部都姓朱，朱姓占了三分之一左右，其他的姓也很多。我曾经听长辈说，我们那里很多人都是抗日战争的时候逃难过来的，只有我们朱家是早些年就在那里的，在那之前就叫作朱家沟。"

沉默了一会儿，肖子谦问道："后来柳明也死了？"

朱武脸上的笑容马上消退了："哎！柳明哥也死得蹊跷，他是死在他家里的，那时候我们从山上回来还不到半个月。那时候我们对古墓的事情逐渐开始淡忘，但是心里一直有阴影。自从朱六兄弟死后，朱颜哥就有点不正常了，有时候自己疯疯癫癫乱喊乱叫，有时候逢人就说'地狱猎犬，那是地狱猎犬……'但是有时候却又神志清醒。大家都说他中邪了。其实只有我们几个知道事实的真相，那段时间我也恍恍惚惚的，大家都没敢再进山，彼此见面也都心照不宣地避谈那件事情。那天早上，村子里忽然有人说柳明大哥死了，我们都吓了一跳，跑过去一看，那个惨啊！柳明大哥被安置在前院里，身上盖着的床单被血染红了，脖子血肉模糊，那显然是被撕咬的，脖子一圈都是碎肉，脑袋几乎快要掉了……"

朱武舌头发僵，再也说不下去了。不过我们也大概猜到了那是一副怎么样的场景。

又停顿了好长时间，费警官问道："发生了两起命案，你们怎么现在才报案？"

"现在？"朱武还沉浸在刚才的事情中，说话并不连贯，"我们已经够快了，再说刚开始谁知道去哪里报案啊。我们那里偏僻，又背靠大山，死个人很正常，谁能想到去报案？只当是被什么野兽咬死了。况且，村子里本来就严禁我们外出的。"

朱武停了停，吸了一口气望了望大家，又继续说道："我们几个当时都傻眼了，都感到事情绝对和古墓还有那只凶狗有关系。本来我们对这件事情都是保密的，从来没有也不敢对别人说起。柳明哥死后的那天下午，我们在后山商量了一下午，总感觉我们也逃不脱那种死亡，想想实在是太可怕了，所以我们才决定报案。"

我觉得事情似乎很棘手。

肖子谦慢悠悠地问道："是你们六个一起报案的吗？"

"六个？"朱武的反应慢了半拍，但还是马上点了点头，"是的，你知道，我们那里有规定，不能轻易外出。我们是趁着晚上偷偷溜出来的。我们先去了县公安局，不知道为什么，他们把我们转到了这里。”

费警官这时候完全没有以前的自信了，他哼了一声，晃动着大脑袋说：“我还以为你们是主动来自首的，原来是害怕死啊。”

我们都未置可否。朱武想了想说道：“其实死倒不怕，只是这事情太蹊跷了，谁愿意不明不白地死啊！”

我突然觉得想到一些什么，只是一闪而过又消失了。大家都没有说话，纷纷望着肖子谦。肖子谦又问道：“柳明死的时候，是谁最先发现的？”

“当然是他老婆了，”朱武说道，“其实我们去的时候他已经被抬到床板上了。我听别人说，他早晨还好好的，起床后就在后院里收拾柴火，他老婆在屋里做饭。他老婆做好饭了去后院喊他吃饭，就看到他已经死了，然后就喊人，就这样了——”

我听着得一愣一愣的，忍不住问道：“你刚才说是在院子里，怎么又在床板上？”

朱武看了我一眼，说：“是在床板上啊，床板放在前院院子里。对了，还有一件怪事情……”

朱武好像有点犹豫，但还是压低声音小声说：“柳明死的时候，我竟然在他的床头上，看到了那个黑色盒子。”

朱武说得很慢，语气拉得很长很神秘，我的心咚咚直跳。我看了一眼肖子谦，他的脸上还是很平静。

大家谁都不知道该说什么，一时间都沉默了。肖子谦却没有问与盒子有关的事，而是问道：“柳明的老婆是谁？”

“是桂花嫂子。我们去的时候桂花嫂已经吓蒙了，她蹲在院子角，哭得不像样子。”

费警官问道：“他们夫妻关系怎么样？”

朱武顿了下，很是惊讶地说：“他们两口子关系很好啊，你们怀疑桂花嫂子吗？那是不可能的，桂花嫂子很贤惠的，根本不是你们想的那样。再说了，谁会无缘无故害死自己丈夫让自己守寡啊。哎，柳明哥的死，对桂花嫂子的打击实在太大了。她现在、现在也一定急得要发疯了。你们、你们最近见到她了吗？”

没有人回答朱武的问题。

我们出来后，费警官在过道里皱着眉头说：“我看那什么桂花嫂子也有嫌疑，我安排人去把她控制起来。”

肖子谦眉毛一挑，淡淡说了句：“省省吧。”

费警官哼了声没有说话，其实他也明白朱武说的是有道理的。害死丈夫剩下自己守寡，这并没有什么好处。

“这里面是谁？”到了下一个房子门口，肖子谦问道。

“这是谁？”费警官问他身边的小伙子。

“队长，这是周大。”

费警官转头来问道：“进去看看吗？”

“嗯！”肖子谦点头。那个小伙子打开了门。

周大是一个典型的山里人形象，看起来老实淳朴、不善言辞，他说的和朱武差不多。我们没有从他身上得到什么收获，于是又去别的房间转了转，听到的也几乎雷同，没有其他特别的内容。

从几个房间出来，天色已不早了。我们坐在费警官办公室的长沙发上议论着，肖子谦看来还有很多疑问：“他们来这里多长时间了？”

“近十天吧。”费警官舒服地靠在沙发上，慢悠悠回答道。

“这些天你们都做什么了？”肖子谦笑着问道。

“一直在调查，可是什么也查不到。”

“是吗？不过，我怎么感觉费警官你对今天朱武说的这些内容陌生得很呢？”

费警官愣了愣，随即哈哈笑道：“肖兄弟，你这是指责我渎职啊。说实话，我了解 些，但是没有今天听到的这么具体。这个朱武也是，我以前问他的时候，他从没给我这么仔细地说过。说白了，他对我们有点排斥。谁知道他今天对你这么信任。肖大侦探啊，我看还是你适合破案，我可全指望你了。对这个案子我也只是了解了个大概，具体情况一直是小罗负责的。”

“小罗也不知道这些吗？”

“他应该知道吧。”

“小罗人呢？”我忽然想起那天酒吧里的那个小伙子，其实我对他印象不错。

“小罗现在刚好不在队里，他家里有事情，请假了。”费警官摊开双手无奈地说道。

“费警官，你们去朱家沟调查过吗？”

“嗯，”费警官冷哼了一声，“一提这个我就生气，我已经安排人去了几次了，你猜怎么着，那里的人一点都不配合工作，什么也打听不到。听说我们是调查案子的，头都摇得像拨浪鼓一样，开始只是不配合，后来跟我们连话都不搭了。”

我觉得好笑，问道：“那又是为何？”

费警官晃着大脑袋：“谁知道呢。那些人神经都有问题，总觉得我们是要去抢了他们的宝贝，戒心很强。”

“去了多少人？”肖子谦问道。

“十几个吧，具体我不清楚。我只去了一次，后面都是小罗带队的。”

谈完了话，夜色也不早了。说去古墓里转转的事情最终没有人提及，毕竟目前的状况并不是很适合去，估计去了也找不到那个地方。

我和肖子谦从警局出来以后在街上漫无目的地闲逛，竟然又走进了旅人酒吧。我们喝着酒，胡乱闲聊着。

“莫兄，你怎么看？”

我其实没什么头绪，只好说道：“我看这几个人应该没什么嫌疑，要不然他们闲着没事自投罗网？”

肖子谦抿着嘴，笑着说道："那也说不定，有可能是欲盖弥彰。"

我又快速想了想他们每个人的样子："也许你说的还真有道理呢！肖兄弟，你说他们其中谁有可能是凶手？"

肖子谦微微一笑："你觉得呢？"

"我觉得……"我想了半天，"那个朱武很淡定，倒是有点可能；朱颜有点不正常，但不排除是在装疯卖傻；周大吧，他看着比较老实；周鹏也有可能；还有那两个女的，柳叶是肯定不会吧，柳明可是他亲哥，那个周清，看起来乖乖巧巧的，应该也不会吧。"

"你观察得挺仔细嘛，"肖子谦笑笑，"不过我可以肯定地说，凶手绝对不会是他们中间的任何一个。"

"哦？为什么？"我有点找不到北。

"直觉！"肖子谦丝毫没有犹豫地说道。

"直觉？"我有点惊讶，以为他是在和我开玩笑，也就没有深究。

"如果这么说的话，那柳明的妻子岂不是嫌疑最大了？"坐了一会儿，我想了想说道。

肖子谦不置可否，只是淡淡地笑了下："还有呢？"

我呵呵笑着，反正也没事干，我也乐意去分析这件事情："当然我也感觉不太可能，只是随便乱说的。既然村子里的人都知道那个传说，他们从山上下来拿回来一个黑色盒子的消息传出去，被人当作宝物谋财害命也不是不可能。"

肖子谦想了想，慢悠悠地说道："你说的这些都有可能，不过，我觉得那什么地狱猎犬的可能性更大一些。"

我后背一阵发凉："肖兄弟，你不会吧……"

肖子谦笑了，他耸耸肩膀，说道："一切都说不准哦，莫兄，还有兴趣和我调查下去吗？"

"当然，"我不假思索地说道，"只要肖兄弟不嫌我给你添乱就行。"

"过两天有时间吗？我们去那村子里转转。"肖子谦呵呵笑着说。

“好啊，我也正有此意，不入虎穴，焉得虎子。”此时我的兴趣已被高高提起，我说，“我随时有时间的。”

又闲聊了一会儿，我忽然想到一个问题，低声问道：“肖兄弟，那个盒子是怎么回事啊，怎么在你手里？”

“这个嘛……”他笑了笑，“这是费警官给我的。之前我来过一次，他把盒子同那些不值钱的资料一起给了我。”

“怪不得，”我笑了笑说道，“那些资料呢？”

“资料？不值钱的有什么好说的，其实尽是些没用的，还没今天听到的有用呢。”

我想了想，说道：“那倒也是！不过肖兄弟，拿着那个盒子，可要小心啊——”

我们互相笑笑，再后来又说了一些闲话就分开了。整个晚上我激动得难以入眠，心里总是想着这个案子，后来好不容易睡着了，又做了怪梦，梦见那只凶恶的猎犬追着我跑。

4

两天后的清早，肖子谦联系了我，他开了一辆汽车，我以为费警官他们也会同去，但是没有，就我们两人，往 H 县奔去。

一路上，我心情激动。我们走了大约两个小时便到了 H 县境内。

“肖兄弟，我们先去哪里呢？”我问道。

“莫兄觉得我们应该去哪里？”他开车的动作很洒脱，黑色的风衣衬托得他很酷。

我想了想，说道：“最好是去案发现场看看，也可以去柳明家里看看。不是说朱六是在村口的古井边死的吗？我们也可以去那里看看，不过也不一定能看到什么，事情过去这么久了，线索可能都没了。那……我们去哪里好呢？”

肖子谦淡淡笑着，一边开车一边说：“莫兄不简单，分析得很好啊！”

我知道他在和我开玩笑，在外人看来肖子谦沉默寡言，我却觉得他其实挺喜欢开玩笑的。我笑着说：“那必须的，不过我在肖兄弟面前就是班门弄斧了。你可是侦探界的名人呢！”

我说这话并不是恭维，第一次听到费警官谈论肖子谦的时候我就在想：他肯定不会是那种普普通通的人。后来我专门找了以前的战友——现在在公安方面工作的朋友了解了一下，肖子谦的事迹很让人惊讶，而他本人又很神秘。我对他很好奇。

“不过，我还想到了一个更好的去处。”他忽然转过头说道。

我一愣，问道：“你不会真想去那古墓里转转吧？”

“莫兄挺了解我。”

我的心里有一股莫名的兴奋，同时也有一丝担忧。

汽车很快便到了H县城，我们下车在街上转了一圈顺便吃了一些东西，而后问了好几个老乡，才知道离朱家沟还有大约一百公里的路程。

“妈的，这么远也就算了，竟然还有那么多人都没听过那鸟地方。”我这几年没人约束，经常混迹于酒吧，说话有点野，还好肖子谦并不是很介意，我也就随意了些。

肖子谦依旧笑眯眯地说：“这才刺激。摆在大街上，就没什么意思了。”

我想想也是这个道理，便也乐了。

离开县城后我们边走边问，走走停停两个小时后，眼前便再无人烟。山路实在难走得很，弯道很多。好在天气不错，这里又空气凉爽、风景秀美，令人心旷神怡。我并不着急，只当是出来散心。肖子谦也好像完全不在意，和我一路谈笑着。

大概下午一点多的时候，我们拐过一个山头，看到了远处山坳里飘起的炊烟。“肖兄弟，你觉得那里会是朱家沟吗？”

“是！”他说。

“那么肯定？”

肖子谦慢悠悠开着汽车滑行着，转过头来笑笑，并没有解释。我也就没有在意他为何那么肯定，等到了村口，却发现他说的果然没错。

面前的村子并不大，但是看起来很有生活气息，树木郁郁葱葱，中间零零散散地分布着一些红砖青瓦的房子，给人安静祥和、古朴纯真的感觉。村口是一株老槐树，直径一米开外，树干上布满沧桑的痕迹，但是树叶却很苍翠。大树边上是一条清澈见底的河流。树下立有一块石碑，上面刻着“朱家沟”三个字。

我们把汽车停在路口，然后下车，在河边洗了洗手。河水清凉，河边的鹅卵石光滑洁净，肖子谦饶有兴趣地捡了几块石头装进兜里。午后的阳光从树叶间的缝隙投射下来，斑斑点点。肖子谦在大树边的一块石头上坐了下来，看起来心情不错。

我看他一点也不着急，丝毫没有走的意思。稍坐了一会儿，我问道："肖兄弟，是不是该去办正事了？"

肖子谦好像在想什么心事，停顿了几秒钟，忽然问我："如果有自己做不了的事情，你一般会找谁来帮忙呢？"

"……什么？"我有点不理解。

肖子谦抬起头来看着我，眼神有些飘忽，不知道看向哪里："莫兄，我问你，如果本来是你的工作，你却做不好，你会找谁帮你？"

"这个嘛……当然是同事了！"

他好像很有兴趣地继续问道："还有呢？"

"还有，朋友吧，不过可能性很小，因为是本职工作嘛。"

"还有呢？"

"还有，还有……吗？"我实在想不到了。

"你会推给你的上级去做吗？"肖子谦笑眯眯地问道。

"开什么玩笑！除非递交辞职书让他帮你签字。"

肖子谦笑了笑，站起身来拍拍衣服，说道："走吧，我们先去村子里转转。"

我们刚刚从大槐树后面走出来，就听见一阵阵急促而杂乱的脚步声，同时看到三个孩子哈哈笑着跑了过来，似乎正有人在后面追他们。三个孩子一个看起来十岁左右，另外两个更小，他们一边跑一边往后看，同时神秘地笑着。

我和肖子谦站在路边没有动，那三个孩子跑得很快，他们在我们面前两三米的地方停了下来。我和肖子谦对他们笑，可是他们却像看到鬼一样，忽然怪叫着转身跑了回去。

后面果然又追过来一个孩子，他一不小心摔倒在地，起身看到我们后停在原地，并没有跑掉，而是转过身去哭了起来。

我和肖子谦相互看看，然后走上前去。而那小孩一直背向着我们哭，就连我们已经站在了他的身后他都没有发觉。

肖子谦在他的身边轻轻蹲了下来。当看到我们两个陌生人的时候，小孩猛地止住了哭声，眼神充满恐惧地盯着我们。

他使劲吸了吸鼻子，然后说道："你们……你们见到我爸爸了吗？"

我一头雾水，不知道他在说什么。肖子谦却皱了下眉，然后又恢复了刚才的表情。

我不明白怎么回事，问道："小朋友你叫什名字？家在哪里？"

他似乎对我们没有兴趣，没有回答我的问题，转身离开了。

我和肖子谦也跟着站了起来，看着那孩子的背影，我说："也不知道谁家的孩子。"

肖子谦却说了一句："事情有点复杂！"

我不知道他这句话是什么意思，单纯地说这几个孩子？还是指我们的案子？此时我也有些异样的感觉，这个村子大白天就如此寂静，很是诡异。

又往村子里面走了走，可是走了好一会儿，我们也没有见到一个人。

进到村庄里，发觉里面房屋林立，院落里干干净净，柴火田畦也是整整齐齐，却并不见一个走动的人。

我虽然已经听过费警官的讲述，可还是有些疑惑。肖子谦看了看我，淡淡笑道："这很正常的，被警察这么一闹，谁还愿意搭理我们这两个陌生人呢。"

我想了想，回答道："倒也是，可是这又该如何去调查呢？总不能挨家挨户去敲门吧？"

肖子谦依旧不紧不慢，他挪着步子很有闲情逸致，"敲门？也算是一个办法，实在不行只能这样了。不过，该出现的总会出现的，不用着急！"

是我着急了吗？

话没说完，果然有情况。因为此时，我隐约听到有人说话的声音，而且距离我们不远。我看了肖子谦一眼，他的眼角出现一丝得意，好像在说："怎么样？该来的总会来的！”

我们沿着声音的方向走去，在拐角的一个院子，看到了几个人影，竟是刚才那几个小孩子还有一个女人。那个女人留着短发，四十多岁的样子，衣着也算得体，只是显得很朴素。她正坐在院子的一个小凳子上，手里拿着针线活，身边则围着刚才那几个孩子。显然，她还没有看到我们。

“你们能不能不这样疯张？给你们说过多少次了，要玩在家里玩，不要出去乱跑，外面不安全。强儿比你小，你就不能让着他点？”妇人说话的时候并没有抬头。

那个大一点的男孩子嬉皮笑脸地说：“妈，这你不能怪我啊，小强他非要跑出去的。我们去追他，他自己摔倒了。这不能赖我们，不信你问弟弟嘛！”

另外两个男孩子在一旁不住地点头，说：“就是就是，他自己摔倒的，不关我们的事。”

刚才在路上摔倒的那个男孩儿在一旁抹着眼泪，衣服上也是脏兮兮的，但是他并没有哭出声。

妇人抬头望了几个孩子一眼说：“哎！你们也真是的，强儿，你别在那里哭了，整天哭哭啼啼的，也不嫌烦人。”

我和肖子谦对望一眼，均没有出声，只是朝院子里面走了进去。

那个叫强儿的孩子首先看到了我们，但是他好像丝毫不在意，依旧在用袖子抹着眼泪。

“好了，他爱哭就哭去，我们不要管他，我们自己玩去喽——”那个大一点的孩子说完又准备往外跑。那女人大喊道：“就在院子里玩，千万别跑出去了。”

此时那孩子看到我们走进来，问：“你们怎么跑到我家里来了？”

中年妇人听到这话转过头来，看到我们俩，猛地站了起来：“你们，找谁？”

肖子谦没有说话，我笑着说道：“你好，大姐，这里是朱家沟吧？”

她有一些紧张，放下手中的活计盯着我们，问：“你们是什么人？”

我看到肖子谦不说话，便笑着说：“是这样，我们呢，是出来游玩的，刚好走到这里迷路了，就来讨口水喝。”

那妇人听了，眉头却依然紧蹙，她催促着孩子们道：“你们去屋里玩，别在院子里乱跑。”

三个孩子顺从地走进了屋子，只有那个叫强儿的依然站在院子里。

“你们，是来游玩的？”她盯着我们，好像难以置信。

“那我们还能来干什么？”我轻松地笑笑，但明显感觉到了她的敌对。

“你们是从哪里来的？”她又问道。

“我们……我们从哪里来的不重要，就是来你这里喝点水歇一歇，难道不行吗？”肖子谦笑着说道。

说实话，我很佩服肖子谦，他的笑容纯洁得就像一个学生。女人似乎没那么紧张了，她勉强挤出一丝笑容道：“你们还是快点走吧，我们、我们这里没有水。”

“不会吧，”我知道她是故意这么说的，于是也故意说道，“听说朱家沟的人很大方，怎么连口水也不给喝？”

女人犹豫着，然后叹了一口气：“哎，并不是我不给你们水，只是、只是……算了，我知道你们不是来喝水的，你们还是赶紧走吧。”

我说：“大姐，你这是什么意思？我们不是来喝水的，是来干吗的？”

那女人看着我们，还是极有戒心：“我不管你们是来喝水还是干什么，总之我这里没有水，我也什么都不知道。”她说完便又坐了下来，只是眼睛依旧盯着我们。

我有些惊讶，肖子谦却乐呵呵地说：“那好吧，人家不愿意给我们水喝，我们就不要勉强，走吧，莫兄。”

我刚要走，肖子谦却又说道：“我们还是去别家转转吧。又不是白喝他们的水，给钱都没人要，你说奇怪不？走了好几家，院子里怎么都空落落的，人都到哪里去了？”

妇人不知有意还是无意，看着我们：“你问我，我怎么知道？”她顿了顿，“不过你们要真是来喝水的，我劝你们还是算了，赶紧早早走吧，这里没有人会给你们水喝。”

我一听有点发愣，问道：“这又为什么？”

“为什么，我也不知道为什么。”她说着，目光也变得呆滞起来。

我听着没戏了，便要往外走去，肖子谦却示意我不要着急，而后耸耸肩膀，忽然对我说：“莫兄，看来我们被识破了。我看我们还是实话实说吧。”

我不知道他葫芦里卖的什么药，难道他忘了费警官说的话？不过我还是附和着他说道：“那就说喽，反正我看这大姐不会不帮我们的。”

肖子谦笑笑，对女人说：“你说的没错，我们确实不是来旅游的，我们是听说这里遍地是宝，所以来碰碰运气。”

那大姐听后，惊讶地说：“你们，你们是来捡矿的？”

肖子谦笑着道：“可以这么说吧。”

“那你们还是回去吧，我们朱家沟是不欢迎你们的，而且这里根本就没有什么宝。而且、而且……”

我一听有戏，看她吞吞吐吐，便有些着急，于是我问道：“而且什么？”

“没、没什么，你们走吧，反正我们这里不欢迎你们！”

这时候肖子谦拿出几张人民币来，对着女人说：“其实我们只是想知道路而已，至于能不能寻到，就只能看我们的运气了。你愿意给我们指条路吗？这个，算是报酬吧！”

女人似乎有点心动，这些钱虽然不多，但是对这个贫困小山村的女人来说也绝对不少。

“你们、你们……”

“我们希望能捡到一些好的矿石，这点钱不算什么。”肖子谦笑眯眯地说道，“当然，如果你不愿说，我就只能去问别人了。”

女人脸色有点奇怪，明显看出来有些激动，却还是努力压抑着。她说：“我知道你们问路也是假的。因为从我们村子中间穿过去，沿着河流往上走，一路上都有可能捡到矿石。这个消息肯定值不了这么多钱！”

看来这女人挺精明的。她的语气忽然变得很友善：“如果你们真的要去捡矿，现在还是别去了吧，最近村子里，有些……有些不平静！”

我知道，我们的目的达到了。我低声问道：“怎么个不平静？”

她叹了口气，似乎还在做着心理斗争，她又看了几眼肖子谦手里的人民币，最后终于下定决心说：“村子里现在很不太平，你们最好还是别去了。捡不到矿不要紧，丢了性命那可就划不来了。”

我装作很吃惊地说：“没那么严重吧！”

那大姐看到我不信，眼神往上一挑，招呼我们坐下。我和肖子谦随便找了找能坐的东西，就坐在妇人对面一米处。

“你们还真别不信，一个月前，我们村子几个年轻人上山捡矿，你们知道怎么着？矿没捡到多少，可是，哼，命倒搭进去好几条！”

我和肖子谦偷偷对视一眼，装作很吃惊地问：“怎么回事？”

“谁知道怎么回事啊，可能山里来了什么野兽了吧，去山里的那些人，现在全都被野兽给叼走了。”

我说：“不会吧，什么野兽？”

“什么不会啊，我给你们说啊，去山上的是八个人，”妇人说着做了个八的手势，“下来的时候，就剩下……”她做了个七的手势，样子看起来很神秘。

我皱了皱眉头，明知故问：“那还有一个呢？难道被野兽叼走了？”

“可不是嘛，别说他了。他们几个啊，肯定是把那野兽惹了。没过几天那野兽又来村子里了，又吃了一个人……”

“哦，大姐你看到野兽了吗？”我问道。

女人眼睛一瞪：“我要看到了还能坐在这里和你们说话吗？”但马上语气一缓，“不过有人看到过，但是啊，他们不可能告诉你们的。”

我好奇地问道：“那又是为什么？”

“因为他们全部都死了！八个人，上山的八个人都死了！”妇人咧咧嘴，很震撼地说道。

“死了？”我难以置信，不是好好地在警局里吗？我诧异地问道，“这，这是你亲眼看到的吗？”

“是啊，我们很多人都看到了。先是死了两个，后来剩下的都在晚上被野兽拖进洞里去了，现在谁还敢上山啊。”

“哦。”我点点头，这才想起来，他们几个报案的事情是瞒着村里人的，这个女人不知道很正常。

我看肖子谦好像在思考什么，眉头紧皱。我又对女人说：“大姐，说实话，你说的这件事情确实挺让人害怕的，你不是故意编出来吓唬我们的吧？”

“哼，我闲着没事吓唬你们？你们要是不信就算了，尽管去吧，丢了性命可别怪我没有提醒。”

这时候肖子谦问道：“他们在哪里死的？”

妇人左右看了看，压低声音说道：“一个是在山道上，一个是在自家院子里，其他人都被那野兽拖到深山里了，恐怖得很哪！”

我问道：“什么野兽啊，那么厉害？”

“那可厉害着呢，”妇人更加神秘了，“你这个小伙子，千万不能乱说话，叫那野兽听见了，我们可就没命了。”

真有那么恐怖吗？我吐了吐舌头。

“在哪个山道上？”肖子谦问道。

“能有几个山道？”妇人看起来畏畏缩缩的，似乎不想说了，可是看到摆在面前的酬劳，还是说道，“沿着河岸往山上走就知道了，那有一口井，就在那儿。”

我又问道：“你刚才说死了两个。那第二个人又是怎么死的呢？”

“第二个……咦——”妇人回头朝屋子里看了一眼，声音压得很低，说道：“你是说柳明吧，那叫一个惨啊，好端端的人在自家院子里被那东西咬死了。”

她这个动作蛮有意思，我也跟着她往屋子里面看了一眼，正巧，那几个孩子也趴在窗户前目不转睛地盯着我们。

他说这些话的时候，是害怕被孩子们听见，还是怕吓着孩子，或者还有别的意思？

“自家院子里？”我装作诧异地问道，“你说的这个柳明，他们家很偏僻吧？野兽来了，村里人都不知道吗？”

“嘘——”女人指了指自己屋子，“小声点，我给你们说啊，本来这事情我是不能给你们说的，但是看你们那么诚心，我就给你们讲讲……”

我想，女人大概是对人民币比较诚心吧！

“哎！柳明可怜啊，”她此时脸上有了悲戚之色，声音压得很低，“柳明其实是我家兄弟。”

“你家兄弟？”我确实没想到，有些震惊。我看了一眼肖子谦，他脸上的表情丝毫没变。

“我是他的嫂子，”妇人貌似很得意，“所以这事情我最清楚了。柳明一直在外面打工的，刚刚回家不久。他们家说偏僻也不算太偏僻，周围都有人家的，可是谁知道就被那……那东西给咬死了。那大清早的，黑乎乎的，谁能知道啊。剩下我那妹子，哎，现在也是神神叨叨的，谁知道能撑到什么时候。他们家孩子也没人管了，现在就寄养在我家里。你说我也有三个孩子了，哎！这以后的日子可怎么办哟。”

肯定是那个强儿吧，我想。

“柳明被害后的那几天我一直在他们家帮忙。你说好好的一个人，怎么说没就没了，剩下这孩子，要受苦喽。”

此时我对这妇人已经没什么好感了，自家兄弟死了，却一点也不难过，反而担心他们的孩子是否会拖累到自己。我淡淡问道：“那柳明死的时候是什么样子的？”

“听说是这里被咬断了——”妇人摸了一下脖子，“听说直接被咬断了，后来硬接在了一起……”

我咧咧嘴问道：“你亲眼见的吗？”

“小兄弟你这不是折杀我吗，我哪里敢去看呀，不过是听人说的。”

肖子谦问道：“后来呢？”

“后来？”

“其他人呢？”

“你说其他人啊，那就更可怕了，不过两天时间，剩下的那几个人，全部被野兽给叼走了，活不见人死不见尸呀！”

看来这女人知道得也不清楚。我们知道再问也问不出什么了，便往院子外面走去。女人喜滋滋地收起了钱，最后又补充了一句：“你们还是注意点，那野兽凶猛得很，还有人说，他们几个是在山上进了古墓，被什么东西诅咒了。”

说者无心，听者有意。她看似不经意间的一句话，却震惊了我和肖子谦，我们双双站住了脚步。看来她知道的还不少。我转头问道：“进了古墓？被什么东西诅咒？”

柳明嫂子正乐呵呵地把钱捂进口袋，看到我们转过身来，她可能觉得有些失言，但还是说道：“这个只是别人乱说的，你们可不要信啊，我也只是好心提醒你们而已。”

“我知道，”我很诚恳地说，“不过你要说就说明白一点嘛，省得让我们平白无故地担心，你说对不对？”

她长出一口气，似乎在努力回忆着，而后又好像很轻松地说道：“我也是在村口听女人家拉家常闲话的时候听到的。据说那古墓里，有王气，是不能被打扰的。王在临死前布下诅咒，如果有人进了古墓，打扰了王的清净，会受到王的诅咒，必将不得好死。”

“真的假的？”我撇撇嘴，“看你说得神乎其神的，哪里有什么神灵诅咒，是自己吓自己吧。”

“你还别不信，”她看我不相信，马上郑重起来，“我可给你说啊，我们祖祖辈辈都有这个诅咒的，从祖上传下来的，不能不信的。”

“那你之前怎么不告诉我们？”

她瞥了我们一眼，又摸了摸兜里的钱，然后说：“为什么要说？你们又不是我们村子里的人。再说了，这个消息并不是村子里的每个人都知道，我也是前几天听别人说的。本来到我们这辈都不当回事了，要不是出了这些怪事，没准我到死都不知道呢。”

5

我们又向女人问了柳明家的住处。

柳明家说远不远，毕竟整个村子也就那么大一点。我们又往里走了走，便看到刚才那女人描述过的院子，估计就是柳明家了。

柳明家挨着山道，往里还有几户人家，这里已经接近山林了，是村子的边缘地带，周围零零散散的是一些庄稼。

和其他人家一样，柳明家也是矮土院墙，木板大门，一座不大的平房坐正主位，还有一排下房，墙角堆着一些柴火，另外一边种着几棵大树，整个院子凉爽宜人。

大门虚掩着，我们轻轻一推便开了。走进院子，才感觉里面冰冰凉凉毫无生气。柳明老婆不知道去了哪里，院子里空无一人，每个门上都挂着锁。可是我们知道，半个月前这院子还是兴旺的。我们在院子里随意转了一圈，又绕过了上房旁的拐角走进后院。后院只有前院的一半大小，略微有些潮湿。后院背对着大山的一片断崖，院子里长着几棵数十米高的大树，由于常年不见天日，树下面生出一些碧绿色湿滑的苔藓，还有几个窑洞，看起来整整齐齐，有模有样。

我们转了一圈，肖子谦一直一言不发，我发现他观察得很仔细，不止在角落里走了一遍，还进窑洞里转了一圈，但是我估计也没有太大的收获。

我指着一处说道："这里，可能就是柳明遇害的地方了。"

"哦？何以见得？"他问道。

"你这是考我啊！"我笑着说，"朱武不是说，柳明是在收拾柴火的时候被咬死的吗？你看，整个后院也就只有这里有这些东西了。”眼前，在房子的墙脚，堆放着一些劈好的断木，大部分都码得整整齐齐，只有两三根在后面散乱地扔着。

“收拾柴火……”肖子谦忽然眼睛一亮，他走过去，把院子里散落的柴火一一拿起来而后又蹲下细细看了一番，然后，又将其放回柴火堆。

我站在一边看他做完了这些，笑道：“你这是帮着他们家收拾卫生啊。”

肖子谦微笑着，没有承认也没有否认，他又转了一圈把整个后院看了一遍，笑嘻嘻地说道：“走吧！莫兄。”

“怎么样，有收获吗？”我问道。

他指着刚才拾起柴火的地面：“有啊。”

我一听来了兴致，赶忙蹲下去，在那几个地方看了一番，可是除了被压弯的苔藓外，什么也没有发现。

我疑惑地望着他。

肖子谦却说：“这能有什么收获啊，我本来就没指望这里能有收获。莫兄你呢？”

我站起来，摊摊手，耸耸肩膀：“你都没有收获，我能有什么收获？”

“走吧，这里要是能有收获，那老费也就不用找我们了。”

“也是。”

我们走出来大门的时候，太阳已经微微偏西，大山的影子把整个院落遮盖得昏昏沉沉，大门外面才有些落日余晖。我忽然浑身不自在，定睛一瞧，吓了我一跳，离我们不远处的老树下，一个老太太正目不转睛地盯着我们看。

老太太穿着一件黑色的夹袄，花白盘髻，眼神迷惘失神，着实让人浑身不自在。

我看了一眼肖子谦，询问道：“走吧，过去聊聊？”

肖子谦微微一笑，没有说话。我自己走了过去，稍微近一点时，我忽然有一点恍惚，那老太太好像眼角动了一下，笑得有点阴森。

我不自觉愣了下，但旋即又恢复过来，真是神经质了，我自嘲地笑了笑。

“你好，大娘。”我笑着说。

她没有理我，也没有说话，眼神有些涣散，盯着我们又看了一会儿，兀自摇摇头，往山里面去了。

从这里到山脚，也就剩下四五户人家了，再往里就是密林了，难道她家比柳明家还要偏远？

我一阵纳闷儿，走上去又叫道：“大娘，你好啊！”

她的脚步顿了顿，慢悠悠转过头来，眼角一瞟，忽然笑了，笑了……

我只觉得一阵眩晕！我的天！

那是一种什么样的笑，好阴森！我顿时浑身一颤，这种笑太他妈恐怖了，你是当时没有看到，看到了你比我还害怕。

然而，她没等我反应过来，又转身走了。

这……这神经有问题啊，我擦了一把额头的冷汗，不知道说什么好。

肖子谦笑盈盈地说道：“省省吧，莫兄！”

我半天回不过神来，摇摇头，指了指老太太，低声道：“肖兄弟，这——”

老太太不知道是不是听到了我的声音，脚下又顿了顿，我连忙噤了声。等老太太继续向前走后，我才问道：“我们现在去哪里？”

“走吧，去山上看看。”

天色已不早，虽然那老太太给我的感觉很不好，但我不想白跑一趟，便跟着肖子谦朝山道上走去。走过那老太太的时候，我刻意地紧走了几步，从她旁边几米远的地方绕了过去。

肖子谦倒好像不怎么在意，一路上慢悠悠地走着，嘴角上翘，好像永远是一张纯真的笑脸。

我们走了大概近百米远的时候，我回头一瞧，这一瞧，又吓着了我——

那老太太竟然离我们不过十米的距离，十米啊……大娘……你那蹒跚的脚步啊……你是怎么走的？

这太奇怪了！

我有些震惊，总觉得她是冲着我来的，我看向她的时候，她脸上挂着那种阴森的笑，很冷、很怪，我又一次觉得脊背发凉。接着，一个让我目瞪口呆的状况出现了——老太太竟然用双手掐住自己的脖子，使劲地往上抬，又把舌头伸出来老长。

妈呀！这是干吗？

我平素胆子也不小，却直接愣在了那里，这太不可思议了！

肖子谦却没有注意到这些，还是在慢悠悠地往前走着，我的脑子中根本不知道在想些什么，直接断片了。

忽然，啪——！

我一个激灵，转头看到肖子谦不知道什么时候站在我身旁，正眯着眼睛看着我，表情有些疑惑。

“怎么了？”他淡淡问着。

我一时间不知道该如何回答，抬头再看的时候，那老太太不知道到哪里去了，连个影子也看不到。我兀自定定神，说道：“你，你看到刚才那个老太太没？”

我的表情应该很难看，肖子谦微微皱了皱眉，眼睛里充满疑惑，轻轻点点头。

“她……她怎么那么奇怪啊！”我实在不知道如何形容。

肖子谦只是轻轻一笑，不以为然道：“没关系了，这个世界上我们不知道的东西很多的。”

我自嘲地笑笑，摇摇头，说：“好吧，没事，我们走吧！”

往山道上走了不到一公里，我们就看到了路边上的一口井。如果我没有猜错的话，那就是朱六遇害的地方了。

肖子谦肯定也已经想到了，他已经走到了井边上。

这是一口看起来很古老、很破败的井，显然荒废了许久，半人高的井台上满是杂草和灰尘。我们探头朝里面看去，井很深，黝黑不见底，井口处是一层一层的石头，石头缝中长出了不少杂草。

我也知道在这里不可能发现什么有价值的东西，毕竟事情已经过了一个月了，况且，整个事情好像跟这口井关系并不大。我们之所以要到这里来，只是想实地察看环境。我转身，却不见肖子谦的身影，四下一找，好家伙，他一个人在路边的杂草堆里不知道找什么呢。

我不觉有些好笑，问道："肖兄弟，你不会觉得这里面有宝贝吧？"

肖子谦抬起头来，哈哈一笑，用手拂了一把刘海儿："你别说啊，还真有宝贝呢！"

"不是吧？"我一听来了精神，赶忙跑过去看，可是什么也没有看到。他低着脑袋，一处一处转悠着，看起来十分仔细。

我不知道他在找什么，便蹲在路边抽起烟来。太阳落山了，山里头变得昏暗起来，我蹲得腿都麻了，肖子谦却还是没起身。我开口道："我说肖兄弟，你找到那宝贝了吗？"

肖子谦抬头看看天色，然后说道："怎么稍微没注意天都黑了啊——"说完叹口气，走过来招呼我，"走吧！"

看他表情似乎没什么大的收获，我笑着站起身来伸伸懒腰，天边黑云浓厚，天色也有些暗了。

走了几步，肖子谦好像心有不甘，不时朝后望。忽然，我看到他眼中泛起亮光，脸上也浮现出了一丝惊喜。

我没有说话，只是跟在他的身后，肖子谦紧走几步，又回到刚才的位置，俯下身去，细细地看了起来。

我蹲下身子，这才看见地上有一些晶莹的粉末，而且只有淡淡一点，和泥土混在一起，不仔细看根本发现不了。令人惊奇的是，这些粉末在夜色里发着幽幽的光。肖子谦如获至宝，他从衣兜里面拿出一个小小的塑料袋子，又拿出一把大概是小勺子样的东西，小心地铲了铲，将粉末连着草叶和土一起装了进去。

他在做这些的时候专注而神往，好像在完成一件了不起的艺术品。我静静地看着，等他收拾完站起身来，我问道："这是什么东西？"

他嘿嘿一笑，看了看我，说道："说实话，我也不知道这是什么东西。"

他的回答总是令我震惊。"那，你这是……"

"不过，我想很快就会知道这些是什么东西的。"他把塑料袋装进口袋里。我轻笑了下，也没有多问，就准备动身往山下走去。

此时天色已暗了许多，起了风，后面的大山看起来黝黑深沉，好像充满了无限的玄机，近处的林子里，树杈随着风轻轻摆动着，忽左忽右。

往前走了几步，我总觉得有什么地方怪怪的，但是又不知道哪里不合适，转头往密林那边看了几眼，风摆树叶，却也没有发现什么，是我多疑了吗？走回朱家沟的时候，一个人影子都没看到，每家每户都是黑漆漆的，真不知道在这里的人们是怎么生活的。

汽车在村口的大树边停放着，小河的水依旧潺潺流淌着，一切都是那么静谧。

"其实生活在这里也蛮好的！"肖子谦悠悠说道。

我笑了笑，村子虽然像是世外桃源，但却偏远落后。我说："不是吧，肖兄弟，我怎么感觉这里的生活那么原始。我很难想象现在还有这样的村子。"

他的目光依然悠远，盯着远处的群山："这里就是一个世外桃源，远离喧嚣。"

我说："肖兄弟，'革命尚未成功，同志还需努力'，我可不想这么年轻就生活在这里，太没意思了。"

他抿嘴一笑没说什么，有种很酷的感觉！

我们驱车往县城走去，没想到越走越亮，走到一半路程的时候，竟然又看到了夕阳。那个山村还真是够深沉的，夹杂在大山沟里，白天都要比外面短上几个小时。

快到县城的时候，路上的行人车辆逐渐多起来，此时天已经完全黑了，但是县城还是挺繁华的，这种繁华当然比不了城市，只是对我们刚走出朱家沟的人来说，仿佛从地狱回到了人间。

"晚上不回去了，我们就住在县城吧。"他说。

我当然没有意见。我们找了一家看起来不错的宾馆，订了两个房间，这应该算是这个县城最好的宾馆了，坐落在县城的中心，大楼边上也有霓虹闪烁，可是里面依然有些破败，墙角处有的地方斑驳霉烂，看起来也没几个客人，冷清清的。我对这些要求不高，更不害怕什么黑店，这都来源于我对自己身手的自信。等停好了车，看了看房间，我们就去街道上溜达。

这里虽说是县城，可是还不如城市的郊区。路灯只有零星几盏，吃饭的地方也不多。我们走过几条街，看到一家相对还不错的小饭馆，朱漆木门，很是古朴。我们走进去，看到里面靠墙的地方竟然还放着一排大酒缸。

小饭馆里没有客人，老板坐在一张藤椅上，悠闲地喝着茶。

我们走进去坐到一张桌子前，老板走过来招呼我们，点了几个小菜后，我问道："你这里有酒吗？"

"酒？"老板一愣，而后自豪地说，"听口音你们是外地人吧，看来你们是不知道，要喝酒啊，你们是找对地方了。我这里的酒，那可是大有名堂的，说了你们还别不信，我这酒在整个县城都是出了名的，祖传工艺，纯粮酿造。现在天气凉了，喝酒的人也少了，既然两位想喝，那就来点？"

吃什么不重要，有酒喝就好，我知道肖子谦对吃饭也不是很讲究，他和我一样，喜欢喝酒。

我一听老板的语气，便觉得喉头干燥，笑道："那就来点尝尝！"

老板拿来酒具就去打酒，我心痒，也跟着过去。老板有意炫耀，挨个打开酒缸，并讲道："你别看我这地方小，这酒可是绝对的好酒，这一缸是五年前酿的玉米酒，这一缸是七八年的高粱酒，这是去年的大米酒，这是绿豆酒，这是女儿红……"

面前酒香浓郁，我已忍不住想喝。肖子谦这时候也坐不住了，走过来看了一会儿，笑盈盈地说道："还真不错啊，给我们都来点尝尝。"

老板打来几壶酒，放到桌子上。菜还没有上，我和肖子谦就拿起小酒杯自斟自饮起来。酒果然不错，度数不是很高却味美醇厚。

"果然好酒，喝着很舒服，你们自己酿的吗？粮食都是自己种的？"我对站在桌子旁等着我们评价的老板说道。

“这倒不是，以前都是自己种粮食酿酒的。这几年大家伙都去挖矿了，种粮食的人很少，酒基本上都是用买回来的粮食酿的。”

“挖矿？你们那里矿石很多吗？”我一听这个词忽然有些敏感，便跟着问道，“你是哪里人？”

“说我们那小地方，离这里还远着呢，你们肯定不知道，我们那个村子叫朱家沟，偏僻得很。”

我猛地一愣，看了一眼肖子谦，他正端着一杯酒，波澜不惊地细细抿着。不过我很肯定他听到了老板说的话。

我急切地盼望着能打听出一些东西来，可是却不知道说什么，便端起酒杯说了句：“好酒，老板！”

老板自豪地说道：“那就好，只要你们喜欢就好，你们慢慢喝，不够我再打！”

老板走后，我们好久都没有说话，慢慢品着酒菜，味道果然很不错。

我心里一直记挂着朱家沟还有这个老板，寻思着怎么样去和老板套套近乎，看看能不能打听出什么，但又不知道该怎么开口。

肖子谦的神情很专注，他盯着酒杯，慢悠悠抿着，十分平静。

“莫兄，你很喜欢喝酒吗？”他好像很不经意地问道。

我笑笑，随口说道：“还行吧，喝着玩。”

他好像很不满意我的回答，转过头来盯着我看了一会儿，又继续喝酒。

中间老板又来打过两回酒。酒很好，只是喝多了也云里雾里的，但是这种感觉很舒服。我看肖子谦的眼神好像也有点蒙眬了。

我点上一支烟，又扔给肖子谦一支。他没说话，把烟夹在了指缝。

“点火吗？”

他摇摇头。

“肖兄弟，其实我很奇怪，你一直不抽烟吗？为什么又……”

他笑着摇摇头：“我不抽烟的，这个嘛，习惯吧！”他说着，神色有些黯然，“其实也是一种怀念吧！”

肖子谦的目光变得悠远起来，眼神亮晶晶的，充满了很多东西，看来他是一个有故事的男人。

“肖兄弟，你喝多了！”我笑着说。

肖子谦微微一笑：“酒不醉人人自醉，这种感觉确实很好，不是吗？”

“和我想的一样，肖兄弟，我觉得我们挺有缘分的，能认识你很荣幸！”他的神色又有些淡然，“其实我一直不相信缘分这东西，可是一切又都是随缘的，命里该有的，自会有，没有的，不能强求。”

这点和我的理解很像，我心中一阵激动：“肖兄弟，看起来你有心事啊。”

肖子谦说：“一帆风顺，那还是生活吗？”

我心道也是，一帆风顺那还是生活吗？喝酒其实是一个不错的选择，也许只有喝多了，才能感觉到生活的无奈，有时候想想也挺可悲的。喝多了我就开始怀念以前的生活、以前的兄弟和战友，离开部队这几年我不知道自己在干什么，一切好像都无所谓，整日里无所事事，生活也没有了方向。

我问道：“肖兄弟，你看起来好像对一切都很淡然啊。”

他微微一愣，叹了口气，没有回答我，只是问道：“莫兄为什么喜欢喝酒呢？”

“喝着玩呗，这么些年，我感觉生活中也只有酒有点意思了。”

6

“生活是一种态度，也是一件很有意思的事，你怎么会觉得它没有意思呢？”说完他又自言自语道，“不过，酒确实是好东西，可以让人想起很多，也可以忘掉很多。”

我慢悠悠地笑着说道：“喝酒能让人想起很多东西，不过我觉得经历太多未必就是一件好事。”

他盯着我良久，忽然笑了，说道：“你这么年轻，能经历多少啊……”

我愕然：“肖兄弟好像比我还年轻吧！”

良久，肖子谦才说：“喝酒是一种文化，原本只是用作享受和消遣，可是后来就变了。现在的社会，物欲横流，酒也成了一种工具。让人内心最隐秘的愿望清晰自然地暴露出来。莫兄啊，我们手里捧着的，不是一杯酒，而是一个个灵魂的寄托物。曾经有一群不知天高地厚的男儿，异乡漂流，备受冷眼，有家难归，用热闹麻痹孤寂，用狂欢掩饰落寞。这么多年来，我从酒里品到的永远不是甘甜，尝到的都是苦涩。”

我说：“肖兄弟，你真的喝多了。”

喝了半夜，也不知道喝了多少，我对肖子谦的了解更进一层。他表面看起来十分淡然，内心竟是如此多愁善感。

当晚我睡得很踏实，第二天醒来一看太阳都老高了，我赶忙去找肖子谦。他的房门虚掩着，我推门进去的时候他正站在窗户前，阳光从开着的窗户中直射进来，不冷不热很是舒服。

“等久了吧。”我笑着走过去。

他冲我点头说："幸好昨天没回去，看来我们今天又有事做了。"

"什么事？"我心底涌上一股热流。

肖子谦指了指窗户下面的一辆汽车说："你瞧，老朋友来了！"

我顺着他的手指看去，楼下一辆白色普桑很显眼，车顶上有红蓝两色的灯罩，明显是辆警车。

我问道："是费警官吗？"

"不，我没看到费警官，是罗风。"

"罗风？"我的脑海中马上出现了第一次在旅人酒吧的场景，那个脚步很轻、身手不错的小伙子就是罗风。

"罗风……我记得费警官好像说他休假了。"

正说着话，我们就看到那个罗风从街道一边走来，他个子不高，但是气势很足。这种气势并不是他一人散发的，而是因为他的身后还跟着五六名警察，除了罗风是衬衣夹克的装束，其余警察都是一溜的警服，看起来很惹眼。

"他们这是要干吗？那么大的排场。"我心里一阵好笑。

"如果我猜的没错的话，他们应该是要去朱家沟。"肖子谦一摆手，"走吧，我们也去。"

才下楼退了房子，就听见街道警笛大作。肖子谦发动汽车，我上车说："怪不得他们去都没人理呢，这架势，谁招呼得起？"

肖子谦没有说话，慢悠悠地驾车出了酒店。上了路我们才知道，他们的阵势比我们想象的还要宏大，两辆警车开道，后面跟着一辆棕色的SUV。

几辆车出了县城，果然是往朱家沟方向走的。我们熟悉这条路，于是就不紧不慢地跟着。开始时我们还能听见警笛声响起，到后来我们就被远远地甩开了。

汽车翻过山梁，到了村口的大柳树下，我们把车子停在昨天的地方，下车来便感觉一阵清凉，我伸着懒腰说："还是这里的空气好啊，清新凉爽。"

肖子谦也一样活动活动了筋骨，又去小河边洗了手，然后我们才晃晃悠悠地往村子里面走去。

走了一会儿还是没看到一辆汽车，也没有见到一个人影，我有些诧异：“他们不会还没来吧，怎么连个影子都看不到呢？”

肖子谦漫不经心地说：“不知道啊！”顿了顿又说，“走吧，他们说不定在前面等着我们呢。”

又往前走了一段，便到了柳明嫂子的家门口。他们家的院门紧闭着，看不到一个人影。我们从院门口经过的时候，忽然传来了一声轻微的喊声：“两位兄弟——”

声音是柳明嫂子的，我们看到院门边上探出了一个脑袋。她很紧张很神秘地冲我们招招手，待我们上前去的时候，她小心地把门开了一个小缝，小声问道：“你们怎么又来了？”

我笑道：“怎么说又呢，我们不是昨天就来了吗？”

她异常惊讶地说：“你们上山了？”

“是啊，我们昨天就上山了呀！”我还是很轻松地说道。

她不可思议地盯着我们：“你们、你们没看到什么吗？”

我跟着她的情绪，紧张地问道：“没有啊，你们这儿的那什么矿石一个都没见到啊。”

她的表情更加夸张了，盯着我们看了好几眼，有些严肃地问道：“你们什么时候下来的？”

“我们早上就下来了，正要走呢，这不是来给你道个别嘛！”我笑着回答。

“早上……你们，你们难道没看到她？”

“她？谁？”我忽然有些愣。

她更加紧张了，声音也更加小了：“看来你们真的不知道啊！死人了，昨晚又死人了，就在前面林子里吊着呢……”

我和肖子谦对望了一眼，既紧张又惊讶：“谁？谁又死了？”

她异常紧张，左右看了看，凑过来小声说道：“我那兄弟的媳妇，昨晚在后山林子里吊死了，今早才被人发现的，舌头那么长——身子都硬了！”

我一愣：“你哪个兄弟？”

"我有几个兄弟？就是柳明兄弟呀！"

"啊——"我的脸色有些苍白，柳明他媳妇，吊死了？这个消息真让我吃惊，"人呢？人在哪儿呢？"

她左右看了看，小声说："谁知道呢，还在那吊着吧，谁敢动啊，现在村子里人心惶惶的，刚才来了好些个警察，可能在处理吧。"

我们赶忙转身就走，她在身后急切地叫道："你们干吗？"

我转头说："我们去看看。"

她更加紧张了："回来，回来，去不得哟，去不得哟，你们，你们胆子怎么那么大啊……"

此时我们哪里有时间听她说这些，迈开步子就走，走了几步就听见后面院门被锁上的声音。去往柳明家的路上，我脑海中出现了那个黑衣老太太的身影，这让我的心底一阵一阵地发凉。

快到柳明家的时候，我隐约听见有说话声，几辆汽车停在柳明家外面的路上，看来肖子谦的判断是正确的，他们果然已经来了。

柳明家的院门敞开着，两个警察正在院子里转悠着。看起来漫不经心的样子。有声音从前面山道上传来，我们没有停留便直接往山上走去，远远地就看到几个人在林子边上转悠着，位置正是昨天我们来过的枯井的后面。

林子中有一处飘着警戒线，几个警察在那里。我忽然有些恍惚，昨天下午那种怪异的感觉又涌了上来。罗风看到了我们两人，迎了过来，和我们握了手，笑着说道："你们刚好也来了，还真是凑巧啊！"

他对肖子谦看起来挺尊敬的样子，见到我也并不惊讶。我和罗风是第二次见面，看来有关我的事情，费警官已经告诉他了。我对罗风的印象挺不错，笑着说："是啊，想不到能在这地方再遇到罗兄，哈哈，还真是缘分。"

他听了也哈哈笑着："人生何处不相逢啊！你们来这里是……"

我说："协助警察的工作是人民群众的义务嘛！"

他淡淡一笑，回头望了一眼，神情有些严肃："本来我也是今天过来再查查的，可是谁知道一来就碰到了这事。"

在我和罗风说话的时候，肖子谦已经上前去转悠了。我本来想跟着也去看看的，不过罗风在这里，我也不好说走就走，这时候听他这么一说，赶忙问道："这是怎么回事？"

"又死人了，死者是柳明的老婆，昨晚上吊死在这里了。"

"哦。"我故作惊讶，问道，"那你来得挺快啊，早上从市里过来的？"

罗风微微一愣，马上又笑着说道："可不是嘛，接到费队长的电话，马不停蹄就过来了。远啊，一直走到这时候了，我们也是刚刚到的。"

"他们都是刑警队的？"

罗风转头看了看："不，他们是H县公安局的，市里就我一个过来了。"

"哦，费，费警官也知道这事了？"我总觉得跟着说费队长有些不顺口，还是叫警官有味道。

"原本死了两个人，县里的公安就挺重视的，专门在村子留了工作组。今早工作组接到消息，报告了县公安局，县里又报到了费队长那边，于是我就过来了。"

"这么曲折啊。"我正说着，肖子谦转了回来。他拍拍手，问道："罗警官，有什么发现没？"

罗风想了想："没什么发现吧，死者叫桂花，是柳明的老婆，应该是自杀。她的神志有些问题。柳明死后，她受的刺激太大。"

肖子谦半天没说话，好像在思考，过了一会儿才说："嗯……应该就是这样的，好像没什么问题，你们按照程序办吧。什么时候死的？"

尸体已经被抬出来了，身上盖着白布，我凑过去看了一眼，满脸青紫，舌头伸出了嘴，脸上的表情平静淡然。

一名满脸胡子的警察戴着口罩检查了一下，低声说道："死亡时间大概在夜里十二点到两点之间。"

起先我并没有在意这句话，可是我听了这话以后觉得有什么地方很怪异，想了半天。忽然想起了什么，我紧走两步问道："什么时候死的？"

那警察抬头看了我一眼，好像懒得理我。这时候罗风和肖子谦跟了过来，还有一名警察也跟在后面。

罗风关切地问道："怎么了，莫大哥？"

我没有说话，一直盯着刚才的那名警察。他抬头看了看我身后的几人，点头说道："罗警官，李局长！"

"嗯，"罗风表情淡然，说道，"这位是协助我们破案的莫侦探，你们要多交流。"

莫侦探？我心底一阵小得意，脸上没有丝毫变化，只是身体站得更直了。

满脸胡子的警察看着我，依旧冷冰冰地说道："莫侦探，她是在夜里十二点到两点之间死的。"

我深吸一口气，问道："你确定吗？"

他没有回答我，只是嘴角斜了下，好像我问的问题很无知。我身后传来一个声音："王队曾经培训过法医，他说的一般不会错。"

我转头看了一眼，说话者是一个面色黝黑的人，看起来挺壮实，也挺淳朴。

"这是H县公安局的李龙局长，"罗风介绍着，"刚才忘了介绍，这位是大侦探肖子谦先生，此次专门负责调查朱家沟的案子，这位是莫侦探，和肖侦探是一起的。"

我对李龙点下头，算是打过招呼。李龙看起来很严肃，他硬挤出一丝笑容，然后又转过头去，望着罗风。

我的心里在打鼓，直觉告诉我：这个女人绝对不会是夜里十二点以后死的。可是我又如何去证明呢？是我的直觉，还是那个老太太？

"罗警官，这尸体怎么处理？"有一名警察走过来问道。

"你们去打听一下，有亲属就交给亲属，没亲属就给朱老二……咦？朱老二呢？还没过来吗？"

李龙说："去找了，不知道能不能找到。"

罗风有些不高兴，骂了句："他娘的，我们是瘟神吗？一个个都躲着我们。"

我问道："朱老二是谁？"

"村长。"罗风说。

大家在一起抽着烟闲聊，等了一会儿，就看到路口走来两个人，大家眼睛一亮，罗风笑道：“还真请来了！”

来的一个是警察，另一人是一名老者，警察应该是去喊人的，老者应该就是那个朱老二了。他看起来很老，留着很长的山羊胡，头发也没有多少，但是脚步却很稳健。

我看到老人的脸色很不好，料想工作进展不会太顺利。我摸了摸口袋里的烟，想去套套近乎，但转念一想，还是算了，进展顺不顺利关我和肖子谦什么事呢？

也罢，看着就行了。

老人不紧不慢地走了过来，站定，从兜里掏出一个老式烟袋，慢悠悠装上烟叶，点上火，然后瞪着我们，语气生硬地说道：“什么事？”

我们都没有说话看着他做完这一切。这时候李龙大声说道：“朱老二，你可真难请得动啊。”

朱老二瞪着三角眼，瞅着李龙，这架势让人心里发毛。李龙看来也是个硬汉，双手叉腰同样瞪着对方：“我们让你配合警方查案，这是你的义务，知道吗？你瞪着我是什么意思？我还怕你？”

“配合？”朱老二叼着烟锅，丝毫不退让，“查案？说得好听，谁不知道你们想干什么！告诉你，我们朱家沟的事情，我们自己可以处理，用不着你们。”

朱老二的态度让我吃了一惊，我疑惑地盯着罗风和李龙二人。

李龙脸色黑红，他斜着眼睛，就那么盯着朱老二：“哼，你什么意思？你们村子死了那么多人，你能处理？你要能处理，他们就不会找警方了。”

朱老二连声叹气，跺了两下脚，手里的烟锅乱颤，好似自语般说道：“这几个败家子，干的这事，罪孽啊！”

我突然觉得这朱老二挺可爱的。

朱老二抬起头来，又是一脸肃然严：“这是我们村里的事，不用外人插手，人都已经死了，你们还来看什么好戏？赶紧走，否则别怪我没提醒你们！”

这是赤裸裸的威胁警察啊，看来这朱老二是个倔老头，我倒要看看罗风如何应对。

李龙气得咬着嘴唇，一句话也说不出来。罗风从兜里掏出烟，递给朱老二一支，朱老二瞪着眼睛扭过身去。罗风也不生气，笑着说道：“老朱啊，这可是好烟啊，不抽不后悔？”

朱老二头也没回，冷哼一声，将手里的烟锅袋子抽得叭叭响。

罗风也不生气，自己点上火，深吸一口：“老朱，你到底是怕什么？你们这地方这么小，也就你们自己当个宝，给我我都看不上。”

朱老二瞪着眼睛、黑着脸没有说话。

罗风轻轻咳了一声：“你自己想想吧，现在又死了一个，已经第三个了！”

朱老二转过头，眯着眼冷笑一声：“你什么意思？我们村死了三个人关你什么事？你是谁啊你？我们这里的人是死是活还轮不到你来说话！”

罗风还是不恼，悠悠说道：“我们是来调查案子的，确切地说，是来帮你的。你不配合我们的工作，是犯法的，懂吗？”

“犯法？”朱老二不屑地冷笑一声，“什么狗屁法。”然后便不再说话。

罗风望了我们大家一眼，挥挥手，说道：“人交给他，我们走！”

李龙低声骂了一句，转身去安排了。罗风朝我和肖子谦走来，说：“行了，没什么意思，我们收队了，你们呢？”

肖子谦摆摆手：“你们忙完了就先走吧，我们才来，再看看。”

几名警察很快把那尸体收拾好放在朱老二跟前。罗风友好地对朱老二说：“你们村子里的事，我们不会插手，只要别再死人，一切都好说。”

朱老二气鼓鼓的，一句话也没有说。

罗风摇摇头，那边警笛声响起，几辆汽车发动了引擎，罗风和我们握手道别，几辆车呼啸着从我们身边开走了。

就这么走了？我有点纳闷儿！

此时林子边上就剩下我和肖子谦还有朱老二三个活人，还有地上躺着的一个死人。

肖子谦盯着那具尸体出神，不知道在想什么。我觉得这个倔老头挺有意思的，决定上去和他说说话，看能不能发现什么线索。

“大爷你好，抽支烟。”我走上去，笑眯眯说道。

他抬头看了看我，又低下头去吧嗒着烟袋。

我自顾自点上香烟：“朱大爷，您老多大年龄啦？”

朱老二侧过头看了看我，脸上的表情很不屑，他冷冷地问道：“你不是他们一伙的？”

“我？朱大爷您开玩笑吧，我怎么可能和他们是一伙的！”

他看了看我又望望肖子谦：“你们是干什么的？”

我装作漫不经心地说：“我们兄弟俩是出来游玩的，碰巧路过你们这里，就顺便过来了。”

“游玩的？”朱老头不太相信，“哼，谁信呢，我看那些个警察都对你们客气得很哪！”

“哈哈，这你就不懂了吧，就他们那些小警察，随便贿赂点，对谁都会客气。”

“贿赂点？”大爷眼睛一亮，“你是拿我寻开心的吧。”

“开什么心啊，”我说道，“前阵子，我听说咱们这儿的酒好，这才赶过来的，半路上碰到了这些警察，正好巧了，他们也是来这里的，所以就一起过来了。”

“酒？”朱老二眼睛一亮，“你听谁说的？”

莫非他也是好酒之人？我笑着说：“一个朋友说的，在H县开饭馆的，也是咱们朱家沟的人。”我想，反正不认识，套近乎谁不会啊。

朱老二脸上的表情放松了些，问道：“是不是名字叫朱畅？”

难道他们认识？我心想着，看来很有希望啊。我故作惊讶：“老爷子您也认识他？嘿，那酒酿得好啊，听说可是祖传秘方啊！”

朱老二脸上有一丝得意：“那是。我们朱家沟别的东西不敢说，这酿酒技术啊，那绝对是一流的。”

“这么牛啊，嘿嘿，朱大爷，你和朱畅是什么关系？”

“他是我儿子啊！”朱老二自豪地说道。

“原来是这样啊，失敬失敬了，我有眼不识泰山！我们就是过来讨酒喝的，没想到碰到了您，这还真是有缘。”

朱老二的脸色缓和了许多：“要说这酒啊，你找我就算找对了，回头去家里，我还存放着几大坛子老酒呢。”

“那，那可真是不错！”我很高兴地说道，“来吧，尝尝我这烟，可比您老的那烟锅袋子好抽啊。”

朱老二嘿嘿笑着接过去，就地蹲在路边，点上火美滋滋地吸起来。

我也蹲下来有一句没一句地和他闲聊着。

过了一会儿，山下的小路上走过来几个人影，步履缓慢，畏畏缩缩，有人喊了句：“你的人来了，老爷子。”

朱老二回头看了一眼，招招手，那几个人便走了过来，是几个年龄比朱老二还老的老爷子。

我站起身来，抖抖腿脚，肖子谦此时也走了过来，我们并排站在一起看着这些人一步一步走过来。

“老二啊，这俩人是谁？”

朱老二望了我们一眼，回头说：“你们不要管，他们不是外人。”

几个老人再没说什么。朱老二接着说：“现在就来安排桂花的后事吧。哎，柳明也可怜啊！”

几个老人慢悠悠地商量着，山道上陆陆续续走来几个人，是几个女人，灰布粗衣，看起来很淳朴。后面又陆陆续续走来些人，却尽是老人和妇女，还有一些个半大小孩。看起来他们村子的人也不少。

来人多了，话也多了起来，唧唧喳喳地吵嚷着；可怜那桂花一个人躺在冰冷的地上，无人问津。

我乐得清闲，看到肖子谦在林子里转悠，我也跟了过去。林子里尽是些乱树，粗细不等。再往里不过几米远的一棵树下，肖子谦正低头转悠着。

我走过去，看到地上有一截草绳，料想这里就是桂花刚才吊着的地方。我不禁打了一个冷战，仿佛看到那桂花此刻依旧在头顶晃荡。

“肖兄弟。”我喊了一声。肖子谦看了我一眼又继续低下头去在地上找寻着。

我问道：“你到底找什么呢？”

他笑了笑没有回答，继续在周围转悠着。

我自讨没趣，抬头看看树上。这应该是一棵洋槐树，一些没有落尽的洋槐花像白色的精灵一般慢悠悠地打着卷儿。树底下有不少的落叶和落花。

7

肖子谦转了一圈，最后在那一截草绳的地方停了下来，他蹲下身仔细看着。我走到他跟前时，肖子谦正用一根小棍子拨拉着那截草绳。

“肖兄弟，这截草绳看起来很普通，没什么好看的吧？”

肖子谦没有抬头看我，他说：“可能是吧，但是我总觉得这个事情怪怪的。”

我蹲下身，问道：“你觉得哪里怪？”

“我也说不上来！”他摇着头，看起来眉头紧皱。

“肖兄弟，其实我也觉得有些怪，我们昨天到这里的时候我就有一种感觉……”

“什么感觉？”他眼睛一亮，盯着我问道。

我想了想，说：“这个我也说不上来，总觉得这地方怪怪的。因为当时天色太暗了，也没看出什么来。”

他沉思了一会儿站起身来，没有继续问。我也跟着站起来：“肖兄弟，到这种地方来，你这衣服可就不好用了。”我笑着揶揄道。

他左右看看：“为什么？”

我拉起他衣服的一角，衣角上粘着地上的白色花瓣还有杂草灰尘，看起来星星点点：“肖兄弟，嘿嘿，你怎么总是穿这一件衣服呢？”

我顺手在他的衣角上拍了两下，那小小的洋槐花瓣便落了下去。

“慢着！”他忽然喊道。

“什么？”我一愣，赶忙缩回了手，可是由于有风，小一些的花瓣已经飘了起来，连带着飞起来的还有一些灰尘末子。

“怎么了？”我问道。肖子谦往后退了一步，仔细拉着衣角看了看，可是衣角此时干干净净。他又左右看看，末了自嘲地一笑：“算了，可能是我太紧张了吧！”

我也不知道说什么了，肖子谦又去边上转悠，脚下的树叶子被踩得唰唰响。外面路边上已经陆续走来了几十个人，一些小孩子在大人周围疯跑着，好像他们对这些事情已经司空见惯了一样。

不知道从哪里吹起来一阵风，吹在身上凉凉的，这个时候城市里还是挺热的，而这里温度已经很低，凉风吹在身上，略有寒意。洋槐树的小叶子慢悠悠地打着卷儿往下落，我抬头去看时，树叶缝隙里忽然出现了一张青紫色的脸，怪异至极，甚至看不出来是男是女，瞪着一双血红的眼睛，一眨不眨地盯着我。

我浑身一个激灵，以为出现了幻觉，赶忙眨眨眼睛，可是那张脸却没有消失。难道……难道这是真的？我的后背有点发冷，忙低下头，可是周围却变得黑乎乎的，方才嘈杂的声音一句也听不见了。

怎么回事？我很疑惑，这是做梦吗？可是不像啊，我清楚记得方才我和肖子谦确实在这林子里的啊，地上那一截草绳此时依旧平平展展地躺在脚下，我差点踩了上去。我赶忙往后退了一步，真他娘的晦气，这可是刚刚吊死过人的地方啊。

我再抬头看时，那青紫色的脸又不见了，却不知道从哪里出现了一双血红的眼睛，正恶狠狠地瞪着我。

这……这是怎么回事？肖子谦呢？我记得他刚刚还在这里的。我的额头瞬间冒出了冷汗。

“肖兄弟！”我喊道，可是周围安静至极，什么声音都听不见，莫不是被冤魂缠身了？我在连队的时候，因为一直驻扎在大山里，战友们偶尔从一些老乡那里听来些鬼怪故事，就有关于冤魂缠身的典故，当时都只是当笑话听的，谁他娘的会相信这些呢。

莫不是真的要在我身上发生了？就这么大一点地方，肖子谦去了哪里呢？我向着肖子谦刚才所在的方位走过去，眼前的景物开始变得模糊，一尺开外的东西想看清楚都困难。

“肖兄弟，你在吗？”我边走边喊着。那洋槐树使劲抖动着，风怎么吹得这么大呢？树上的枝杈互相拍打着，这时候我看到树干后面忽然闪出来半个脑袋。我靠！这不是刚才被抬出去的桂花吗？怎么还在这里？我被吓到了，眼前的桂花披头散发，瞪着一双血红的眼睛，长发从头顶上胡乱散下来，遮住半个脸颊，她的眼中满是愤怒，就那么看着我，我心底没来由地开始发毛。

这……这怎么回事？我的天！如果真是幻觉，那么这幻觉也太真实了。我使劲捶了几下脑袋，再看时，树后面露出来的半个脸已经消失不见了。

我舒了一口气，赶紧出去吧，这鬼地方。可是怎么出去？我左右看了看，什么也看不清，风吹得哗哗响，地上的碎草烂花卷到风里，迎面飘了过来。怎么这么大的风？

我大概辨了下方位，想了想林子边大路的方向，可是要到那里，就必须经过这棵洋槐树，而在树后面，却是刚才那个恐怖的女人。

我迈开脚步，心里没有一丝底气。

走了不过两步，娘的，该出现的还是出现了，树后面一点一点出现了半个身子，不是刚才那桂花还能有谁？头发盖住了整个脸，不知上面粘了些什么东西，拧成一股一股的，从头发缝隙里露出一张苍白的脸和一双血红的眼睛，正盯着我嘿嘿笑着。

我头皮发麻，没想到长这么大，竟然遇到了这种怪事，这是怎么了？我怎么了？

毕竟我的心理素质不是一般人能比拟的（当然这是我自己认为的），我尽管害怕，但还不至于失去心智。我紧握着拳头，嘴唇被自己咬破，尝到了一股血腥的甜腻，心头泛起一种无畏，竟然大声喊了一句“滚开”！

对面那不知道是人是鬼的东西，愣住了，刚才狰狞的神情瞬间消失不见，它的脸变得怨恨起来，瞪着血红的眼睛，直直盯着我。

“你……你是人……是……是鬼？”我心底还是胆怯的，说话也有些结巴。

她就这么看着我，看着我，忽然——

“啊——”

一声尖叫钻进我的耳朵里，我整个人就那么愣在那里了。感觉头发丝丝竖起，想动也动不了，那桂花张开的嘴里露出黑乎乎的牙齿，舌头从嘴里忽然伸出来老长老长，她猛地向我冲了过来，一身灰布夹袄，跟我刚才看到的死去的桂花一模一样。

我想动，可是动不了，双腿像灌了铅一样沉重，浑身上下汗如雨下。

眼看着这鬼东西即将冲到我眼前，“不——”我心底一阵呐喊，也不知道哪里涌出来一股力气，猛地挥起了右拳。

挥起了右拳……可是就好像打在空气上了一样。我猛地摇摇头，稍微清醒一点了，再看的时候，眼前却什么也没有了。

怪了！“啊！”我歇斯底里地喊起来，发疯一样地向外跑去，可是怎么也想不到的是，我的双腿已经不听使唤，根本没跑出去几步远，我便趴在了落满烂树叶的草丛里。

周围一瞬间变得安静了，我一动也不能动，就在此时，我忽然听到身边传来窸窸窣窣的声音。

我的心跳猛地停顿，我慢慢地转过脸去……

身边，咫尺距离，一张苍白的脸！

忽然一股寒意涌上了大脑，眼前猛地变黑，什么也不知道了。

隐约中，我感觉头顶上一圈一圈的火焰在旋转，一种听不懂的语言在我耳边吟唱着，好像天籁，又像天书！

我慢慢睁开眼睛，果然，一圈火焰在我头顶上盘旋着，一股呛人的烟味冲进了鼻子里。

我挣扎了几下，感觉身子软软的，连胳膊抬起来都吃力了。

我就看着那一团火在我头顶上转着圈儿，念经一样的声音围绕着全身，我努力看去，又看到了一张刻满褶皱的脸。

我挣扎了几下还是没能动，不是不想而是不能啊。这样过了好一会儿，那团火不见了，我就那么静静地看着，而后又看到一把黑漆漆的菜刀。

是的，你没听错，就是菜刀!

菜刀像刚才的火一样在我的头顶旋转着，这是什么？我、我不会死了吧？这是传说中的刀山火海？还是修罗地狱？

令我恐慌的菜刀在我头顶盘旋了一会儿，却没有劈下来，最后也消失不见了。我想，即使劈下来，我也只能眼睁睁看着，浑身连动的气力都没有，怎么躲？

我耳朵里听到一个颤巍巍的声音：“他醒来了。”

之后我的眼前出现了一团模糊的影子，过了几秒钟我才看清楚，是一个满脸褶皱的老大娘，他的身后还站着朱老二。此时的朱老二正吧嗒吧嗒地抽着那个烟袋。

“怎么样了？小伙子？”朱老二大声问道，红黑脸庞挤出一丝笑意，露出黑黄的牙齿。

我使使劲，动了动嘴唇，不知道说了句什么，不过可能是问他们是人是鬼吧，但是声音小得自己都听不见。

隐约中，又有一人走了进来，我听见朱老二喊道：“好了吗？……嗯，快端过来，给他喝！”

我看到一个穿着灰布褂子的人，手里端了一个碗，放在我的脑袋边上。

“来，把这碗汤喝了吧。”我听见那个满脸褶皱的老大娘说道，她端起碗凑到我的嘴边。顿时一股辛辣的味道冲进鼻孔，我的神志就在这个时候猛地清醒了。

“这……这是哪里？”我问道。

朱老二嘿嘿笑着，咬着烟锅袋子说道：“还能是哪里？这是我家。”

“哦，”我点点头，努力撑了撑，艰难地半坐起来，“我自已来，谢谢大娘。”

老大娘看起来慈眉善目，让人心静不少，我也没问是什么东西，反正他们总不会给我下药吧。

辛辣的汤水应该是生姜辣椒一类的东西，喝了以后浑身一热，果然舒服多了，身上也有了些气力，我坐起来把碗递给老大娘，然后问道：“朱大爷，我这是怎么了？”

朱大爷眯着眼睛，还是方才的表情，只是黑着脸没有说话。

大娘说：“你别问了，孩子，没事的。”

我想了下，也就作罢，既然他们不愿意说我也懒得问，“我那个朋友呢？”

“他在院子里头。”朱老二说，“好了，你再歇歇应该就没事了，我走啦！”

“你去哪儿？”我赶忙问道。

“还能去哪儿！”他大声说道，“柳明家的婆娘还在门板上躺着哩，我给发丧去。”

我没再说什么，朱老二咬着烟锅袋子走了出去，我听见他在院子里说：“醒了，你们在这里，让老婆子给你们弄点吃的。”

等朱老二走后，我便打算从床上下来，活动活动筋骨，还好我的身子骨不错，我得意地想着。

“大娘，我睡了多久了？”我一边穿鞋子一边问道。她看起来很友好，一直在我身边转悠，好像怕我要摔倒了，随时准备扶我：“你从昨天晌午到现在，已经睡了一天半了。”

“一天半？”我有些惊讶，我从没睡过这么长的时间，“大娘，我到底怎么了？”

她的眼里闪过一些什么，然后又笑笑说：“没什么，树林子里风大，你可能受不了我们这的寒气。”

“寒气？”秋天才来不久，哪里会有什么寒气？

看我穿上鞋子，抖了抖脚腕子，好像没什么大碍了，大娘又问道：“肚子饿不饿？我去给你们拿点吃的。”

“我倒还真的有点饿了，那麻烦你了，大娘！”

她笑盈盈说道：“麻烦什么啊，你们和我家畅畅是朋友，这就跟你们自己家一样，不要客气。”

“畅畅？”我一愣，我什么时候有这么个朋友？

她点点头，又笑道：“就是朱畅啊。”

“朱畅，哦，那您是朱畅的……母亲？”

“是啊，”她笑着说道，“所以你们就不要客气了，你起来先转转，我去给你们收拾吃的。”

我点点头，大娘转身走了出去，我也跟着走出了这个房间。出了房间门，就看到外面是一个大厅，一端是正门，另一端供着尊不知道什么像，被烟熏得乌黑。

正门上挂着一个竹帘子，大娘掀起了竹帘子，从正门走了出去，我紧跟着走出去，院子里豁然开朗，此时太阳已经偏西一点了，大山的影子投射下来，覆盖了半个院子。

院子不小，我刚才出来的应该是一件上房，屋院的布局和柳明家一样。从房子出来，空气好清新，尽管里面有一种泥土的味道，但是我觉得总比城市里的尾气好闻多了。院子一侧，还有一排下房，大娘走进了下房的一个门，我料想那应该就是厨房了，院子的另一侧，竟然开辟出了一个小花园，里面葱葱郁郁，长着很多鲜花。而肖子谦，此时就站在花园边上，看样子好像在想些什么。

“肖兄弟，”我走过去，不好意思地叫了他一声，又摸了摸后脑，有些尴尬。堂堂一个男子汉，竟然被所谓的“寒气”弄得躺了一天夜。

他转头来看着我，我觉得肖子谦的脸色也不是很好。

“你醒了，莫兄。”

“嗯，怎么了？你不舒服吗？”

肖子谦摇摇头，没说什么，却低下头，长长叹了一口气。

我猜测有什么事发生了，紧跟着问道：“怎么了？肖兄弟，是不是又发生什么事了？”

他看看我，摇摇头，眼神恍恍惚惚，没说什么。

我抽出一支烟点上，我最近烟抽得比较厉害，看来以前都是闲得慌。现在总算有事可做。小花园里植物种类不多，但是绿色绝对不少，密密麻麻地生长着，尽管已经入秋了，但依然苍翠不减，中间还有零星的小花探出脑袋。

看了一会儿花，心情也平静多了，我又看了眼肖子谦，没想到他此时却盯着我。“怎么了？”我笑笑，问道。

他也跟着笑笑，忽然问我：“莫兄啊，你昨天到底怎么了？”

“我……”我不好意思地笑笑，大概讲了讲，包括我看到的那诡异的画面，紫色的脑袋，血红的眼睛，还有桂花从大树后面探出来的身子，一并都说了出来。

肖子谦听得很认真，到最后张着嘴巴，半天说不出话来，我原本以为他会和我一样被吓着。

“肖兄弟，你说离奇不，不过，没把你吓着吧？”

肖子谦顿了顿，眼睛里忽然放出一种光来，他竟然有些兴奋，拉着我说：“走，我们马上回去。”

“回去？马上？”我一愣，左右看看，“可是，我们还没吃东西呢。”

“哦！”他又笑笑，“好吧，吃完了我们就回去！”

我点点头：“就说嘛，怎么着也不急在这一时半会儿的吃饭时间啊，不过，怎么了？你有什么发现？”

他又神秘起来：“你先别急，我现在也不确定，不过你应该很快就知道了。”

“那，好吧！”我听了此话，心里更加急切了。不过，肖子谦如此说，我也只能等着了。

“喂！小伙子，快来吃饭吧！”

我和肖子谦并排走了过去，我说：“麻烦您了，大娘！”

快到厨房的时候，我闻到了香味，虽然不知道做的什么好吃的，但是肚子更饿了。

“没事，我们这地方拿不出好东西，你们将就着吃点。”

厨房里有一张小方桌，只有膝盖高，上面斑斑驳驳，挨着小方桌放着几个小板凳。

小方桌上放着一盘鸡蛋炒青辣椒、一盘绿菜，还有一个竹框子里放着热乎的馒头。虽然是很简单的饭菜，但我还是不由得咽了咽口水，

“来吧，别客气，坐着慢慢吃。”她招呼我们坐下来，又去拿着两个搪瓷碗，盛了两碗稀饭。

“大娘，您也一块来吃点。”

她摆摆手：“不了，你们吃，我才吃了晌午饭，这都是给你们做的。”

“大娘，实在不好意思，麻烦您啦！”我早就感觉到饿了，抓起一个馒头就着菜吃起来，第一次感觉青辣椒炒鸡蛋美味无比。

“快别说了，都是现成的，有什么麻烦的？”她搬来一个小凳子，在方桌的另一边坐下来，看着我们吃，那神情就好像在看自己的儿子一样。我心里泛起一丝温暖，问道：“大娘，朱畅好久没回来了吧？”

她的笑容凝结在脸上，忽然冷了下来，叹了一口气：“哎！畅畅这孩子，我都不知道多少年没见到他了。”

我的手顿住了，肖子谦也愣住了。我们对望了一眼，都不知道该说什么。这个朱畅也真是的，这么多年也不知道回家看看。我对他的好感度一下子下降了。不过话说回来，他不回来总归是有原因的。虽然我和朱畅不是很熟，但我总觉得他不是那种不顾家的人。

莫非，有什么难言之隐？

想这些也没有用处，我安慰道：“朱畅现在忙得很，他那边的生意不错，每天都有很多人，这样吧，等我们这次回去的时候，我让他回来看看您！”

我以为老大娘听了我这话会很开心，可是她的神色却更加黯淡了，她又叹了口气：“哎！还是算了吧，我估计他回不来的，你们要是见到他了，给他说一说，让他照顾好自己就可以了。”

“哦？这又为什么呢？”我不解地问道。

大娘沉默了一会儿：“其实也没什么，孩子大了总归要走自己的路，留在大山里能有什么出息啊！”

我们又坐了一会儿，然后说要回去。

大娘把我们送到院外，看我们要走，犹犹豫豫地说：“你们要是见到我儿子了，就给说说吧。”

我不知道到底是让她儿子回来还是不回来，但看她的神情也不好多问，便使劲点了点头。肖子谦却郑重其事地说：“大娘，您放心吧，我们一定会把您的话带到，您很快就能见到儿子了。”

老大娘很高兴，看得出是发自内心，但一会儿她又紧张地说道：“不，不，你们不知道，畅儿是不能回来的。哎，哎，只要他好好的就行了。”

下午四点多，天色不算早也不算晚，我们出来以后，转了转便找到了路。朱家沟其实真的不大，据我观察应该只有两三百户人家，而且大多是沿着河岸居住的，丛林茂密，家家户户的屋子四周都是树荫婆娑，朱老二家应该在村子的中央位置，从这里往出走，可能十几分钟就能到村口，往里走的话，可能也就一二十分钟就能到柳明家。

“肖兄弟，我们不去柳明家看看？”在走上大路以后，我问道。

“算了吧！”他说。

“我们要不要给朱老二说一说呢？”我问道。

他停住脚步想了想，问道：“你觉得呢？”

“我觉得我们还是去给说一声吧，这样的话，下次过来也方便一些！”我不知道肖子谦什么意思，说得不是很肯定。

他笑笑：“对，有道理，我们去柳明家！”

我们一路上看到了不少人，有在路边说话的，有歇息的，有从河里挑水的，也有在河边洗衣服的，还有一些小孩子们在追逐打闹。

我说道：“没想到这个村子挺热闹的嘛！怎么上次来的时候没见到一个人？”

肖子谦笑了笑，没有说话。

一路上不停地有人对我们行注目礼，有的看到我们马上走开，有的却指指点点不知道在说什么。离柳明家越来越近，嘈杂声也越来越大。

在柳明家的院子门口，我们碰到了柳明的嫂子。她看到我们有些惊讶，随即又笑了起来，大大咧咧地说道："怎么样？你们两个，现在可成了焦点人物了啊！"她说着嘿嘿笑起来，完全没有初见我们时的拘谨。

柳明和桂花好歹也是你们自家人，如今不幸双双遇难，你就这德行？我有些鄙视她，不过我没必要发作，于是皱眉问道："怎么成焦点人物了？"

她上下打量着我，复又说道："尤其是你啊，兄弟，你说你一个堂堂男子汉，怎么会撞上那东西呢？"

"我？"我诧异地问，"我撞上什么东西了？"

她诡异地一笑，看看左右无人，继续说："不是我说你啊，小兄弟，你回去后还是多注意注意，被那东西撞上了可不是什么好事。"

我有些着急了，问道："你什么意思？我到底撞上什么了？"

她脸色一沉："你是真不知道还是在装？"

"我有什么可装的呢？"

她想了片刻，低声说："你是被我这妹子给撞上啦！不过还好，没什么大事，但是还是要多注意！啊……我忘记这是在她家门口了，呸呸呸！我不是有意的啊，妹子你别怪我！"

她神神叨叨地说完这些，连呸了三下，又双掌合并："妹子，你别怪我啊，我不是有心的，你别怪我啊，我多帮你干点活，你别生气！我会好好待你家娃儿的。"说完瞪了我们两眼，转身又进了院门。

我和肖子谦对望一眼，两人都笑了。

院子里很热闹！房门尽皆大开，出出进进的女人和老人不少，却不见一个年轻小伙子。我很奇怪这个村子的年轻人都去了哪里。难不成都出去打工了？

不过后来我才知道，我并没有想错，村子里的年轻人基本上都去了外面。

村子太落后，年轻人都不愿意守着这个贫瘠的地方，但是又没有勇气走太远，便在山里的矿上打工，真正走出大山的极少极少。

我对这点很不理解，我一直以为凡是有矿产的地方都会相对富裕，谁不知道煤老板、矿老板都富得流油啊。

院子里的其他人我们都不认识，不过他们好像都认识我们，不时有眼光投向我们，但就是没人上来和我们说话。我们在院子里站着，忽然听见门口传来朱老二的声音："嘿，小伙子，你们过来了？"

朱老二看起来很有威信，他往门口一站，外面要进来的人纷纷停住了脚望着我们，没有一个从他身边硬挤。

我和肖子谦迎了上去，笑着打了招呼，寒暄了几句，我们就说明了意思。朱老二看起来也是个直爽人，没有怎么挽留，他说："那你们就走吧，我这里还忙活得很，我就不送你们了！"

8

出来以后，趁着时间还早，我们又去周围转了转，大致知道了朱武、周大他们几人家所在的地方。正如他们讲述的一样，这几家离得很近。

出了朱家沟，一路无话，到了 H 县城，我们又去了一趟朱畅的酒馆，我们答应过朱畅母亲，所以过来给朱畅说一声。朱畅是一个很爽朗的汉子，他听了我们说的事情以后，犹犹豫豫地答应我们要回去看一看。之后，我和肖子谦便回了 B 市。

在 B 市里的日子很无聊，以前并不觉得，这次跟着肖子谦去了朱家沟后，我觉得生活一下子好像有了意义，以前的日子纯粹是在浪费时间。

无所事事了两天，忽然又接到肖子谦的电话，约我在旅人酒吧相见。

我到的时候，肖子谦正聚精会神地盯着眼前的酒杯，不知道在想些什么。

“肖兄弟，怎么了？是不是去了一趟 H 县，对这里的酒不满意了？”我开玩笑地说。

他笑着说道：“你还别说，那朱畅的酒还真是不错！”

这点我必须承认，可惜在这里喝不到。酒吧的小老板拿过来一瓶啤酒给我起开，说：“莫老哥，好久不见你了，最近很忙吗？”

我这几天确实没有来喝酒，但并不是忙，而是忽然觉得一个人来这里喝酒没什么意思。等老板走了以后，我问道：“肖兄弟，这两天干什么去了？”

他笑着说：“你猜？”

“这个有点难度吧！”我笑着说。我一直觉得肖子谦是个很严谨的人，却没想到他也喜欢开玩笑。

顿了顿，他又说："我去找了一位朋友。"

对此我略感失望，我原以为他在继续调查那个案子，我开口问道："朱家沟的事情，有进展吗？"

"有啊，不过进展不大！"他低声告诉我，"我有个朋友是做研究的。"

我一愣，这和案子有关系吗？"研究什么的？"

"研究什么的不重要，重要的是，通过他我已经知道了一个秘密。"他喝着酒慢悠悠地说道。我想，他是在故意吊我胃口。不过没关系，只要他能告诉我就行了，我问道："是关于朱家沟的吗？"

他点头。

我想了想，忽然灵光一闪，笑着说："肖兄弟，你就别跟我打哑谜了，是不是你上次收集到的粉末？"

他盯着我看了一会儿，忽然笑了："哈哈，莫兄啊，看来你也不错嘛，是粉末，但不是上次收集的！"

"哦？"我更加好奇了，"赶紧给我说说吧。"

他想了想，问我："你知道一种花，能让人产生幻觉吗？"

"一种花？能让人产生幻觉？这我还真不知道。不过听上去似乎和催情药的效果有点像。"

肖子谦慢悠悠说道："有一种花，它能乱人心智，使人产生幻觉。"

"有这么神奇？"

肖子谦眉毛挑了挑，笑着说："这是一种魔鬼花，它有世界上最妖艳的颜色，有诡异的清香，能够制造出一个又一个的幻境，能够建造一个又一个的陷阱，引诱人走向死亡。"

"走向死亡？"我心里一惊，"还真的有？"

肖子谦笑道："莫兄，这个世界一切都是可能的，我们觉得奇怪只能说明我们知道的还少！"

"你说得有道理，我们不过是这个世界上的沧海一粟，世界大无边际。对了，你刚才说的这种花，哪里有呢？我倒还真想见一见。"

“见一见？你不是已经见过了吗？”

“我？见过了？”我忽然想到产生那些幻觉，“你别吓我，你说我在那林子里是，是被那种花……”

他微微点了点头。

我心头一阵激动：“可是，可是我没看到啊，你不是说那花是艳丽无比吗，可我好像根本没看到什么花？”

“当然了，”他说，“这种花可不是你想见就能见到的。”

“为什么？难不成它生长的位置很奇特？”

“聪明，”肖子谦点头道，“这种花生长在用昆仑神木做的棺材里的死尸上。”

“棺材？死尸？昆仑神木？”我一阵愕然。

肖子谦接着说：“这种花就是传说中‘尸香魔芋花’，据说是守护所罗门王宝藏的。”

“尸香魔芋？宝藏？对了，朱武好像说过他们村子藏着朱允炆的宝藏，难不成这两者有关系？”

肖子谦没有回答我的问题，而是盯着酒杯自语道：“那是一种早已灭绝了千年的奇花！”

我们都陷入了沉思，我的脑海中出现了一个庞大的血红的花朵，妖艳无比，就像一个婀娜的美女一样摇摆着诱人的身姿，诱惑着人们走进它布置好的陷阱。

“肖兄弟，照你这么说的话，那种花只生长在棺材里，可是我们也没有见到棺材？”我一瞬间想到刚刚说的粉末，“你说的是那粉末？”

“聪明！”

“啊！”我恍然大悟，这么说，那粉末应该是来自那什么尸香魔芋身上的。而我是在拍打肖子谦衣服的时候，无意中闻到了那种粉末然后就被引诱着走进了幻境。可是那东西是能让人死亡的啊，我这不是好好的吗？对，是粉末，只是粉末罢了，粉末能让人走进幻境，但是要让人走向死亡的，应该是活着的花吧！死了的东西哪里还能有那么大的能耐。

我把我想到的说给肖子谦听。他哈哈笑着，也没有否认。

“可是，那些花粉不是都撒了吗？你怎么知道是尸香魔芋的花粉呢？而且我也没看你收集，莫非，是你在古井边上收集的那些？”

肖子谦笑着点了点头，但是马上，他又眉头紧蹙，做沉思状。

我知道他在思考，本该不说话的，可还是忍不住说：“我记得古井边那种粉末有不少。难道那地方是……是棺材？那种花不是只有死尸……”

我感觉自己的头皮又开始发紧，说完又兀自摇摇头，感觉不太可能。除非整个村子就是一个棺材，里面的东西都是死尸？那岂不是太恐怖了。

“莫兄，你真会开玩笑，哪里有那么大的棺材啊，还装一个村子……你难道忘了，朱武曾经说过，他们进了一个古墓，回来的时候经过那口井？”

“你是说，花粉是他们从那古墓里面带出来的？难道那古墓里真的有宝藏，而且生长着千年前就已经灭绝的尸香魔芋花？”我吃惊地问道，“还有那古井边上……”

肖子谦没有回答，但是他不回答，反而让我知道我说对的可能性很大。

我忽然一个激灵：“这太诡异了，如果连这都存在的话，我觉得他们说的地狱猎犬也一定是存在的。如果这样的话，那这个案子还怎么去查？我们……我们还有必要去查吗？”

肖子谦没有回答我，他沉思了一会儿，然后转过头来问我：“你刚才说什么？”

我说：“如果真的存在那什么传说中的花，那么古墓里的东西就极有可能是真的，地狱猎犬伤人、阎王派恶鬼索命，莫非世界上真有天堂和地狱？我们还查不查？怎么查？”

肖子谦笑道：“我相信这个世界上存在怪物，但是地狱和天堂，那都是人们幻想出来的。凡事有因必有果，如果真是那样的话，也只能说是他们几个咎由自取了！”

“是啊，这个世界还真是神奇得很！”

“其实也没什么，”肖子谦微微笑着说，“世界万物还不是由人掌控的！就算是再神奇的东西，在人面前也只能靠边站。这个案子，我们还得继续查。如果真是那什么来自地狱的东西，那我们就去地狱闯一闯！”

我知道他是开玩笑的，可还是被他的豪情感染了。

“如果这一切都是真的，那朱武告诉我们的那些，一定也是他们村子里的秘密了。他怎么这么随意就说出来了？”

“他不是随意说的，他如今自身难保，他不说这些，我们就没法救他。相对于那个只存在于传说中到底有没有谁也说不定的宝藏来，还是自己的命更加重要一些。”

“可是，我觉得朱武并不是一个贪生怕死的人。”

“这与贪生怕死无关。”肖子谦笑着说，“死也要死得其所。如果就那么窝囊地死了，那他就是一个愚蠢的人了。再说了，村子那么多人那么多年都没有找到宝藏，他当然不相信我们能找到宝藏。”

“也是，但是就像你说的，一切都有可能嘛。可是他即使告诉我们这些，我们又能救得了他吗？”

“谋事在人，成事在天！有些事情做了以后才能知道！走吧，我们再去费警官那里转一圈。”

天气有点阴，秋意已经很浓了，秋风瑟瑟，黄灿灿的银杏叶子落满了城市的街道，我怎么看着都像是宝藏。往年秋天时我会觉得有些失落，如今却充满了向上的情怀，看来是和肖子谦在一起使我的心态发生了变化。

费警官坐在他的大桌子后面，慢悠悠地品着茶，手上的半截烟卷还冒着烟。他看到我们好像很激动的样子，站起来请我们坐，又拿出烟来散给我们。肖子谦照样接过，只夹在手里却并没有点燃。

“怎么样，有线索了吗？”他问道。

“线索嘛，哪有那么容易找到的？”肖子谦笑着说，“只要不继续死人就是万幸了。”

“怎么？你没把握？”费警官皱着眉头朗声说道。他皱着眉的样子很是威严。

肖子谦微微一笑，没有承认也没有否认。费警官似乎对肖子谦的回答有些惊讶，又把目光转向我。我摊摊手，表示我也没办法，又说：“其实这也是没办法的事情啊，目前看来，那些人都是自然死亡的。”我知道这事情不会那么简单，但是肖子谦不说，我也不能代替他乱说。

费警官听了我的话，微微有些纳闷儿，问肖子谦：“你也是这么认为的吗？”

肖子谦没有说话，又反问道：“费警官你的意思呢？”

费警官晃着脑袋，想了想才说：“可能真如你说的那样，确实是那野兽溜进村里，咬死了人。要怪也只能怪他们自己，没事跑什么古墓里去，招惹了那野兽。”

“如果真是这样就好了，现在谁也说不清到底是什么情况。”肖子谦说着，又站起来，“算了，现在也不能下结论，我要再见见他们。”

费警官当即站起来：“我这就安排。肖兄，这件事情就多靠你了，本来我打算让小罗和你一起的，现在有莫兄弟给你帮忙，我也就不掺和了。你若是需要人手，随时找我，我来安排。”

肖子谦说：“如果有其他需要，我会和费警官说的，至于人手，暂时不需要。”

“那就拜托了，还有一件事情，我要告诉你们，那几个人在我这里恐怕待不了多久了。”

“哦？你要放他们走？”我说。

费警官一脸苦笑：“莫兄啊，什么叫我要放他们走，其实一开始就是他们要求留在这里的，现在案子没着落，我也不能强留他们啊。他们在我这里最多也就能待十多天，所以这两天必须要让他们出去，否则我就是违法了。”

“哦，这样啊！”肖子谦说，“没关系，你按照程序办理就行了。”

费警官还是忧愁地说道：“我也是这么想的，可是他们不愿意啊。”

“他们不愿意？他们要待在警局，不想回家？”

费警官点点头。我想了想随即明白了，毕竟，警局看起来相对安全一些。

我说：“可是这也由不得他们啊。在你的地盘上，还不是你说了算？”

“我也这么想的。问题是他们根本就没想要走。他们现在认定回到村子就会死，还说如果我们不救他们，他们还会继续上告。”

我说：“他们爱怎么样是他们的事情。”

“话是这么说，可是毕竟死了人。如果我们找不到凶手，甚至连案情都不能掌握的话，就算要移交案子，也不太好交代啊。”

我明白费警官的意思，可是他说这话的时候，我突然想起肖子谦曾经问我如果有什么事情如果处理不了，会推给上级去做吗？莫非他当时就意识到了什么？我记得我当时还回答他：“开什么玩笑！除非递交辞职书让他帮你签字。”

费警官看着我不说话，等着肖子谦的回答。

肖子谦嘴角翘了翘，说了一个字：“走！”

再回到后院的那个小楼前，一切依旧。

时隔不过几天，我再看到朱颜的时候，几乎不认识他了。他与之前我们见到的那个朱颜判若两人，面容枯黄，眼眶深陷，眼神干涩，身上的衣服肮脏难闻，好似患了重病。

我们进去的时候，他蜷缩在床角上，睁着眼睛惊恐地望着我们。

我和肖子谦均是吃了一惊，我问道：“他怎么成这样子了？”

费警官挺着腰身，抚摸着大肚子，一边抽烟一边说道：“朱颜的情况现在不太好，他疯疯癫癫的时候越来越多。”

我愕然，心里有些难受。

待了一会儿我们又去了朱武的房间。

朱武还是很精神，他看到我和肖子谦的时候眼睛一亮，问道：“怎么样？”

我们都没有作声。他的神情又冷淡下来，叹了一口气：“哎！算了，我就知道……”

“你知道什么？”肖子谦问道。

朱武也不避讳，说道：“我知道你帮不了我们，但是我相信朱六兄弟和柳明哥的死绝对不是偶然。如果你们解决不了就趁早告诉我们，不要浪费我们的时间。”

我有些生气：“朱武，你怎么不识好歹？难道你以为事情简单得就像喝水吃饭一样吗？你以为我们喜欢管你们这破事？我看他们两个就是被什么野兽咬死了，要怪，也只能怪你们自己，没事跑去找什么宝藏，宝藏有那么好找？自己不要命怨得了别人？”

朱武听后慢慢冷静下来，坐在床边好一会儿，又说：“那你的意思是我们就应该死了？”

我哼了一声：“那也是你们自找的。”

朱武叹了一口气，不再理我，望着肖子谦说：“我不想死，我还有老婆孩子。”

肖子谦笑着点点头，淡淡地说：“柳明的老婆死了！”

“什么？”朱武的眼睛直直的，“你说桂花嫂子……死了？”

肖子谦点点头。

“什么时候？”

“前几天的事。”

朱武愣了半天，一句话也没说。这时费警官疑惑地问道：“柳明的老婆死了？”

这倒让我疑惑了，费警官不知道？小罗没告诉他？

“怎么回事？又死一个？”费警官惊讶地盯着肖子谦问道，“你怎么知道的？”

肖子谦没有回答，他定定地看着费警官。我想，肖子谦可能现在和我一样的迷惑为什么罗风没有告诉费警官这些呢？我的耳边仿佛又回想起罗风那时说过的话：“原本死了两个人，县里的公安就挺重视的，专门在村子留了工作组。今早工作组接到消息，报告了县公安局，县里又报到了费队长那边，于是我就过来了。”

朱武颓废地坐上床去：“完了，完了，桂花嫂子也被牵连进去了，这……这一定是那东西干的，一定是。完了，整个村子都要受到牵连了。”他的眼中迸发出一丝狠光，突然又喊道，“我要回去，快让我走。”

朱武说着就站起来往门口冲去，我和肖子谦都没动，从门外进来两名警察，将朱武堵了回来。

朱武望了一眼，回过头来，盯着肖子谦喊道：“我要回去！”

费警官喊道：“你给我坐下，你以为这是什么地方，你想来就来想走就走？”

朱武并没有回答他，而是转头看了看门口的警察，又看着肖子谦。

肖子谦笑着说：“朱武，你桂花嫂子不是被那什么野兽害死的。”

“不是？”他眉头紧皱，“那是怎么死的？”

肖子谦淡淡地说道：“自杀！”

“自杀？”朱武重复了一遍，接着说道，“不可能，不可能的，桂花嫂子怎么可能自杀？柳明大哥即使被害了，还有小强啊，她不管小强了？”

我冷笑一声，说道：“你还真是可爱，你知道你的桂花嫂子现在成什么样子了吗？”

他盯着我，神情已经平静了不少，静静站了一会后，他说道：“桂花嫂子，她……她怎么了？”

“柳明死的时候她受了太大打击，已经疯了。”

“疯了？”朱武眼睛瞪得滚圆，接着又摇摇头，样子很痛苦，“桂花嫂子，哎！没想到啊，没想到啊！”

朱武说完这句话，整个人看起来失魂落魄的，他慢悠悠地走回床边，坐下来，双手按在桌上，头深深埋了下去。

他就是这样足足待了两分钟。在这两分钟里，费警官独自在另外一张床上坐下，悠然自得地抽着烟，他对门口的那两名警察挥挥手，他们便退了出去。肖子谦依旧笑眯眯地看着朱武，脸上的表情始终没有变化。我不喜欢这样沉闷的气氛，便夹着烟踱着步子走到了门口。

门口的两名警察还在，他们看到我出来，冲我笑笑算是打招呼，我当然也很乐意和警察搞好关系，便笑着走上去给他们发了烟，借此问一些事情。

“小罗还没回来吗？”我漫不经心地问道。

他们知道我问的是谁，也笑道：“罗大哥最近请假了，好多天都没来上班了。”

“哦，”我随口答应着。按说这个案子应该就是罗风负责的，可是他却不在，“请这么长时间的假，怎么回事？家里有事吗？”

一名警察摇摇头，说道：“这个谁清楚呢！”

另一名警察笑道：“罗大哥的事情，我们怎么能知道呢，不过你可以问头儿啊。”说着，他冲里面努了努嘴。

闲聊了一会儿，手上的烟也抽完了，当我重新走进屋子里的时候，朱武已经抬起了头，只是眼睛红红的。

我总觉得朱武对柳明老婆之死的反应太大了，可是随即又想到，可能是他和柳明相互关系好一些的缘故，所以他才会如此难过。

朱武此时已经平静下来，他慢慢问道：“她是怎么死的？”

肖子谦好像一直在等着他的问题，随口说道：“上吊，自杀的！”

“上吊的……在哪儿？”朱武的眉头皱了起来。

“你们村子就那么大，你能想到哪儿？”肖子谦说。

朱武看起来很急躁，他愤怒地问道：“她到底在哪里死的？”

“这个很重要吗？”肖子谦淡淡说道。

朱武没有得到答案，很不甘心，看到我走过来，便又问我，我没有回答他。费警官黑着脸坐在另一边抽烟，似乎一点都不关心。

朱武重新看着肖子谦，眼神中有一丝祈求：“告诉我，是不是在村子边的小林子里？”

我心里微微一愣，但是脸上没有表现出来。我看向肖子谦，他脸上波澜不惊，仿佛丝毫没有诧异，他说：“是的，确实是在林子里面。”

朱武想了想，又试探着问道：“是在那棵洋槐树？”

我更加惊讶了，同时也更加怀疑朱武和桂花之间的关系。肖子谦却好像没听明白一样，问道：“那个林子里的洋槐树很多，不知道你说的是哪棵？”

“是、是……”朱武说了半天，也没有说出来。他的表情慢慢平静下来，人也不再急躁了，可能他也意识到了自己刚才的失态，又想了半天，然后说道：“算了，我只是担心那野兽会迁怒到家里人，现在看来，柳明哥的死，确实对桂花嫂子打击太大了，哎！这都是命啊！”

朱武的表情很是失落。

我们往出走的时候，朱武叫住了费警官：“让我回去吧，我不想在这里待了。”

费警官可没有肖子谦这么好的脾气，他瞪着双眼，恶狠狠地说：“你以为我喜欢让你待在这里啊，不怕死就回去吧，过两天就让你们回去。但是我警告你，在我们查案的时候，你最好乖乖待着。如果这件事情真的不是人为的，你们就不要给我再找事！”

朱武仿佛对这些话有些惊讶，他没说什么，转身走了回去。

我们又走进了周大的房间，周大正在睡觉，鼾声如雷，屋子里充斥着一股汗味。

一名警察走过去推醒他：“起来了，大白天睡什么觉！”

周大揉揉眼睛，看到我们有些惶恐，他坐了起来，第一句就问道：“啊，我可把你们盼来了，怎么样？你们、你们……”似乎想问很多却又问不出来。

肖子谦坐下来，很淡定地说：“周大，你知道吗，柳明老婆死了。”

“谁？”他好像没听清楚，又问道。

“柳明的老婆。”

“哦，什么时候？”周大看上去很平静，但我觉察到了他语气里的惊讶。

“就在前几天，上吊死的。”

周大沉默了几秒钟，叹了口气，说道：“哎，都是造孽啊，你们去朱家沟了？”

肖子谦点点头。

周大又问道：“你们去我家了吗？”

“嗯。”肖子谦又点点头。

“我家里都好吗？我娘和孩子？”

“都好！”

周大不再说话，默默想了一会儿，又说：“是不是这几天我们就可以回家去了？”

我们都没有说话，肖子谦依旧很有耐心地点了点头。

周大叹了一口气，便没有了下文。肖子谦眯着眼睛，突然问道：“你还能想起来你们去那座墓的路线吗？”

周大摇摇头，说：“别说墓了，我估计就连那个林子也找不到了，那地方真是邪门，我在那里生活了半辈子，根本没见过那个地方。”

肖子谦点点头：“你们从古墓里出来，只有朱六带了个盒子出来？”

周大很疑惑地说道：“是啊，怎么？难道还有什么？”

“没有，”肖子谦笑笑，“我就是随口问问。”

9

从周大那里出来，我们又去了柳叶的屋子。柳叶是周大的妻子。门打开的时候，柳叶正坐在窗口出神，其实我知道这里的窗户是根本看不到外面的。她看到我们进来，脸上的表情并没有太大变化。柳叶整个人的变化很大，模样更清瘦了，好像一下子老了好几岁。柳叶比我要小四五岁，可她的孩子都已经两岁了，大概是农村姑娘结婚早的缘故。

和柳叶闲谈了一会儿，告诉了她村里的情况，柳叶一直沉默，并没有说什么。只是我们告诉她柳明的老婆上吊死了的时候，她异常惊讶，表情很夸张，眼睛里充满恐惧，好一会儿才平静下来，说："让我见见我家周大吧。"

这可能就是女人和男人差别吧，男人善于保护，女人寻求保护。

我想我们应该答应她，可是费警官冷冷地说道："急什么，这两天你们就可以回去了，回家后慢慢见吧。"

柳叶看了费警官一眼，点点头没有说话。可是当我们要离开的时候，她突然叫住了我们："还有一件事情，我，我……"

肖子谦笑笑，我相信肖子谦的笑对女孩子很有杀伤力，很纯净，很可爱。当然，我说的是未婚的，并不知道对眼前的柳叶适不适用。

"说吧。"肖子谦笑笑。柳叶犹犹豫豫地说："我，我在那古墓里面曾经看到一幅图。"

她说话的声音很小，可是肖子谦离她最近，肯定是听到了。我的听觉很灵敏，因此也听到了。她的话说得很神秘，但没有引起我的兴致。一幅图就一幅图，这也没什么大不了的。肖子谦却好像很感兴趣，眨眨眼睛，鼓励地点点头。

柳叶酝酿了一下，好像说这些需要莫大的勇气：“本来我也没有在意的，可是现在想来，这幅图和他们的死都有关。”

一幅图和几人的死都有关，这是一幅什么图？我突然觉得这幅图并不是我想的那么简单。

“当时看到那八口棺材的时候，我心里很害怕，所以走在最后面。他们都盯着棺材和那个东西的时候，我害怕后面有东西，就把手电筒照在身后的墙壁上，我看到那墙壁上有几幅画。”

壁画！古墓里的壁画！

柳叶说完，眼神朝上，开始回忆起来。肖子谦饶有兴致地看着柳叶，等待着。我很着急，忍不住问道：“上面画的什么？”

“那墙壁上有很多画，画满了整整一个墙壁，至少也有十几幅吧，太远的我没有看清楚，可是离我们近的，我、我还是看得很清楚。”

我忍不住又想催促，到底画的是什么？能不卖关子吗？

柳叶顿了下，继续说道：“其中有一幅图画的是，是……”柳叶忍不住打了一个激灵，好像非常恐惧，她瞪着眼睛，半天都没有勇气说出来。

我的急躁写在脸上，我真搞不懂有什么能让她这么害怕。肖子谦却一脸平静，他笑眯眯地盯着柳叶，淡淡说道：“好了，你不要想了，周大就在隔壁，要不我们让他过来。”

柳叶看了费警官一眼，费警官原本一直没在意我们的谈话，但是听到柳叶说到壁画的时候，他忍不住凑了上来。他听到肖子谦的话，微微有些尴尬，但还是点点头。

“算了，”柳叶挥挥手，“我看到有一幅图画的是一只大猎狗在撕咬人。”

我的心猛地震颤，大猎狗撕咬人？有些熟悉！

“撕咬……一个人，什么意思？”我问道。

柳叶的表情很难受，看得出她说这些话用了很大的勇气：“都是一块一块的……”

尽管听得不清晰，但是我明白了，这古墓里壁画上的内容和真实发生的事情竟然一样！那么，那几个人的死亡和壁画会有什么关系？

费警官睁大了眼睛，而肖子谦依旧淡淡地笑着。

“那只猎狗比人还高，”柳叶继续说道，“它的前爪踩在一个人的身上，牙齿咬着那人的脖子。”

我们都没有说话，我实在不知道该说什么。

“旁边还、还有一些胳膊、腿，都是七零八散一块一块的……还有一幅画，画着一个女人，”柳叶的表情异常憔悴，脸色越来越苍白，声音也颤抖得厉害，“吊……吊……在一棵树上！”

柳叶说完这些，忽然全身颤抖起来，她正处在极度恐惧的状态中。

天哪！怎么回事？我完全不知道我还能想些什么、说些什么。柳叶看到的壁画完完全全在他们的身上印证了，朱六、朱颜、桂花……天哪！

时间就像静止了一样。我的心里乱糟糟的，难道他们的死真的是壁画和诅咒在作怪？如果不是的话，为什么几人的死亡状况会和壁画上的内容那么相似呢？

良久良久，我听到肖子谦问道：“还有呢？”

柳叶努力了半天，嘴唇在动，却没有说出话来。她一直盯着肖子谦的眼睛，好像只有那样，才能让她平静下来，我感觉她是咬着牙在说话。

“还有一个人，他……他的脸上什么也没有……”

什么也没有？她什么意思？什么也没有还害怕什么呢？可是，我突然想到：什么也没有，那眼睛呢？鼻子呢？嘴巴呢？耳朵呢？

柳叶好像很不愿意回忆这些，她颤抖着胳膊，盯着肖子谦，突然快速地说道：“还有一个怪兽拿着一把很大的锤子砸进了一个人的胸膛。还有……啊——”她忽然尖叫起来，我们都被吓得出了一身冷汗！

我觉得这比我在林子里遇到的还令人恐惧。

大约过了五六分钟，我们才平静下来，柳叶却依旧嘴唇发白、头发散乱，整个人失魂落魄，什么也不愿意再说。

我们安慰了她几句，也没有敢去问还有什么，依次走了出来。费警官对门口的警察说：“给她送点水，多照顾点！”

费警官能说这话已经很不错了。我感觉他一直是个淡漠的人，对周边的人都很冷淡，对关押在这里的人肯定也好不到哪里去。

我们又走进周鹏的房间，周鹏躺在床上，眼睛望着天花板。

“周鹏，起来了！”费警官喊道。从他的声音来听，他对周鹏有些意见。

周鹏肯定早已经听见了声音，可是他并没有动。

费警官的脸上表情很不好。我们走进去，肖子谦坐到了周鹏对面的床上，笑眯眯地盯着他。

周鹏眼睛瞪得大大的，他侧过脸来看了我们一眼，脸上的表情充满了藐视的意味。

“周鹏！起来！”费警官又大声喊道。

周鹏瞪了费警官一眼，气鼓鼓地坐起来，问肖子谦道：“你们是不是没办法破案？没办法破案就别浪费时间，让我出去，我们另外找人！”

我问道：“周鹏，你想找什么人？”其实我挺喜欢周鹏的个性。年轻人就要有年轻人的样子，没点棱角那还是男子汉吗？他的性格直爽，和我有些相似。

“哼！我就不信了，市里警察解决不了，我们找省里，省里解决不了，我们上京告御状去，难道还没有人能帮得了我们？”

“哈哈。”我感觉很可笑。这个周鹏还真能折腾，都什么年代了，还“告御状”！

费警官气鼓鼓地说道：“你告什么？告我们杀人放火？有证据吗？”

周鹏冷冷一笑：“哼，我就知道你会这么说，反正我也快死了，没什么值得害怕的。”

“谁说你要死了？”我问道。

周鹏说：“不止我要死，我们几个都要死。我们进过那古墓，就不会有什么好下场。”

我觉得更加有意思了：“周鹏啊，你还真有意思，你就好好的吧，没有人害你的。”

“没有人害我？”周鹏瞪着眼睛，“是没有人害我，可是那东西是人吗？”

费警官气鼓鼓地抽着烟，眼睛瞪着周鹏，可是周鹏看都不看他。这案子确实蹊跷，费警官他们又什么都没有发现，怪不得他害怕周鹏到处乱告状。

肖子谦笑问道：“周鹏，你怕死吗？”

“什么？”周鹏反问了下，随即又说，“这不是怕不怕死的问题。哎！算了，说了你也不懂。”

“你说出来，看我懂不懂。”肖子谦依旧笑着问道。

周鹏却没有回答他，而是说：“你们到底能不能破案？我问你，你说这是有人在搞鬼还是真的是诅咒？”

“诅咒？”肖子谦说，“这个词语还挺新鲜，你为什么这么说呢？”

周鹏又恢复了大大咧咧的样子：“切，说给你们听你们也不知道。我经历得多了。如果真是古墓里的诅咒，那我们进去的人都要死；不是诅咒的话，就是有人故意在搞鬼，那我们还有点希望。但是不管怎么样，总会有办法的。你们救不了我，我就去找别人。”

“我们确实是有办法的，就看你配不配合了。”

“我有什么不配合的，说吧，我能做点什么？”周鹏挺爽快地说道。

“那好，”肖子谦笑眯眯地说道，“你带我们去那古墓！”

周鹏一愣，顿了片刻，直摇头：“我不去，而且去了也找不到。”

我相信他说的是实话，可是肖子谦好像不太相信，他说：“能不能找到是另一回事，不去找一找怎么知道能不能找到呢？”

周鹏神色坚定地说：“随便吧，反正我不会去的，别的事我倒是可以考虑。”

“就这个事情，”肖子谦点点头，“你考虑考虑，如果可以，我们兴许可以帮到你。”

周鹏这次倒没有很快地拒绝，他想了想说道：“我要见周清！”

周清？据周大说，周鹏和周清两人从小关系很好，算是青梅竹马两小无猜，现在两人正在处对象。所以，周鹏要求见周清，我们也可以理解。

肖子谦没有说话，费警官却咬着烟卷，粗声粗气地说："周鹏，你要想和周清在一起，没人能阻拦你，但是我劝你们还是回家好好地过日子，别整天尽想着上告、上告。"

周鹏一笑："好好过日子？说得轻巧！"

周鹏的眼角闪过一丝无奈。我突然猜想，按说这年龄在他们村子应该也不算小了，一个二十三，一个二十二，要结婚也早结了，拖到现在，肯定是有原因的。家庭原因？父母不同意？

又说了些闲话，我们便走了出来。最后一个房间是周清。

周清是一个比较活泼的女孩子，长得很漂亮，最起码看起来赏心悦目。

我们进去的时候，周清正躺在床上玩指甲，她的脑袋后面梳着两个大大的麻花辫子，眼睛圆圆的，看到我们后她盘腿坐了起来。

对于这个女孩子，我看得出大家有意放松心情，随意说着话，倒也没有什么顾虑，但是同样也没有收获。

我们就要离开的时候，费警官犹犹豫豫地问我们接下来他应该如何做。

费警官说："如果让他们再上告，事情就麻烦了。看来我是应该主动向上级报告这件事情。"

我们笑笑，没有回答。

从警局出来以后，我和肖子谦照例去旅人酒吧坐了一会儿，彼此交流了意见。主题还是围绕今天最大的收获——从柳叶嘴里说出来的古墓壁画！

古墓壁画听起来很神奇。我和肖子谦都认为应该去古墓里转一圈，我们两个越说越有意思，越想越新奇。可惜我们找不到路，没人领路的话，找到古墓的可能性很小。现在有可能带我们去的只有周鹏了，可是我总觉得希望不大。

同时，我们竟然还有一个共同的观点，那就是朱武和桂花的关系绝对不简单。

“现在我们该怎么办？”我问肖子谦。

肖子谦笑着说道：“我现在确实没有什么好的办法，但是现在没办法不代表一直没办法。先等一等再看。”

我想了想，说道：“可是听费警官的意思，过几天就放他们几个回去了。”

“回去才好啊！”肖子谦乐呵呵地说道，“他们回去了，我们以后去朱家沟不是熟人更多了嘛……”

好吧，我服了！我说：“如果柳叶说的话是真的，那里面有什么壁画，还有他们所说的传说中的诅咒，那这案子，还真是让人费解！”

肖子谦沉默了半天，说：“这个真不好说。莫兄，你会相信这些吗？”

我想了想，说：“放在以前当然不会信那些神神鬼鬼。”

“那现在就是信了？”

我顿了半天，最后点了点头。

肖子谦并没有说什么，只是表情更加严肃了，半天，说了一句：“如果真的是这样的话，就有些奇怪了。”

“有什么奇怪的？”

肖子谦正色道：“壁画里的那些死亡图，确实和我们见到的这几个案子很雷同，可是莫兄，桂花她并没有进过古墓啊。”

我不知道他说这话是什么意思。

“只是，后面的事情可能对我们有些不利。”肖子谦淡淡地说。

“什么意思？”我脑筋还没转过弯来。

肖子谦眯着眼睛，悠悠说道：“如果老费真的将那些人放回去倒还好说，就怕他们回不去了。”

晚上回家以后，我怎么也睡不着觉，脑子里全是关于他们的案子。所谓的地狱猎犬，肖子谦口中讲述的神奇的尸香魔芋花，都让我对那个古墓充满了疑惑和好奇。我把所有人都在脑海中想了一遍，从一直没有见过面的朱六到那个让人厌恶的柳明媳子，所有的人和事在我脑海中演电影一样地放映了一遍，像做梦一样神奇。我突然想到一个人，随即猛然坐起来。我想到的是那个一身黑色夹袄的老太太，就是我们从柳明家里刚出来的时候碰到的那个。我忍不住感觉周围有些阴森，前两天我怎么没有想到这个问题呢？桂花是在晚上上吊的，而那个老太太为什么会在中午的时候对我做出那个表情呢？难道是巧合？难道她可以未卜先知？我实在不敢想了，越发觉得这一切都诡异阴森。

第二天早起，我又躺在床上把这个事情想了一遍，越想越不对劲，忍不住想要去朱家沟再走一趟，可是又不知道肖子谦是什么意思。我是没办法联系肖子谦的，平时都是他联系我，他不用手机，联系我的时候用的是公话。

我想去旅人酒吧碰碰运气，看能不能见到肖子谦。到了酒吧之后才反应过来，这是早上，酒吧不开门。我自嘲地笑了笑，然后满大街瞎逛着。

手机忽然响了，我在想是不是肖子谦打过来。接通后，竟然真的是肖子谦。

“今天准备干什么呢？莫兄。”肖子谦的声音听着挺激动，我很少听到他用这种语气说话。

“没事做啊，等你电话呢！”

“没事做？有没有兴趣，我们今天再去一次朱家沟？”

“我也正是这个意思。”

肖子谦照例开着那辆车过来的。我打开车门才发现，副驾驶位置上还坐着一个人。幸好我打开的是后车门，也没有什么尴尬。车子很快发动，肖子谦边开车边说：“莫兄，这位是许先生。许先生，这是我的朋友莫顿。”

从肖子谦的称呼上，我判断出这位许先生和肖子谦并不是很熟识。而从肖子谦的语气来判断，我能听出来他对此人很尊敬。而能让肖子谦尊敬的人，绝对不会是简单的人物。

“莫先生，你好，我是许鹤！”那位许先生转过身来冲我点点头，自我介绍了一下。

许鹤长须寿眉，一张脸有些瘦削，及肩的花白头发扎在身后，看起来年龄大我两轮有余，有些仙风道骨的意味。我说：“您好，许先生，很高兴见到您！”

他没有再说话，转过头去。我也自觉不再多言。一路无语，中途我们停车吃了点东西，正午时分，便到了朱家沟。

肖子谦说：“前面就是朱家沟了。”

“嗯，”许鹤点点头说，“先停下来，我们下去看看。”

汽车在路边停了下来，山里风挺大，我们三人走下去，一股凉风吸入鼻孔，清新自然，带着山里特有的清甜味，让人倍感舒畅。

从这里看朱家沟，别有一番滋味。树上的叶子已经落了不少，所以再看朱家沟就比上次直观了许多。朱家沟的房屋顺着山势沿河而建，三三两两的分布着，置身其中看起来毫无规律，可是如今站在高处一看，竟发现整体的形状很像一条龙。我掏出烟来给他们散了过去，没想到许鹤也是抽烟的，我给他点上火，肖子谦依然把烟捏在手指间没有点着。其实我已发现，每一次肖子谦接过烟捏着的时候，他的眼神总要飘忽几秒钟。

“长龙汲水，潜龙在渊，果然是一处妙地！”许鹤说。

我虽不懂得风水一说，但好坏至少能听出来。我想这许鹤应该是一个风水行家。当然，我也有些明白肖子谦此行的目的了。

汽车继续行进，最后停在了村口的大树下。从车上下来，我和肖子谦相视一笑。许鹤独自一人走到大树下，他看着眼前的河流和周围的群山，捋一捋长须，眼神悠远而深邃。

肖子谦慢悠悠走上去，并排站在他身侧，说：“就是这里了，许先生，怎么样？”

许鹤没有立即给出答案，他左右转转，又四处看看，然后说：“先看看再说。”

10

村子里的人三三两两地出门，偶尔有人看到我们，虽然依旧躲躲闪闪，但已经不像第一次那么生疏了。我跟在肖子谦和许鹤两人的身后，一边胡乱看着，一边又胡思乱想着：为什么我们第一次来的时候，他们大门紧闭，看不到一个人呢？他们是提前就知道我们要来的吗？如果不是，那至少应该是首先有人看到，而后相互转告，这样才可能关闭大门躲起来。除非有人专门在村口站岗放哨，发现外人便家家闭门户户关窗。但是，这又是为什么呢？

肖子谦和许鹤一路向前走着，没有在哪里停留，而是沿着山道一直朝村子深处走去。我一言不发地跟在他们后面，心里想的却是，再去看一看那个林子，证实一下是不是和我想的一样。还有，我会不会再看到那个老太太。

路过柳明家的时候，我看到他们家门外还有院子里，都有着不少的落叶。风吹着叶子翻滚、跳跃，荒凉至极，我突然有一种从未有过的悲凉。

可惜，我们一直走到古井边上，再走到那个小林子边上，我都没有看到那个穿着黑色夹袄的老太太。我仔细回想了一下，那个神秘的老太太我好像只见到过一次。桂花死的时候林子边上的那一群人中没有她，我们去找朱老二家、柳明家，包括我们在朱家沟的任何时候，我也都没有再见过她。我想不通她到底是从哪里来的。

此时肖子谦和许鹤已经从林子边上走过去了，而我因为思考的缘故走得慢一些，当我停止思考再抬头看的时候，竟发现他们离我已经有五十米左右的距离了。

我忽然感觉到背后一凉！

风在吹，旁边林子里树上的叶子一片一片飘下来，从我身边划过。我仿佛又看到了那一次在林子里看到的桂花，她挂在树上，半截身子从大树背后探出来，乌黑的长发几乎盖住了整张脸，隐约漏出来的空隙中能看到一双猩红的眼睛，仿佛滴着血。她伸长了舌头，从林子里走出来，刚开始是一步一步的，后来猛地加快了速度，她发疯一样地朝我冲过来。我吓了一大跳，想动，可怎么也动不了。我忽然听到身边传来嘿嘿的笑声，一股清凉的呼吸在我耳边响起，我转头一看，竟看到那个黑夹袄老太太恶毒的双眼，她从我身后伸出脑袋来，趴在我的肩上，忽然张开了嘴，满嘴的獠牙……

“不！”我发疯似的喊起来！

忽然一个浑厚的声音在脑海中响起，我顿时感觉浑身一阵温暖，我忽然能动了，转身一看：肖子谦站在我的身侧；而许鹤在另一侧用一只手捏着我的胳膊，他的手劲很大，这竟让我感觉到了疼痛。

我发现许鹤脸上的表情异常严肃。

“莫先生，你没事吧？”他问道。

“没、没、我没事！”我长长舒了一口气，伸出手掌，擦了一把额头，我的天……额头上竟然满是汗水。想当年拉练的时候也没出这么多汗啊。

“你真的没事吗，莫兄？”肖子谦也很严肃地问道。

肖子谦严肃的时候其实很少，不过我记得我们第一次在伊人酒吧喝酒的时候，他也是这表情。

“我没事！”我擦了擦脸，才感觉到身上的衣服已经粘到了后背上。

“你别动！”许鹤低声说道。然后，他从我的身侧绕过去，走到前面，盯着我看了半天，又绕到另一侧，然后绕到我身后，他的表情始终很严肃，不知道心里在想什么，就那么绕着我转了三圈。等到他再出现在我面前的时候，我看到他手里拿着一样东西，是一个漆黑色的小物件，好像是一朵花，前面几个圆圆的花瓣，连着一截几厘米的花枝，好像还有两片叶子，但是通体都是黑色的，不知道是什么材质，看起来古朴厚重，却没有光泽。然后他说：“没事了！”

我紧张了好一会儿，这时候终于松了一口气，冲他笑笑，说了声谢谢。

许鹤没有再说什么，他把那花朵收起来，然后站到了一边。肖子谦走了过来问：“莫兄，你刚才怎么了？”

我也不知道该怎么说，就大概讲了讲刚才的情景。许鹤离我们不远，我说的时候，他一直盯着我。我知道他也在认真听着我说话，我讲完的时候，许鹤的眉头皱得更紧了，他走到林子那边驻足看了好一会儿。肖子谦却又恰恰相反，他听我说的时候，脸上竟然露出了笑意，淡淡地说：“没事就好！”

许鹤从林子那边回来，什么也没说，我们三人就继续往山上走，转眼便过了那片小树林。山上杂草丛生，树木更加茂密，地上堆积着厚厚的叶子。

山里树木很多，天色仿佛也暗了下来，树林里静悄悄的。我知道我们是在找那座古墓，可是茫茫深山，无异于大海捞针。

我对刚才的事情依然心有余悸，这么多年了第一次碰到这么邪门的事情。虽然我胆子大，但是也架不住这样招呼啊。我紧紧地跟在肖子谦的一侧，他可能也看出了我的心思，总是不紧不慢地走着，不时和我聊几句。

当我再注意许鹤的时候，竟发现他的手上不知道什么时候拿出了一副罗盘。罗盘这东西在我心里一直很神秘，我也知道风水先生大多都有这东西。

我一想到即将要找到古墓，心里就充满期待，但同时还有一点胆怯。

我跟着他们足足转了有三四个小时，在这期间，许鹤走走停停，左左右右，偶尔远眺，偶尔蹲身查看，我和肖子谦间或说说话，到后来，我看到许鹤的表情越来越严肃。最后，他站在我们的面前说：“说实话，这地方不错，是一块宝地，即使埋下什么王公贵族也是可以了，但是，肖先生，请恕我直言，这地方没有龙位，我想绝对不会有什么王陵。”

我不知道肖子谦怎么给他说的，根据朱武的话来说，这里顶多是埋着朱允炆的儿子，朱允炆的儿子没有当皇上，当然不是什么龙了，王公贵族不正是我们需要的吗？肖子谦听了倒没有太在意，他说：“许先生，依你看，如果有王公贵族的墓葬，应该是在哪儿？”

许鹤脸上的表情一直很凝重，听了肖子谦的话，他点点头，又摇摇头："王公贵族的墓葬，并没有王陵那般要求严格，而且，这个地方，贵气不少！"

"什么意思？"肖子谦问道。

"王是孤王，帝是寡帝，生前如此，死后亦是，龙位也是如此。如果这里有龙位，绝对是只会有一处，而王侯贵族的墓却不尽然，这里的贵气不少，在没有下一步勘察之前，要找出墓穴在哪里，还真不容易。"

"许先生的意思，这里的很多处地方，都有可能？"

"正是！"他捋一捋胡须，笑着点头。

肖子谦沉默着，我试探着问道："许先生，不知道这样的地方能有多少？我们可不可以一个一个挖开来看，然后一一排除呢？"

许鹤忽然笑起来，好像我的问题很天真，他淡淡地说道："这也是一个方法，但不可取！"

他的表情，我看得一清二楚。我这几年闲着无聊发慌，别的本领没学会，就学会了一个察言观色。我想，反正都已经这样了，害怕什么呢，便又问道："为什么？"

"首先，如果照莫先生的方法，一个一个排除，一个一个挖掘，会有很高的代价，而且鄙人认为也不一定能找对地方。寻龙点穴也有深有浅，点不到位，即使掘地三尺，也找不到近在眼前的事物。其次，风水学讲究的是阴阳协调、山水互补，虽然我们可以一个一个尝试排除，但是盲目挖开一个地方，会对周围的地理产生影响，少则无碍，多则排外，风水轮流转，兴许破坏了这个地方，就再也找不到下一个地方了。"

其实我就是随口一问，却没想到许鹤能如此翔实讲解，倒是出乎我的意料。我点点头，说："原来如此，多谢大师指点！"

他微微一笑，没有再说什么。

"既然如此，我们回去吧！"肖子谦笑着说道。

我其实已经迷路了，如今这里连太阳都看得模模糊糊，东南西北更是难辨。如果让我领路的话，十有八九会迷失在丛林里。走了几步，我小声问肖子谦道："你还记得来的路吗？"

肖子谦转过头来看着我，笑呵呵地说："我早都不知道现在在哪里了。"

我心里一阵好笑，原来你也有不知道的时候啊！我装作很忧愁地问道："那怎么办呢？"

肖子谦说："莫兄不用担心了，我们跟着就许先生走行了，我想对许先生来说，找到路应该是很小儿科的一件事情吧！"

许鹤听到肖子谦的话，转过头来，笑着说："这个确实没什么难度，你们跟着走就好了。"

我们跟在许鹤后面，他走得也不快，不时拿出罗盘看看。我们没怎么绕，不过半个多小时，我们就已经回到了小林子那里，朱家沟尽在眼底。

到了B市市区，已经是霓虹闪烁，街上依然有很多人在逛，经历了朱家沟的寂静，此时再回到城市，我甚至都有些不习惯了。

肖子谦把许鹤送到一个路口，互相道了别，许鹤便独自走了。这时候只剩下我和肖子谦。我舒了一口气，说道："肖兄弟，我们终于回来了！"

肖子谦也放松下来，笑着说："莫兄啊，今天把你吓坏了吧。"

"可不是嘛！"我夸张地说道，"你是没见那阵势，我估计今晚又会做噩梦了。"

肖子谦也笑了："走吧，去给你压压惊。"

"那必须的啊！"我们径直去了旅人酒吧，这是我和肖子谦常来的地方，在这里喝着酒，聊着天，惬意！

我又说了一遍我出现幻觉的事情，肖子谦皱着眉头想了半天，最后说："肯定还是那花粉在作怪。"

"跟上次一样？"我问道。

他肯定地点点头："看来，朱家沟一定是有尸香魔芋花的，而且，我估计数量不少。"

"肖兄弟，许先生是你的朋友吗？"

他望着我，说道：“朋友？算是，也算不是，只是认识而已。”

“哦，怪不得。我看他很厉害啊！”我由衷地说。

“许鹤在风水行业是宗师级别的，在B市能及得上他的绝对一只手数得过来。”

“太厉害了，”我说，“我要是能有他那一半的本事，我也就知足了。”

肖子谦说：“术业有专攻，每个人都有长处的，莫兄，我们无须用别人的长处比自己的短处。”

“你是怎么请到他帮忙的？”

他淡淡一笑：“大师也要吃饭的，我给他钱，他帮我做事，就这么简单！”

我点点头，心中许鹤的形象猛然间没有那么神圣了，不过随即一想，再超然的人也要吃饭，又不是神仙，可以不食人间烟火。

“这样啊，肖兄弟你知道吗，今天在那林子边上，他握着我的胳膊的时候，我感觉浑身出现了一股热流，真的，不骗你。对了，我看到他那时候手里拿着一支黑色的东西，好像一朵花一样，那是什么？”

肖子谦耸耸肩膀，说：“你知道风水界都是怎么称呼许鹤的吗？”

我摇摇头，这个我当然不知道了。

“在风水界，他有一个称呼是‘一梅仙尊’！”

“一梅仙尊？梅花的梅？”

“梅花的梅！”

“厉害，”我喝了一口酒，说道，“看来我猜得不错，那果然就是一枝花了，现在才知道是梅花，刚开始还以为是牡丹呢。许先生能被称为仙尊，那确实了不起！”

肖子谦给我讲了许多关于许鹤的事，看来此人确实是一位宗师级别的人物。我们一直聊到半夜，喝了许多酒。我虽然很崇拜许鹤，但对他没找到墓穴的事还是有点不高兴。我记得肖子谦后来说：“人外有人，天外有天，再厉害有什么用？连一座墓穴都找不出来。”其实这也是我憋在心里许久的一句话。

之后我便回家睡觉了，我原以为白天受了惊吓，晚上一定会做噩梦，可是竟然什么也没有梦到。

第二天一大早，我的电话响了，是肖子谦打来的，按说平常这个这时候他是不会给我打电话的，莫非是出了什么事？

“莫兄，快过来，我在酒吧门口等你！”

“还去朱家沟吗？”我很麻利地起床。

“不，我们去警局！”

他的语气很急促，我赶忙问道：“怎么了？发生什么事？”

“朱颜死了！”

我愣了片刻，挂了电话，火速起床收拾停当奔向旅人酒吧。我和肖子谦认识时间也挺长了，我至今都不知道他到底住在红叶街的哪里，他也从来没有问过我住在哪里，我们平时都是在旅人酒吧见面的。

走在路上，我想到一个问题：肖子谦不是没有电话吗？他是怎么知道这个消息的，总不会大清早就给警局打电话询问吧，这也实在太巧了点。我心里有一丝不快，但想想也就过去了，君子之交淡如水，每个人都有自己的一点秘密，能在一起，就是朋友，就是兄弟。即使关系再好，也要留给对方一点自己的空间。他不说的，你就不要追问；他想要告诉你的，你不问他也会讲给你听。交朋友如此，做人更该如此。

我们走进警局，没有去费警官那里，而是直接来到了后院的那座小楼。我们知道费警官一定在那里的，见到罗风的时候，我有些意外，但是也挺高兴。罗风刚好从朱颜的房间里急匆匆地出来，不知道要去哪里。

“罗风，你终于来上班了？”我笑着过去打了个招呼。而肖子谦好像没看到他似的，直接去了朱颜房里。

罗风看起来有些尴尬，他嘿嘿一笑，说：“是啊，好久不见了。”

“听说你家里有事，怎么样，需要帮忙的话说一声。”

我本以为罗风会有些感动，没想到的他脸上却生了一丝愠色，他点点头，表情很不自然。我有些纳闷儿，不知道是为什么。本来我还想说说上次在朱家沟的一些事情，但是看到他这个样子，也就算了。

肖子谦已经走进了朱颜的房间，那里有很多警察。警局里死了人，这绝对不会是小事。我打算进去和肖子谦一起看看，没想到却被门口的警察给拦住了："站住，干什么？你不能进去。"

透过二人身侧，我看到费警官站在窗户边，腆着大肚子，嘴里叼着一支烟，神态很是严厉。肖子谦已经到房间靠里面去了。

费警官朝门口看了一眼，冷喝道："让他进来。"两名警察这才让我进去。

我看到朱颜躺在床上，身上还盖着被子，肖子谦正凝神注视着朱颜，他的脸上出现了少有的凝重。由于他的身子挡着我，我看不到朱颜的脸，只能看到洁白的被子。我紧走几步，站到肖子谦一侧，朱颜便映入我的眼帘，我一下子惊呆了！

面容、头发、眼睛，这一切都看不到了，都看不到了。我想起上次看到的朱颜——灰白憔悴的面容，散乱的头发，无神的眼睛，还有时刻癫狂的样子。可是现在，现在——我的天哪！我简直难以形容，这一切，都看不到了。

我的脑海中猛地想起了柳叶说的壁画……如果说以前我相信这一切都是有人幕后捣鬼的话，现在我更愿意相信这是诅咒。

床上的朱颜，看不出脸上究竟是痛苦还是恐惧，他的脸上光秃秃一片，眼睛、眉毛、鼻子、嘴巴，还有那一头凌乱的头发，都不见了。朱颜的身体安安静静地躺在床上，身上的被子盖得整整齐齐，脑袋枕在枕头上，可是头上光秃秃一片，脸上更是光秃秃一片，就好像……好像上面覆盖着一层人皮一样。

我转过头去看肖子谦的时候，他也正看着我，他的眼神很锋利，完全不像以往那么柔和。咳！我忽然听到头顶传来一声轻咳，还伴有粗粗的喘气声。我浑身一个激灵，腿都软了，转头一看，费警官不知道什么时候站在了我的身后。

我的手捂着胸口，我这么胆子大的人啊，这几天都快要被吓死了。

费警官低头看了我一眼，问道："莫兄弟，你怎么了？"

他的眼神和刚才肖子谦的眼神有些相似，我长长舒一口气：“我怎么了？”

费警官吸一口烟，说：“你的脸怎么这么白，没事吧？”

我摇摇脑袋，使劲搓搓脸，尽量平静下来，可是心还是跳得很厉害，我问道：“费警官，能告诉我，这，这是怎么回事吗？”

费警官看看我，又看看肖子谦，低声说：“你是说朱颜吗？早上发现的时候就是这样，到现在我们没敢动任何地方。”

我愣了愣，虽然我隐约猜到了，可是我宁愿相信是后来收拾整齐的，这样还能让人容易接受一点。

“他……他死了吗？”我看着那张不知道还能不能被称作“脸”的脸问。

“死了，早上过来送饭的时候发现的，早已经断气了。”

可是也太难以接受了，好好的一个人，睡着睡着就变成这样了，这是在讲故事吗？

肖子谦没有说话，他围着床铺转了几圈，又去窗户附近看了一遍。窗户看起来好好的，没有一点损坏，包括窗台上、玻璃上的灰尘。

“肖……”我不知道自己要问什么，但是听见自己的声音已经有些沙哑了。

肖子谦转过身来拍拍我的肩膀，笑了笑，他又蹲下来，看了看床铺下面，我也跟着看了看，没发现有什么值得注意的地方。

费警官大大咧咧地坐在朱颜对面的床铺上吸着烟，

这时候我听到门外面传来了一阵脚步声。转头看去，是罗风进来了，跟在他后面进来的，是两个穿着白大褂的人，一男一女，看来应该是法医。

“队长，霍医生来了！”

费警官本来脸色阴沉，此刻脸上却出现了难得的笑容，他站起来走上前去，伸出肥厚的手掌，很谦和地说道：“霍医生，你好，你好，好久不见了。”

11

那名男医生，应该就是霍医生了，他看起来四十岁左右，头发直立，戴着一副黑框眼镜，黑胡子，圆脸，提着一个工具箱，看上去不苟言笑、冷冷冰冰。

他冲费警官点了点头，脸上笑得有些勉强。他和费警官握了下手，却并没有说话。他转过头看到了我们，好像很惊讶，皱了下眉头问道："这两位是？"

费警官指着肖子谦，介绍起来："霍医生，他是……"

霍医生挥挥手打断了费警官的话，他脸上的表情变换了好几次，忽然说道："你是肖子谦？"

肖子谦的脸上始终是那一副笑呵呵的模样，他迎上霍医生的目光，点了点头。

"果然是你！"霍医生竟然笑着走过来，"肖先生，久仰！"

肖子谦也笑着伸出手："彼此！"

霍医生很给肖子谦面子，他转过头冲着费警官说："老费，有肖先生在这里，你还喊我做什么？"

费警官听了有些尴尬了，索性嘿嘿笑了。

肖子谦呵呵笑了几声，然后说："霍医生，你这是给我戴高帽子了，这方面您是专家，我还差得远。"

"肖先生过谦了，但是有肖先生在这里，这个案子就没什么难度了。"

"好了，霍医生，这里交给你了！"肖子谦往后退了退，我也跟着他退。霍医生也不说话，走向床前。他身后的那名女医生跟了上去，也没有说话。

霍医生看到床上的朱颜的时候，也被吓了一跳，他的嘴张得很大。而他身后的女医生，脸色瞬间变得煞白，还直接叫出了声。

这时候我看到站在后面的罗风，嘴角拧了下，露出了一丝笑意，似是在讥笑。

霍医生从箱子里掏出一副白手套还有白口罩递给那名女医生，又自己拿出一副装备上。他走到朱颜身旁，我们都围了上去，只有那名女医生不自觉地退后了一点。

我的目光随着霍医生的手一点一点开始移动。霍医生一点一点掀开被子，慢慢解开了朱颜的衣服。古铜色的皮肤，浓厚的汗毛，身上几乎没有任何伤痕，但是和朱颜脸上的颜色差距很大。朱颜的手平静地放在身体两侧，双腿平平展展地伸开在床上，脚上还穿着袜子，身体没有丝毫扭曲，我注意到床下面他的鞋子，也是整整齐齐摆在下面，一切都像是自然死亡的状况。

可是，他的脸，证明了他绝对不会是自然死亡。

霍医生仔仔细细检查了个遍，我们也仔仔细细看了个遍，没发现任何疑点。

霍医生从身后的箱子里拿出来一把镊子，在朱颜的脑袋上研究起来，夹一夹这里，戳一戳那里，排除了覆盖一层表皮的可能。只是短短一会儿，霍医生的脸上已经渗出了汗珠，他的表情也愈发凌厉起来。

时间过去了将近一个小时，我们没有一个人说话，甚至都没有人大口喘息，大家都盯着霍医生的一举一动。

霍医生用一个小小的手术刀片，从朱颜的脸上慢慢刮了一些粉末，又轻轻切了一些表皮，盛在玻璃片上递给了身后的女医生。我再次看向朱颜的脸时，那种心情简直难以形容。朱颜的脸被切出了一个小小的破洞，我惊呆了，那个破洞里，竟然没有流出一滴血来。

我觉得头皮一阵发麻，朱颜被切了一块的脸，就像块被随意切了一点表皮的面包一样。我们根本不能想象这种事情会发生在人的身上，可是现在却真真实实地发生了。唯一不同的地方是，面包是黄白色的，而朱颜的脸，在切去表皮的地方，竟然露出了漆黑的颜色。

对的，漆黑色。为什么人的身体里会是漆黑的颜色呢？我的惊讶写在脸上，周围其他人的表情和我一样，异常紧张。

那名女医生从包里拿出一个放大镜、一个显微镜，她走到窗户前，慢慢研究了起来。

霍医生显然也被朱颜的尸体弄得有些蒙了，他拿着手术刀的右手微微有些战栗，他将刀片从朱颜的脸上一点一点地划过去，慢慢地，朱颜脸上覆盖着的那一层白色的类似于皮的东西被掀开了，露出了一层黑炭一样的东西。这些黑炭一样的东西，构成了朱颜的面部轮廓。我依稀可以辨认出眼睛、鼻子、嘴巴，他的眼睛处只能看到两个微微凹进去的眼眶；鼻子……鼻子有点特殊，原来鼻梁、鼻孔的地方已经看不出来了，在接近两只眼眶中间的位置，出现了两个黑窟窿；嘴巴的位置则更是夸张，嘴唇已经看不到了，只有黑色的牙齿，紧紧地咬合着，没错，竟然是黑色的。

我的心情很压抑，呼吸也开始变短，感觉头脑里袭来一阵一阵的眩晕。霍医生慢慢地做着这一切，他的手抖得更加厉害了，额头上的汗珠，顺着脸颊滴了下来。他又拿出了手电筒、镊子还有一些工具，慢慢地翻看着朱颜脸上的各个部位，刮去上面黑乎乎的黑炭一样的物质后，我终于看到有血流了出来。

眼眶上的血液顺着手术刀慢慢渗了出来，从黑炭一样的眼眶上溢出，又一直流到了床单上，鲜红色的血在洁白的床单上慢慢渗透。

朱颜的牙齿咬得很紧，霍医生最终用工具撬开的时候，我凑近了一点，看到朱颜的嘴巴里干干净净，舌头也和正常人一样。

终于找到了一些人类的特征，我狠狠地吸了一口气，平静了些。

整个场面很压抑，让我觉得背上好像压着两座大山。我看到肖子谦的脸上也没有了往常那般轻松的笑意，他的目光一直随着霍医生的手；费警官的脸上也早已经没有了那种淡漠的神色，他的眼睛瞪得滚圆，好像生怕错过什么东西；罗风一直紧张地看着，我估计他和我的心情也差不多；罗风身侧的一名小警察表情则更是夸张，我相信，他枪毙人的时候也没有这么紧张。

霍医生又拿着手术刀在朱颜身体上别的部位划了划，还好，朱颜身体上别的地方和常人无异。

当霍医生站起来，看着我们的时候，我看到霍医生的眼睛里一片茫然，我们几个大男人就这么呆呆地对视了一会儿。

床上的朱颜，已经被脱光了，他的身体在我们面前一览无遗，整个脑袋是漆黑的像黑炭一样的圆圆的物质，不时还有血流下来，连接着脑袋的其他地方也时不时地冒着血珠子，整个床单血迹斑斑。

我忽然觉得我以前的那些恐惧都不算什么了。

那名女医生终于走了过来，我们的目光也都自然地从霍医生的身上移开，但是所有人的紧张并没有减少一丝一毫。

霍医生的手里还拿着两个玻璃片，上面有血样，还有朱颜身体上其他部位的样本。那名女医生把刚才接过去的玻璃片小心地装进一个小塑料袋里，又接过霍医生手里的样本。

来来回回几次，霍医生不知道采了几种样本，那名女医生不断地将样本拿过去看上一番，然后贴一些标签，最后封装进塑料袋里。

我们就像机器人一样看着他们表演。

霍医生终于把被子拉过来重新盖在朱颜的身上，连同脑袋，一起蒙了起来。他转过身，取下口罩，我这才看清他的脸已经变成了紫红色。他摘掉手套，用袖子擦了一把脸，汗珠随着袖子纷纷滴落。

“嗬——”他长长出了一口气。

我也感觉喉咙里憋闷难受，终于长长地出了一口气，与此同时，所有的人都长出了一口气。

我们出完了一口气，竟然都不自觉地相视而笑了，只是大家都笑得有些勉强。

“霍医生，怎、怎么样？”费警官终于开口问道。我感觉听到一句说话声，竟然是那么的久违。

费警官颤抖着手，从口袋里摸出烟来，抽出一根，点上火，抽了两口，这才慢慢平静下来，好像刚从梦里走出来一样。他笑笑，抽出烟来，递给霍医生、肖子谦、我，还有罗风。

霍医生没有抬手，也没有说话，我们都接过烟来，除了肖子谦又都点上火。

烟雾弥漫中，我好像终于找到了自己。

那名女医生走过来，把最后的几个玻璃片上的标本装进塑料袋里，又顺着一边走过去，拿回来显微镜等物品，她是尽量地绕着朱颜的床走着的，脸也尽可能转向另一边，可是她的脸色也是苍白一片。

霍医生搓搓双手，他的脸上终于有了些表情，他咽了咽唾沫，望了望我们大家，最后望着肖子谦问道："他，他是怎么死的？"

看来他也很紧张。肖子谦的脸上终于恢复了那种淡淡的笑意，他没有回答，只是把目光转向了费警官。

费警官抽着烟，脸上也慢慢恢复了血色，他摇了摇头，又望向罗风。罗风使劲咳了几声，仿佛只有这样才能回到现实中，他动了动嘴唇犹豫了半天，又问身边的那名警察："你们早上发现他的时候，是什么情况？"

那名小警察说："我们早上进来送饭，一进来就看到是这个样子了，其他的我也不清楚。"

霍医生也许只是随口一问，并没有想要得到什么结果，他转向费警官，皱着眉头说："明天给你结果吧，我们还要回去化验一下。"

费警官点点头，看着霍医生他们收拾好了东西，又问道："尸体可以处理了吗？"

霍医生点点头，然后和女医生便出门走了。

霍医生走后，场面一阵冷清。费警官又转头问肖子谦："怎么样？"

肖子谦低头想了一会儿，又望了望床上被白床单盖着的朱颜，摇摇头说道："处理吧，等霍医生报告出来了再说。"

费警官转头对罗风说："你来安排吧。"

罗风点头，我们便都往门口走去。

出来后，我们没有去费警官的办公室，直接出了警局。时间已到中午，一早晨不知不觉已经过去。

我和肖子谦吃了饭，然后又去了旅人酒吧。肖子谦一进门就坐下，一直沉默着，他的表情很凝重，我想他一定是思绪万千。

我要了一瓶酒，倒了两杯，往他面前推了一杯，他没有动，只是盯着酒杯继续发愣。我喝了点酒，浑身好像才微微有了气力。

他坐了一会儿，终于缓过神来，望着我笑了笑，然后端起酒杯喝了一大口。

“肖兄弟，感受如何？”

“很荒唐。莫兄，你呢？”

我想了半天，实在找不出更合适的词语了，便跟着说：“是很荒唐！”

我们又大概说了说，也没有什么重点，一切只能等霍医生的检查报告出来再做定论。

肖子谦忽然自言自语道：“难道我想错了吗？”

我不知道他想错了什么，也不好搭话。他又起身跟我说：“我还有事，先回去了，莫兄你自己先转转，明天我们在警局见。”

我点点头，其实我也期待明天，因为霍医生说明天报告结果会出来。肖子谦走后，我一个人漫无目的在街上闲逛了一会儿，脑海中也不知道想了什么，乱哄哄的。晚上也没睡好觉，闭上眼睛总会看到朱颜那可怕的样子，后来实在困得不行终于睡了过去，没想到又从噩梦中惊醒。这样一直折腾到天快亮了，才迷迷糊糊睡着了。

第二天我醒来时已经快中午了，我以为错过了时间，但是一看手机，并没有未接电话，所以就并不着急。我慢悠悠起床穿好衣服，洗脸刷牙，然后出去吃了饭，一直到下午上班时间，我才到了费警官那里。

我进去的时候，费警官正在办公室吞云吐雾。他坐在桌子后面，一手捏着烟，一手端着茶杯。罗风坐在他对面沙发上的，看到我进来，罗风很淡然地冲我笑了笑，又和我握了下手。我们随口说了几句，我才知道肖子谦还没有来，而霍医生的报告，也迟迟没有送过来。话题很快转到了案子上。

罗风说："这件事情真邪门，队长，依我的意思，不如把这些人放回去，我们就别再插手了。"

费警官冷哼两声："你说得简单，我本打算放他们回去，可是现在倒好，人都死到这里了，你以为放人能那么轻松？现在我们已经控制不了了，我会向上级打报告。破不了案，我们就等着挨批吧。"

警局里死人了，这事情可大可小，重点就看死者家属的态度。朱颜家在深山里，根据我和肖子谦的调查，这几人来警局的事情基本没人知道，应该不会存在有人上访或者闹事的情况。

罗风说："队长，我觉得这样处理恐怕不太好，我们暂时还没必要给上面报告吧。你也太谨慎了些。据我调查，死者朱颜生前并没有太大的背景，如今知道这件事情的也仅仅只有我们几人，只要我们不说，外面的人就不会知道。他们几个也只会将这一切都归结到壁画和诅咒上去。"

费警官沉思一会儿，最后他摇头说道："这不是最好的办法，毕竟人命关天，人死在警察局，想压下来恐怕没有那么容易。事情既然已经发生了，也不必着急，等霍医生的报告出来了，我们研究研究再说。"

罗风的眉毛挑了挑，再没有说话。

我问道："费警官，朱颜到底是怎么死的？怎么发现的？"

费警官打了个哈欠，换了个很舒服的姿势，冲着罗风说："你给莫兄弟说说。"

罗风点了下头，转过来对我说："昨天早上，送饭的老李把几人的饭菜送过去，送到朱颜房间的时候，他以为朱颜还在睡觉，等把饭菜放好，临走时他发现了朱颜的样子，吓得立马报告了我们。然后我们就过去看了，基本上什么都还没干，你和肖侦探就来了。"

罗风的话简单明了，却并没有说出什么有价值的东西。但是我还是善意地点了点头，表示我知道了。

大概过了半个小时，肖子谦和身穿白大褂的霍医生一起走了进来。看样子，两人关系挺不错，一边走一边说笑着。

费警官看到两人，从桌子后面走了出来，顺便把烟摁灭在了烟灰缸里。罗风也站起来跟在了费警官身后。

“老费，结果出来了，大家坐下说。”霍医生一摆手，所有人各自找了位置坐下来，“死者年龄二十八岁，死亡时间大概是在早上六点多，死因……死因……”霍医生扶了扶眼镜，望着我们郑重地说，“根据我们的初步推断，应该是和他面部的伤有关，死者面部大面积烧伤，应该是强浓硫酸所致，而我们在死者的面部表皮上取到了部分人体皮肤细胞，但是根据 DNA 检测，和死者的 DNA 不相符。”

这是什么意思？不相符？难道是别人的皮……人皮面具？我没有急于去问，因为我知道大家都想知道答案。

肖子谦脸上的表情很淡然，让我不由地怀疑他早已经知道结果了。罗风做出认真倾听状，也没有说话。费警官黑着脸，想抽烟又没有抽，看起来有点烦躁。

霍医生继续说：“所以据我们推测，死者应该不是自杀，但是他的身上没有任何伤痕，现场也没有打斗的痕迹。我们初步判断死亡原因是因为硫酸的腐蚀。硫酸腐蚀会导致皮肤瞬间灼烧，全身的神经肌肉都会紧绷，但死者的身体肌肉都很放松，说明他在被浓硫酸腐蚀的时候，已经没有任何反应，也许那个时候他已经死了，有可能是正常死亡。因为我们没有发他身体其他地方有人为破坏的痕迹。”

罗风时候眼睛一亮，问道：“霍医生，你的意思是朱颜是正常死亡？”

霍医生未置可否，他继续说道：“我只是说有可能，因为除了死者面部清晰可见的灼烧之外，我们并没有发现其他任何伤痕。但是大家也都看到了，如果说是自然死亡，也有些勉强，首先是我们根本无法解释面部的伤。”

看大家都很疑惑，霍医生又无奈地说道：“这么说吧，我也搞不清楚他具体是怎么死的，只能大致推断为硫酸的高腐蚀灼烧面部致死。”

我问道："可是，霍医生你刚才说，他并不是烧死的，再说了，硫酸灼烧面部能烧死人吗？"

"这就是我不能肯定的原因，但是我实在找不到其他原因了，硫酸确实能够烧死人，当然，这个嘛……这是我见过最离奇的死亡。"霍医生很无奈，"我只能做到这些了，剩下的就要交给肖兄弟，还有老费了。"

肖子谦微笑着点点头，而费警官的表情看起来很是郁闷。

霍医生从包里拿出来一份报告，递给费警官："这是报告，你们看一下。"

我们都看了看，无非就是一些化学检验和分析，朱颜脸上那层黑色的东西是灼伤之后形成的碳。

霍医生走后，我们坐在费警官的办公室里。肖子谦玩弄着手里的烟卷，悠悠问道："费警官，你怎么看？"

费警官皱着眉头，苦笑着说："娘的，杀人都杀到警局来了，真是可笑至极！"

"人是在你们这里死的，重重监护之下要杀人并不容易，费警官你应该能锁定几个人吧！"肖子谦笑着说。

费警官苦着脸，使劲抽着烟，继而皱着眉头，有些气愤地望着罗风，说道："罗风，你是怎么看守的？"

罗风一脸无辜，望着费警官，没有说话。

费警官叹口气，看了看我，我勉强笑了下，他又望着肖子谦："肖兄弟，这可怎么办啊？前面的事情还没有眉目，这次人又死在了警局里，你可要帮我啊。"

肖子谦没有说话。我笑了一声，说道："费警官，帮你也要有线索才好啊，现在这案子什么线索都没有，唯一能扯上关系的，也就只有那天柳叶说的壁画和诅咒了。"

几个人脸色都一变，其实大家肯定都想到了，只是不愿意面对而已。

沉默了几秒钟，费警官说："如果真的是那个什么诅咒，我也认了，可是大家也看到了，这明明就是人为的，那什么鬼怪能弄来硫酸？还能做得那么精细？”费警官冷笑道，“那就不是鬼怪，简直是艺术家了。”

肖子谦想了想，说道：“其实我觉得这倒是一个不错的线索，很显然，这是有人故意要弄一个诅咒杀人的假象，只是他没想到这样反倒弄巧成拙，让我们更加相信这是人为的。刚才莫兄提到过，柳叶确实说古墓里的壁画上有一个人是没有脸的，既然凶手这么干，那表示他一定见过古墓里的壁画。另一方面，对方能够神不知鬼不觉地进到朱颜的房子里，如此细致地做这些事情，应该是早就筹划好了的。”

这时候罗风忽然问道：“你们说的什么壁画？古墓里有壁画？”

我原本以为大家都知道，这会儿才记起来罗风并没有参与上次我们与周清的谈话。于是我大概说了一遍关于壁画的事。罗风听得脸色发绿，最后嘴巴张得圆圆的，说了句：“这、这、这是诅咒，是诅咒，一定是的！”

我有些讶异罗风竟然如此恐惧，于是说：“你也信这个？那什么诅咒，都是自己吓自己而已。”

“不，不，”罗风脸上的肌肉有些颤抖，我能感觉到他说话的时候舌头发直，“你们不知道，这个、这个恐怕是真的！”

“罗风！”费警官忽然冷声喝道，“你是一名警察，怎么会相信这个？”

罗风有些失控，他使劲摇着脑袋，表情呆滞，低声自言自语道：“不，不，这不可能，一定不可能。”

费警官很不高兴，瞪着他说：“别信什么诅咒，这必然是人为的，找不出来凶手，你我都交不了差！在这里神神叨叨有个屁用。”

罗风怔怔地望着费警官，脸上没有丝毫表情。我忽然觉得费警官说话还挺幽默，我拍了拍罗风的胳膊，说：“行了，都是大老爷们儿，这些就不要当真了。”

罗风被我拍得一个激灵，他转过脸，表情慢慢放松下来，不过脸色还是煞白，看着我，苦笑一下，似乎有难言之隐。最后他叹了一口气，没有说话。

肖子谦漫不经心地说：“事情已经发生了，无论是人是鬼，都不重要，只要能找出来凶手，他是鬼又能如何？”

罗风望着肖子谦，动了动嘴唇，却没有说话。费警官似乎是被肖子谦的豪情感染，他抖抖手臂，眼睛里又有了光彩，点头说："就是，看看人家肖兄弟，你还是警察呢，胆怎么就那么小！"他瞥了一眼罗风，而后语气一变，问肖子谦："那你看，我们接下来该怎么做？"

"这样吧，现在你们把前天晚上发生的事情再说一遍。"

12

费警官瞪着罗风说：“你来说。”

罗风此时已经平静了，他长舒一口气，说：“前天晚上是小刘和小王值班的，我大概在十二点左右的时候，还去后院转了下。他们两人换班站岗，那个时候两人都没有睡觉，我们三个一起去楼上转了一圈，情况十分正常。”

肖子谦点点头问道：“十二点？那个时间你是去查岗吗？”

费警官插话说：“小罗是他们的组长，是我规定组长要不定时去查看值夜班的情况的。”

罗风点点头，继续说：“案子应该是十二点以后发生的，十二点到三点是小王值班，小刘是三点接的班。我问过他俩，并没有出现什么异常情况，只有天亮的时候，朱颜房间里有过怪叫！”

“怪叫？大概几点？”我问道。

“六点多吧。朱颜平时就疯疯癫癫，经常怪叫，所以小刘当时听到怪叫后，也没当回事。七点钟的时候，老李过来送饭，这才发现的。”

六点多怪叫，这和霍医生说的死亡时间差不多。这么说的话，朱颜那声怪叫很可能是遇害的时候发出的。

罗风继续说：“那个时候我正在睡觉，接到费队长的电话后就赶了过来，然后……然后我就去联系霍医生了，那个时候你们也来了。”

既然没人通知肖子谦，那他是怎么知道发生了命案呢？我对这点依旧很好奇。

肖子谦一直很平静地听着，脸上的表情没变，最后他点点头，对费警官说：“我要见见他们三个。”

费警官马上说道：“小罗，你去喊他们三个过来。”

罗风点头出去了，不一会儿便带着三名警察走了进来，几人脸色都不是很好。这三人中有两人很年轻，二十多岁的样子，我昨天早上都见过了，那个当时拦着我不让我进门的警察也在里面。另外一人年纪稍微大一点，大约四十左右。三人都有些拘束，勉强同我们问了好，就站在了沙发前。

费警官黑着脸说道：“你们坐下！”

三人就顺势在门口的沙发上坐了下来，眼神中透露着不安。

费警官对肖子谦点了点头。肖子谦笑了笑，好像有意在缓和气氛，他对几人说：“很高兴见到你们，我叫肖子谦，费警官委托我调查一些情况。”

三人望着肖子谦，眼中露出善意的微笑，是发自内心微笑的那种，看来肖子谦果然很有亲和力。

“我想知道那天晚上到底是什么情况。”

两名年轻小伙子对望一眼，其中一个说：“肖侦探，你好，我叫王明，那天晚上是我和刘峰值班的。”旁边那个小伙子点点头，看来他就是刘峰。

“事情是这样的……”刘峰接着说起来。两人所说的基本上和罗风说的差不多。

肖子谦微微笑着说道：“刘峰，你是后半夜值班的，朱颜房间里有怪叫的时候，你怎么不去查看呢？”

刘峰顿时有些紧张了：“我们值班的时候，朱颜经常会在房间里乱喊乱叫，我们都习以为常了，还以为、以为这次也一样，可是，没想到……”

费警官冷哼了一声，刘峰便不敢再说话了。

肖子谦问：“那个时候是六点多少？”

刘峰赶忙说道：“朱颜喊叫的时候，我看过表，六点四十分，那时候天已经亮了。”

六点四十？我原本以为是刚刚六点的，没想到已经快七点了。

肖子谦点点头，又转向最后一个人：“你是七点钟送饭的吗？”

男人看起来很老成，脸上皱纹不少，皮肤很白，眼神挺慈善，看起来像个老好人。他点点头，说道：“是的，整七点，一分不差。”

肖子谦笑着问：“那么准时？”

那人说：“习惯了，我每天早晨都是按照时间表准备的，朱颜在第一个房间，后面的可能还会差几分钟，但是进朱颜的房间时一定是 7 点，不会差的。”

费警官点头说：“老李负责给送伙食，已经干了两年了，一直都很准时。”

肖子谦点点头：“嗯，你说说你看到的情况。”

老李长吸一口气，酝酿了下，好像是在努力回忆着：“我把东西送过去的时候，小刘已经拿着钥匙准备好了。他打开门，然后我就进去了。我以为朱颜还在睡觉着，就把饭放在桌子上，喊了他两声，他却没反应，我转头看的时候，才发现，发现……他，他就那个样子了。我当时被吓坏了，赶紧和小刘一起通知了费队长。”

费队长对肖子谦说：“老李确实很准时，当时我还没有起床，他就跑来敲门了。当听到老李的声音时我还有些纳闷儿。开门的时候我看到是他们两个，就感觉有些问题了。我还以为是有几个人闹情绪不吃饭，没想到事情远比我预料的严重，朱颜竟然死了。”

我们都沉默了一会儿，慢慢地把这件事情理一理，也就清晰起来。过了几分钟，肖子谦问费警官道：“你在哪里住呢？”

费警官指了指身后：“我们也在后面那个院子住，和关他们几个的楼是紧挨着的，肖兄弟你可能没注意看，那栋楼前边就是支队的宿舍，中间相隔不到五十米。”听他这么说，我想起来关押他们的楼房前面确实有一栋二层小楼，只是过去我并没注意而已。

“你们都是住在宿舍的？”

费警官说：“平时都住宿舍，周末时除了值班的人不能回去，其他人都能回家。”

“哦，”肖子谦顿了顿，“那好吧，今天就这样了，我们去后面再转一转。”

二

一行人走出了费警官的办公室，我顿时感觉空气好了很多，后院里基本上没什么值得看的，不过我倒是注意看了下费警官说的宿舍楼，果然距离关着朱颜的那个小楼很近。

“你住在哪个房间？”肖子谦望着小楼问道。

“我啊，”费警官咬着烟仰了仰头，“你看，那个窗户，二楼楼梯口往里数第二个。”

肖子谦又问：“他们几个住哪儿？”

刘峰说：“我是一楼从这边看过去第二间。”

王明说：“我挨着刘峰，第三间。”

老李说：“我住在二楼，从那边数第三间。”

罗风说：“我也在二楼，挨着老李的那个，第四间。”

肖子谦点了点头，然后又问老李道：“你们饭堂在哪里呢？”

老李指着另一边靠前面的一溜平房说：“那就是了！”

平房后面是一堵高墙，上面装有电网。

我们在四周转了转，肖子谦和费警官走在最前面，我们都走在后面，彼此拉开了一点距离。在周围转了一圈后，我们打算再回去看看其他人的情况。很快，我们来到了朱武的房间门前。

开门的时候，我听到王明怪叫了一声！我被吓了一跳，莫非朱武出事了？

我侧过身子探出脑袋一瞧，还好，朱武还活着。他此时正贴着门站着，脸颊黑红看起来有点肿胀，在昏暗的光线下很是阴森。

“干什么？”费警官喝问道。

朱武也不示弱，瞪着费警官，咬着牙说道：“是不是朱颜大哥出事了？”

朱颜的死是被要求保密的，朱武怎么会知道呢？难道是有人给他透露了消息？

费警官没有回答他的问话，呵斥道：“说什么胡话呢，坐下去！”

朱武却不动，依旧瞪着他问道：“是不是？”

费警官走进去，一屁股坐到门边的那张床铺上，说：“什么是不是，真是搞笑，什么时候轮到你来审问我了？”

朱武讨了个没趣，又把头转向肖子谦：“肖兄弟，是不是朱颜大哥出事了？”

朱武说话的语气明显有了变化，他对费警官很生硬，对肖子谦却温和多了。肖子谦神色一凛，脸上出现了少有的凝重，他走进去说：“朱武，过来说话！”

朱武板着脸没有说话，两人分别坐到了桌子两边的床铺上。

我和罗风跟着进来，王明站在门口虎视眈眈地盯着朱武。

朱武看起来很急躁，他看着肖子谦，等待着他的回答。肖子谦却问朱武道：“为什么你要这么说呢？”

“感觉，”朱武很诚恳地说道，“原本说好的这两天就放我们回去，可是从昨天开始，却没有人理睬我，送饭的警察支支吾吾。我知道肯定是我们中间有人出事了，而我想，朱颜大哥出事的可能性是最大的。”

肖子谦说：“看来你很关心他。”

朱武冷笑一声：“哼，不妨告诉你，我们朱家沟都是重情重义之人，自从朱六兄弟去了以后，朱颜大哥就有些神志不清，身体也不是太好。要是在你们这里出了什么事，有你们好看的！”

上次说起桂花死亡的消息，朱武的反应也很大。我开始怀疑自己猜测朱武和桂花关系特殊是不是以小人之心度君子之腹了。

肖子谦没有说话，也没有动，望着他。

“你倒是说呀，是不是朱颜大哥出事了？他的病又犯了吗？严不严重？”

原来朱武所谓的“出事了”是指这个，看来他还不知道朱颜死亡的消息。

肖子谦说：“你很聪明，我要说的你都已经猜到了，不过，这一次，恐怕你要猜错了，因为事情比你想得要严重。”

费警官咳了两声，他是在提醒肖子谦不要乱说。肖子谦却好像没有听到费警官的声音，头都没有转。

“什么？”朱武一皱眉，站了起来，“比我想的要严重？还有谁？周鹏？

周大？不会是柳叶妹子吧？你倒是说啊！”

肖子谦顿了顿，说道：“你先坐下来，慢慢说，不要那么激动，好吗？”

朱武坐下来，语气有些生硬地说道：“好，你说吧！”

费警官走过去说：“朱武，实话告诉你吧，朱颜已经回去了。”

“回去了？”朱武难以置信，很快摇头否定，“不可能，我们几个一起出来的，朱颜大哥怎么会一个人回去？开什么玩笑，他一个人估计连路都找不到。”

费警官这时候态度出奇的好，他笑着说：“那是你们自己的事，我也懒得管。朱颜已经交代清楚了他所知道的事情，而且也洗脱了嫌疑，我还能继续关着他吗？”

朱颜冷笑一声：“嫌疑？亏你想得出来。我们几个情同手足，要不是这件事情太蹊跷，我们怎么可能出来找你们？本来是希望你们能帮我们，没想到你们却认为我们有嫌疑。”

费警官说：“情同手足？手足相残的事情不是没有。朱六死的时候你们在场，柳明死的时候，你们也在场，谁敢说你们没有嫌疑？”

朱武气得脸色涨红：“你、你，哈哈，你竟然这么说，是，我承认我们都在场。可是柳明大哥出事的时候，我们全村人都去了，那是不是我们全村人都有嫌疑？你要不要把我们整个村子的人都抓过来呢？”

“这个不需要你担心，你只要把你的问题交代清楚，我们自然会放你走，就像朱颜一样……”

我怎么听都觉得这句话瘆得慌。

朱武慢慢地坐下来，问肖子谦道：“朱颜大哥已经回去了？”

肖子谦脸上的表情没有丝毫变化，他说：“反正我今天过来的时候，朱颜的房间里已经没有人了。”

按照朱武刚才的思路，他一定会理解成朱颜已经回去了。

“什么时候的事？”他又问道。

肖子谦说：“你问费警官吧。”

朱武把头转向费警官，费警官说：“当然，他昨天就已经回去了。”

“他一个人？你没送他回去？”

“我为什么要送他回去？我是警察，又不是他的保镖。”

“可是他一个人怎么知道路呢？我们从来没有到过这么远的地方。当时是你们的车拉我们过来的，你们不应该负责送回去吗？”

“朱武，你给我听清楚了！”费警官站起来说道，“拉你们过来，是因为你们有嫌疑，是警察抓你们，明白吗？现在朱颜没有嫌疑了，也就是说和我们已经没有关系了，我们为什么还要送他回去？”

“好吧，你们要问什么就问吧，既然朱颜大哥都回去了，我也该回去了，不过，我希望我能和剩下的人一起回去。”

费警官吸一口烟，眯着眼睛说：“我可以考虑，就看你们的表现了。”

朱颜没有说话，重新坐好，说道：“好了，要问什么就问吧。”

我不知道还能问些什么，该说的他们不是已经说过了吗？

肖子谦点点头，说：“好吧，该说的我相信你都说了，就这样吧，回头让费警官安排吧。”

肖子谦说完，头也不回地走了。我有些纳闷儿，跟着他一起出了朱武的房间。一会儿，费警官和罗风也出来了。

费警官走过来说：“嗯，这件事情做得很好，赶明儿都放回去了，我也就轻松了。”

肖子谦笑笑，慢悠悠说道：“打算什么时候让他们回去呢？”

费警官说：“不是今天就是明天吧，早早打发了了事。他们待在这儿，我是一刻也不能安心。”

肖子谦没有说话，点点头。我和肖子谦走出警局的时候，天色阴了下来。

我们闲着无聊在街上转悠，不经意间就走到了我以前的工作单位——消防局门前。

“走吧，带我去转转！”肖子谦说。

“不是吧？”我咧咧嘴。说实话这地方我还真不想进去。

他没有回答，径直走了过去，我也只能跟着。

门口站岗的同事不认识我们，看到我们走过来，拦住了我们。我掏出退役证递了上去，并说明要找兰沙队长。他很认真地看了证件，然后进行登记，敬礼放行。

我边走边讲解，这里虽然好久没有来，可是怎么着也比肖子谦熟悉一些。

“立正！”

正当我唾沫横飞的时候，身后忽然响起了一声队令，吓了我一跳。转头一看，不是别人，正是消防队的队长兰沙，看来岗亭已经进行了通报。兰沙以前和我父亲是战友，听说一起经历过生死。退役以后，他去了地方武装部，后来又进了消防系统，业务很熟练，擒拿格斗样样精通。他和我父亲年龄相仿，很久以前我就认识他了，我对他相当敬畏，以前见面我一直称呼他“兰沙叔叔”。

我赶忙转身立正，敬一个军礼，朗声说道：“首长好！”

“你小子，今天是太阳打西边出来了？竟然想起回队里了？”

我知道兰沙叔叔不会为难我，嘿嘿笑了笑，赶紧介绍道：“这是我们消防队的大队长，兰队长，这位是肖……”

忽然，我发现兰沙叔叔脸上浮现出惊异的表情。看到肖子谦的时候，他冲我抬起手来，示意我别说话，顿了几秒钟，他竟然说道：“你是，是，肖子谦吗？”

什么？我没有听错吧，兰沙叔叔怎么会认识他？

看得出来肖子谦和我一样诧异，他说：“我是肖子谦，你是？”

“果然，果然……”兰沙叔叔细细打量了肖子谦一会儿，“果然和谭队长说的一样！”

“谭队长？”我疑惑地问道。

兰沙叔叔并没有理我，好像我不存在一样，他盯着肖子谦，眼睛微微一眯：“你知道我说的是谁吧？”

肖子谦侧着脑袋，微微皱着眉。

兰沙叔叔笑着说道：“前段时间我去了一趟首都，谭队长说他和你是生死兄弟。”

我看到肖子谦的眼睛明显一亮，他说：“生死兄弟……你是说谭大哥？他在北京吗？”

兰沙叔叔点点头：“是啊，他现在给一位大首长服务呢。”

肖子谦笑了下，淡淡说了句：“这小子！”

尽管我很疑惑，但是他们两人却很有默契地收住了话题。兰沙叔叔陪着我们转了一圈，我疑惑更深了。因为兰沙叔叔显然对肖子谦很尊敬。是的，尊敬！

快要走出来的时候，兰沙叔叔忽然冲我眨了眨眼睛，说道：“莫顿，你小子最近你是不是在帮公安局查案？”

“兰沙叔叔，你怎么知道？”

“这又不是什么军事机密……”兰沙叔叔今天说话很温和，他笑着拍拍我的肩膀说，“不用打听也能知道的，再说了，B 市也就那么大点地方。”

“好吧。”我尴尬地笑笑，没有说话。

从支队出来，我说：“肖兄弟，看来你的人脉很广啊。”

“都是以前的老战友。”

“战友？”我一时半会儿缓不过神来，“你也当过兵？什么时候当的？在哪里服役？什么兵种？”

“都是很久以前的事了，我都快忘记了。”肖子谦话锋一转，似乎是不愿意说以前的事，“看来，老费是一定会上报的，如果不出意外的话，这案子我们是查不下去了。”

13

第二天，我特意去了队里，想从兰沙叔叔的口中了解一下肖子谦，竟然得知了一个让我十分惊讶的消息：肖子谦以前是在特战旅服役的。天哪！我简直难以相信。他看似弱不禁风的样子，以前竟然是特种兵，这让我又有了很多疑惑。

第三天傍晚的时候，我接到肖子谦的电话，约我在旅人酒吧见面；我走进去的时候，竟然看到费警官也在。

费警官和我打了招呼后，慢慢地喝着啤酒，隔了半天，他说道："肖兄弟，我觉得这案子越来越蹊跷了，我不想再插手了，我已给上面打了报告，很快就会有别人调查。你也不要再插手了。前面说好的酬劳，我会一分钱不少地给你。"

肖子谦呵呵笑着说："我明白你的意思，既然你不想查了，那就算了。"

费警官看来心情挺好，他说："你放心，我这两天会让人把酬劳打到你的账户上，这段时间辛苦你了。"

肖子谦不冷不热、似笑非笑地说："至于你说的要去给他们几人说的话，我不会去说，费警官，这么简单的事情，我相信你应付得了。要不就实话实说吧，不要把自己绕进去了。"

费警官脸色变了几次，最后还是赔着笑脸说："你就帮我这个忙吧，他们就相信你说的话。"

我望着费警官充满期待的眼神，觉得好笑，不知道费警官在打什么主意。他没等到肖子谦的回复，把目光转到我身上，说："也罢，莫老弟也成啊，就让莫老弟去说吧。”

肖子谦淡淡说道：“算了吧，他们见面以后，朱武会帮你传话的。至于莫兄，费警官，你觉得他会答应你吗？”

费警官点点头，不再说什么。

肖子谦玩着酒瓶：“不过我还是得劝劝你，有些事情是掩盖不了的，别把自己绕进去了。”

此时我大概能明白一点了，可能费警官是要让肖子谦或者我去告诉其他人朱颜已经放回去的消息，看来他的报告里并没有提及那些，他依旧企图掩盖警局里面死了人的事实。

“看来我的报告得重写了。”费警官说完也不多耽搁，喝完剩下的酒，转身走了。

他走了以后，我问了肖子谦。我没猜错，他们说的的确是这件事。

随便喝着，肖子谦并不说话，我没话找话说：“之前费警官很支持我们把这个案子查到水落石出，也坚信这个案子是有人在背后捣鬼，没想到这才隔了两天，他的态度竟然发生了如此大的变化。”

肖子谦笑着说道：“莫兄，你觉得他为什么会有这样的变化呢？”

“我感觉，他是在朱颜死了以后才这么决定的。朱颜死得太怪异，应该对他震撼很大，有可能他真的被吓着了。”

“你说得很有道理！”肖子谦喝着酒，漫不经心地说道，“费警官这么做，可能还有别的想法。”

“愿闻高见！”

“朱颜死在了他的地盘上，但是他不仅找不到凶手，还连一点线索都没有，这件事一旦泄露出去，后果必然十分严重。”

“哦，对，这件事情要是泄露出去了，他的乌纱也就难保了。”

肖子谦轻描淡写地说：“当然，这可能是一个原因，说不定他是查到了什么，只是不愿意继续追究下去，才选择罢手的。也有可能，他又听到了一些什么，不能再继续追查下去。你可别忘了，兰沙队长都知道这事，外人能没有耳闻吗，老费明白越掩盖越糟糕的道理。”

我说：“该说的你也说了，就看他自己怎么决定了。”

肖子谦淡淡笑着说：“老费不是笨人。”

沉默了一会儿，我问道：“现在果然照着你说的发展了，那，我们还继续追查下去吗？”

他看着我，忽然笑了，笑得很真诚：“你呢？”

我说：“我还是很有兴趣。”

肖子谦也说：“其实脱离了老费他们，我们反而更容易调查。”

他的意思很明了，我当然很高兴，揶揄道：“那你可要白干了，剩下的活儿可是没有人付你薪水了啊！”

肖子谦却哈哈大笑起来：“钱财乃身外之物，我肖子谦什么时候沦落到为了钞票勉强自己了？处事由心，何其乐哉，莫兄不也是吗？”

我赞同地点点头，又问道：“既然如此，那我们接下来做什么呢？有没有进一步打算？”

“没有。”他说。

“好吧，那我等你电话。”虽然他的回答让我觉得不着边际，但是我已经习惯了。我虽然知道事情毫无眉目，急切地想要做点什么，却也无从下手。

从酒吧出来，已是晚上九点多，夜幕已经降临多时了，秋天不比夏天，不止天黑得早，而且气温也降得比较厉害。前段时间的衬衣短袖已经看不到了，大家都换上了秋装，有人甚至穿起了毛衣毛裤，我倒不觉得很冷，依旧穿着在连队时候的花格衬衣，衣服虽然老旧，我却百穿不厌。肖子谦的衣服很适合现在这个时节，但他好像永远穿着同一件衣服。

我忍不住问他：“肖兄弟，为什么你总是穿着同一件衣服呢？”

“哦，这个啊！”他笑笑，“其实我觉得，男人的衣柜里衣服可以有很多件，不过款式嘛，有一种就够了。”

“我赞同，每个人的穿衣风格不一样，气质也不同，久而久之就形成了属于自己的特定的形象，人和衣服就会联系在了一起。当你看到这个人的时候，马上能想到那件衣服，而当看到一件衣服的时候，就能想到那个人穿着这件衣服的样子。”

肖子谦不时点点头，对我的话表示赞同。

“肖兄弟，你以前是做什么的呢？”

“为什么这么问？”

“我觉得你不做诗人真是可惜了！”

他笑了，笑得很腼腆：“做一个吟风弄月的诗人，岂不是太浪费人生了吗？”

我说：“我真的很好奇，肖兄弟你以前是做什么的？”

肖子谦慢慢喝完了杯中的酒：“这个嘛，还真的没有几个人知道。”

“总有几个人知道吧……”

他眯着眼睛盯着我，淡淡地说道：“是有几个人，不过，都死了。”

夜深，寂寥；清风，流水；空旷的原野，沁人的夜风。

肖子谦如此神秘，对我的触动很大。

大概十二点多的时候，我们沿着河往红叶街那边走去。刚开始，一路上尽是黑暗，走了一会儿，前面的楼角斜射过来一束亮光。那亮光再往前就是彻夜不眠的霓虹灯和不分白昼的喧嚣了。

我们走得很慢，距离那亮光不过十米时，我看到远处走来了两个人。我突然有一种感觉。在我们即将跨出黑暗区的时候，我一把拉住了肖子谦，我们在拐角处蹲了下来。

远处慢慢走过来两个人，脚步踉跄，看起来有些醉态。等他们走近一些时，模样就清晰可辨，一个是日前见到的警察罗风，而另一人，却是和我们前段时间一起进山的大师许鹤。

这两人怎么走在一起了？我心里一阵嘀咕，可事实如此，又让人不得不信。

罗风和许鹤两人看来是真的喝多了，走路歪歪斜斜，这让我有些心寒。

两人一个是我比较欣赏的警局高手，一个是我崇敬的大师，可是他们此刻的样子，活脱脱就是两个醉鬼。

他们越走越近，看起来很亲密，一会儿头歪到一起说些什么，一会儿又散开，在路上晃荡着。

我和肖子谦所处的位置就在他们对面，如果他们是清醒的，我相信以罗风的能力一定会发现我们，因为一般习武之人的视听觉都是比较灵敏的。他们虽然醉了，但我还是不敢大意，看到他们越来越近，我屏住了呼吸。

距离不过十几米，他们的声音断断续续，我一直没听清楚他们在说什么。两人在路口停了数秒，然后一拐弯，竟然钻进了侧面的小巷子里去。我揉了揉有些发麻的腿，这才想起我身边的肖子谦。我转身看去，身边竟然没有肖子谦的身影。

我不是刚才拉着他蹲下来的吗，怎么不见了？我很疑惑，站起来四处瞧了瞧，也没有肖子谦的影子。“怪了！”我小声说道。

“什么怪了？”忽然传来他的声音，我吓了一跳，再转头去看的时候，肖子谦明亮的双眸和笑盈盈的脸就出现在了我的面前。

“你，你……”我惊魂不定，“你，刚才？”

肖子谦笑着问道：“有什么问题吗？”

我使劲拍拍脑袋想清醒一点：“肖兄弟，你，你刚才去哪里了？”

他很随意地笑着说：“我一直在这里啊。”

“一直？”我刚才明明看到他不在，难道我眼花了？算了，我笑了笑，“好吧，肖兄弟，你说罗风和许鹤怎么会走在一起？”

肖子谦笑了几声：“这与我们何干？走吧，莫兄。”

我虽然有些狐疑，但还是忍住没问。我们又重新往前走，走过那个巷子的时候，我刻意朝里面望了几眼，黑乎乎的什么都看不到，也不知道两人去了哪里。

边想边走，我们两人都没有说话。我一直在想罗风和许鹤怎么会走在一起，莫非他们也想去古墓里面找一找线索？但是许鹤根本找不到那个地方啊。

我又想了好多朱家沟里的事情，等我从沉浸中出来，竟发现已经到红叶街。

红叶街上此时已经看不到人了，昏黄的路灯孤零零地亮着，给流浪在黑暗中的人们些许温暖。在灯光的照射下，我忽然感觉好像暖和了些。

肖子谦离我不远不近，也在慢悠悠晃荡着。我没事找话地问道：“肖兄弟，你怎么不说话呢？”

他好像没听到我的问话，又走了一百米左右，他忽然问我：“莫兄，你说罗风和许鹤想干什么？”

我其实已经想了一路。既然肖子谦问了，我便大概说了说自己的思路：是不是罗风也想要找许鹤帮忙，去调查这个案子？肖子谦静静听着，等我说完了，他摇摇头说：“可是我觉得他们两人有些问题，应该不会像你说的那么简单！”

我隐隐猜到他想要说什么，可并不是太明白，就问道：“肖兄弟，你的意思是？”

他说：“其实在这以前，我一直觉得朱家沟的事情有些诡异，现在突然有些眉目了！”

“肖兄弟，你是说罗风？这个，不大可能吧。”

肖子谦望着前面的路灯，目光悠远，说道：“世事无绝对，人心隔肚皮。”

我长舒一口气，走过去说道：“肖兄弟，如果说罗风有嫌疑，我觉得还不如说老费那里关着的那几个人有嫌疑，他们，应该比罗风更有动机和机会。”

肖子谦望着我，忽然眼睛一亮，说道：“你这么一说，我反而觉得他的可能性更大了。”

“这是为何？”

“莫兄，越是我们想不到的，往往就越可能是事情的真相。”

我还想继续替罗风辩解，站在情感的角度考虑，我并不相信事情与他有关。我说：“那也不能只因为罗风和许鹤走在一起，就怀疑到他啊，况且罗风是警局的人，找许鹤帮忙破案也是天经地义、再正常不过的事情。”

肖子谦慢悠悠往前走着：“原本是很正常，可是，刚才他们两个有些假。”

“有些假？什么假了？”我追问。

肖子谦停住脚步，面向我，笑着说：“难道，莫兄你没发现这两人都是在装醉吗？”

“装醉？”我很是吃惊，“他们，是在装醉？怎么可能？”

肖子谦望着我，并没有说话，既然他这么肯定地说，那一定有他的理由。

“就算你说的是对的，可是他们这么做，是给谁看呢？我们吗？”

“很有可能。”肖子谦笑眯眯地说道。

“不可能！”我马上说，“对这个我还是很自信的，我和罗风交过手的，他和我半斤八两，甚至比我还弱一点，而且我们是在黑暗中，他们是从明处走过来的，我发现他们的时候，他肯定还没发现我们，再说，我老远就看到他们歪歪斜斜的身影了。除非他们有未卜先知的能力！”

“那倒未必，”肖子谦皱眉说道，“你只说了罗风，可是你却低估了许鹤。”

“许鹤？他能早早算到我们会出现在前方？不，不可能的，他上次可是连一块墓穴都找不出来。”

“人不可貌相，”肖子谦斜了我一眼，“正因为如此，我才怀疑。如果许鹤真的找不到那个地方，罗风又为何要和他在一起呢？”

“也许他们老早就认识也说不定啊，或者罗风想要他帮忙去寻找，并没有说一定要找到，再或者，许鹤比较爱财，为财而去的呢？”

“莫兄，你以为那许鹤是什么人，岂是人人都能说得上话的？”

“好吧，肖兄弟，但是你说他能早早算到我们在那里，我就有些不太相信了。如果是那样，他们完全可以不从这里走，为什么非要在我们面前晃一晃呢？”

“这倒也是！”肖子谦笑笑，“你说的很有道理，也许他们装醉并不是给我们看的。”顿了顿，他又说，“不管是不是给我们看的，但是刚才他们确实已经发现了我们。而且，我们走后，那个罗风曾经试图跟踪我们。”

“什么？”如果换作别人，我一定以为他在信口开河，可是，肖子谦绝不会这么无聊开这种玩笑，而他说的这些，实在又不可思议，“肖兄弟，你怎么知道的？”

他嘴角向上一挑，淡淡地说道：“我亲眼看到的。”

“你？”我越加不相信了，“你不是在开玩笑吧？”

“你刚才不是说我不见了吗？”

我不假思索地点点头：“是啊！”

他不紧不慢地说道：“那你知道我去了哪里吗？”

“你？你……不会是去跟踪……”这话说出来我自己都不信。

肖子谦听了，哈哈一笑，没有否认：“我是跟过去看了一下！”

“你跟过去看了一下？”我愣是半天回不过神来。尽管我依稀猜到肖子谦的身手应该不错，可是却没想到会这么厉害。我也是当过兵的，他的这些身法即使在特种兵里，也不可能学到的。“不可能吧！我怎么一点也不知道呢？”

肖子谦只是笑，却并没有回答我。尽管我相信肖子谦应该不会撒谎，但是，我无论如何也想不明白他是如何做到这些的。我相信以我的眼力，不会有几个人能在我眼皮底下如此神不知鬼不觉。

肖子谦低下头，表情严肃地说：“所以啊，莫兄，你可不要小看任何一个人。”

“我从来没有小看过肖兄弟，只是这，实在是太不可思议了！”

肖子谦望着远处，目光一凛：“这个世界上，能活着的，尤其是能活到现在的，没有一个人会是你眼睛看到的那么简单。”

我深深记住了这句话，晚上回去，一直想到半夜。以前我总觉得自己还算不错，但这段时间的事情让我认识到：原来我也就是一个普通人而已。我能发现罗风和许鹤，他们未必就不能发现我；肖子谦竟然可以在我的眼皮底下，从我身边走出去跟踪罗风他们，而我竟然浑然不觉。果然是天外有天、人外有人。

那晚过后的几天里，我一直没有肖子谦的任何消息，他仿佛失踪了一般。

肖子谦不在的日子里，我深感无聊，每天除了喝酒就是睡觉，几乎已经要忘记这个案子了。直到后来，我实在闲得发慌，去找了兰沙叔叔，却没想到意外获得了一个的消息：肖子谦身在北京。消息是北京那位谭队长告诉兰沙叔叔的，肖子谦到北京之后曾经找过谭队长。

再见到肖子谦的时候，已经是一个月后了。那天，他忽然打来了电话，约我第二天一同前往朱家沟。

时值深秋，天气一天比一天冷，我也不得不加了件衣服。而肖子谦却依旧穿着那一身黑色风衣，长及膝盖。

我有些郁闷，但看到肖子谦微微上翘的嘴角却压根儿没法发作。肖子谦丝毫没有提他去北京的事。我们驱车赶到县城的时候，天已经快黑了。我们在上次的旅馆登记了房间，然后便来到朱畅的酒馆。

生意依旧很清淡，我们进去的时候，酒馆没有客人。朱畅一眼就认出了我们。

“哈哈，朱大哥很清闲啊。”我打了个招呼，笑眯眯说道。

朱畅一脸喜色：“可不是嘛，天冷了，一到这个点，几乎就没什么生意了。”

“那平时的生意还行吧？”我随口说着，和肖子谦找了位置坐了下来。

朱畅提过来一个大炭火盆，又递过菜单，说：“也就那样，挣不了多少钱，勉强糊口罢了。今天喝点什么？”

肖子谦的脸上始终挂着淡淡的笑意，让人如沐春风。我知道，他很期待今天的这一行。

“哪个都好，你这里的每一样酒都让我回味无穷啊。”我笑着喊道。

“那好，今天刚开了一缸高粱酒，打点给你们尝尝。”

酒馆里没有其他客人，朱畅提了一壶酒围过来，坐到了我们旁边："今天我请客，随便喝。对了，你们，这次还要去朱家沟吗？"

看他说这话的时候有点结巴，我猜想他肯定是有求于我们。我想起了上次给他带话的事情。

我咂了一口酒，没有回答他，故意皱皱眉头说："你回去过了吗？"

"我，我……"朱畅有点结巴，他自己喝一大口酒，看上去好似有难言之隐。

他应该是没有回去，而且好像有什么苦衷。这让我联想到上次在朱老二家的情形，朱畅的母亲也好像期盼儿子回家又不愿意他回家。

我自顾喝着酒，肖子谦却盯着酒杯说了句："这个世界并没有给人枷锁，所有的不可能都是内心的自我束缚，"他微微一笑，"你想回去的话，没有人能挡得住你。"

朱畅想了好半天，又喝一大口酒："我当然也想回去啊，只是……"朱畅的眼睛慢慢红了起来，"算了，你们要是去朱家沟，就帮我带点东西回去吧。"

"你为什么不自己回去呢？"我说。

朱畅红着眼睛说："你们是不知道啊，我离开了村子，就别想、别想再回去了，回不去啊。"

"到底谁不让你回去？"我喝了不少，酒劲已经上头，说话的声音也大了很多。

"他们，不，不，我们、我们那地方，有族规的。"

"族规？什么族规？还能不让你们回家？"我冷笑着说。

"你还别不信，"朱畅大口喝着酒，"我知道说了你也不信，妈的，狗屁族规，害死人了。"

我望了一眼肖子谦，眨眨眼睛问道："说来听听，是什么狗屁族规？"

朱畅微微愣了一会儿，然后说："虽然我们这才是第三次见面，但我不把你们当外人。我可以说给你们听，但你们可不能告诉别人。"

我和肖子谦都点了点头。

朱畅又说道："我们村子里有祖传的规矩，村子里的人不能出去，一旦出去，就不能再回去了。"

"为什么？"我问道。

"为什么？"朱畅重复了一声，然后瞪着眼睛说，"怕我们泄露了秘密呗。"

"什么秘密？"我往跟前凑了凑，很好奇地问道。

朱畅低声说："宝藏！"

其实我早就猜到这族规和秘密都与宝藏有关，所以也不是很惊讶。我说："就为了那虚无缥缈的宝藏？"

朱畅瞪着眼睛盯着我，忽然问道："你知道？"

我回答说："只听说了个大概。具体是什么情况，我不知道。"

朱畅看来也喝多了，他边喝酒边说："不过大哥你说的没错，确实是虚无缥缈的，几百年都没人见到过的宝藏，竟然还拿来说事，还定的什么狗屁规矩。哼，真是可笑至极。"

我哈哈一笑："你也就是说说，你不是也守着这规矩吗？"

"我？我要守着那规矩，我怎么会在这里？"

我不屑地说道："你不敢回去，不就是守着规矩吗？"

"谁说我不敢回去？我只是不想连累家里人。你要知道，我如果回去，家里人都会被连累的。"

"出来了，就不能再回去？"我侧着头，皱眉问道。

"可不是嘛，年轻人谁愿意一辈子缩在那个大山里头？可是他们胆子都没我这么大，所以也就只能在附近的矿上去打工。可我不一样，我胆子大，所以才走出了深山。只是，走出来后，想回也回不去喽。"

朱畅面色黯然、眼睛发红，看起来很是伤心。我拍了拍他的肩膀，长久无话。

回去的时候，天有些晚了，路上不见一个行人，北风呼啸，吹起了一脸的迷醉。肖子谦拍了拍我的肩膀，笑着说："莫兄，我果然没有看错你。"

我半醉半醒，揶揄道：“难得啊，肖兄弟，我竟能得到你的夸赞，这是真的吗？”

“是真的，”肖子谦的神色忽然又变得严肃起来，他仰头望着天，又说，“既然不能回去，他们怎么有胆子跑到市里去报案呢？后来为什么又要回去呢？”

朱家酒的酒劲确实很大，回到旅馆的时候我已经晕晕乎乎的，倒头就睡着了。

14

第二天是肖子谦拍醒了我。上了车后，我便倒在汽车后上呼呼大睡起来，一路睡到了朱家沟；饮了几口山泉水后，才彻底清醒过来。

朱家沟和往日一样的，空无一人。

我点了一支烟，吸完的时候，我们已经到了柳明嫂子家的门口。可是这次，我们并没有看到柳明嫂子，也没有看到那三个孩子。因为我们面前的大门紧锁。

“怎么办？”我有些诧异，问道。

“没事，继续走走。”肖子谦淡淡说着，好像这一切他早已经知晓。

我们沿着山道往村子里面走，不多时间，就到了柳明家门口。我瞟了一眼，柳明家的院门紧闭着，但是还是能隐约看到里面的荒凉。繁华落尽终有时，只可叹，时过境迁，房屋都好像有些落败了。我心中忽然升起一股不好的感觉，浑身好像起了鸡皮疙瘩，后背发凉，紧跟着冷汗直流。

我就这么胆小吗？我使劲振作几下，原始森林里野外求生都没怕过，这会儿还会怕？真是见鬼了。见鬼了，我这么想着，心中更是升起一股凉意，看向旁边的肖子谦时，发现他一副若有所思的样子。

我不经意间回头看了一眼，然后瞬间就愣住了。真是怕什么来什么。

我看到了一双混浊却又深邃的目光，仿佛就在我的眼前，又仿佛远在天边。我一把拽住了身旁的肖子谦。

肖子谦站住了，我感觉到我脸颊上的汗慢慢地滑落了下来。

又是一身黑色夹袄，花白盘髻，迷惘失神的眼神，和我第一次见到的一模一样。老太太不知道何时已经站在了我的身后，我使劲地咬咬嘴唇，咽了一口唾沫，愣是没有说一句话。

“嘿嘿。”老太太站在我面前半米处，她忽然咧开嘴笑了。我浑身起了一阵鸡皮疙瘩，“大、大、大娘……”

老太太忽然瞪起了眼睛，转瞬间的变化让我措手不及，我只看到她混浊的双眼里仿佛充满了咒怨。我不自觉地有些发抖，仿佛置身于大海中飘摇的船上，一阵浪头袭来便摇摇欲坠，我紧紧地抓住桅杆，只看到头顶整片的乌云。

我长长地舒了一口气，感觉胳膊一紧，转头一看，是肖子谦在拽我。

他一句话也没有说，但是表情异常的严肃，目光也变得深不可测。

老太太嘿嘿笑着，嗓子里咕哝着一句话：“完了……完了……乱啦……乱啦……”而后轻轻地从我身边飘过，脚步之轻，令人匪夷所思。

我以为老太太要走，于是长长地舒一口气。忽然又感觉肖子谦使劲捏了我一把。我一看，妈呀！

那老太太忽然转过身来，扬起干枯的拳头，使劲地朝着自己的胸口捶去，随之嘴里发出怪怪的“咚”的一声，声音仿佛是卡在喉咙里一样，嗡嗡作响。

我有些不知所措，望了肖子谦一眼，他的眼睛微微眯着。

老太太又转身走去，走了几步，忽然回过头来，一种冷得叫人心颤的笑容在那张脸上弥漫开来。我不由地倒吸一口凉气，又看到那老太太把双手伸到眼前，做了一个环状，慢慢地把头套了进去，舌头伸出外面很长。

我的头皮有些发麻。

等我意识到自己清醒的时候，眼前早已看不到那黑色夹袄的老太太，满目都是萧条的荒山。

“怎、怎么回事？”我咽了一口唾沫，问道。

肖子谦就站在我身边，他一直盯着远处，沉默不语。我掏出一支烟来，刚刚打着火，忽然听见肖子谦低声说了句：“不好！”

我的手一阵颤抖，香烟被扔到了地上，我紧张地问道：“怎么了？”

肖子谦甩了一下脑袋，望了望我，他的脸上出现了笑容，他笑了笑，又自顾地摇摇头：“不知道。”

我虽然听不大明白，但是，没事就是好事。

“走吧。”他说。

我木讷地点点头，什么也不想说。我们沿着山道继续往前走去。

此时已过晌午，山脚下微微起了风，透出阴阴的冷，我裹了裹衣服，而肖子谦却好像丝毫没有觉察到冷。

我们穿过林子，一直走到了那口枯井边，转了一圈基本上没有什么大的发现，便沿着原路往回走。我心情很沉闷，总感觉心里很压抑。肖子谦也是表情严肃，一路都在沉思。

忽然，我看到前面慢吞吞地走过来一个人影，我没有紧张，反而真正地舒了一口气。来人的脚步坚实有力，让我觉得终于遇到了一个活人。

我拉了拉肖子谦，两人站定，前面的人走近了，是朱家沟的村长——山羊胡子朱老二。

我紧走几步迎上去，强作笑脸并掏出烟来：“朱大爷，好久不见了。”

朱老二瞪着双眼盯着我们两个看了一会儿，伸手接过了烟，我给他点上火。朱老二趁机猛吸几口，看起来美滋滋的，不过紧绷的脸始终没有松懈。

“您、您老身体好吗？”我看场面有些尴尬，半笑着问道。

朱老二转过身来，问：“你们两个，怎么又来了？”

他的语气虽然生硬，却没有责怪的意思，只是询问。我笑嘻嘻地回答道：“我们这回来看看您。”

朱老二冷笑两声：“你们两个到底是什么人？”

我看了肖子谦一眼，他的表情并没有任何变化，我说：“我们能是什么人啊，上次不都给您老说过了吗？您不会这么快就忘记吧？”

“我忘了？哼，说实话，你们是不是什么狗屁勘察队的？”

“什么？”我一愣，“什么勘察队的？”

朱老二脸色很不好：“千万别给我装，我不是那么好糊弄的，你们和前两天来的人是不是一伙的？”

“什么一伙不一伙的，到底发生了什么事？”我看了一眼肖子谦。他眼神一凛，微微点点头，好像明白了什么。

朱老二气鼓鼓地看着我们，末了一瞪眼：“你们还是走吧，我不管你们是干什么的。但是我们村子不欢迎你们。”

我一时语塞，不明白发生了什么情况。肖子谦微微一笑，说道：“是不是最近村子里很热闹？”

朱老二白了他一眼，猛吸一口烟，又长长地叹了一口气：“哎！世道变了，你们不来打扰，我就谢天谢地了，哼，要是在几十年前，你们敢来这里，非得给你们打断腿不可。”

肖子谦说：“这个我承认，但是现在不比几十年前了。年轻人总归是有他们自己的想法，不是吗？”

朱老二闷头抽着烟,最后抬起头,说道:“你们真的和那些人不是一伙的？”

我苦笑了一下：“我都不知道你说的那些人是什么人，怎么一伙？”

“那你们又来干什么？”

“哎！这不是您儿子让我们来的嘛！”

朱老二脸上的表情有了变化，他打断我道：“我儿子？你是说朱畅？”

“可不是吗？”我说，“我们是受朱畅之托带点东西过来，要不然我们也懒得跑这么大老远，连口水都喝不上。”

朱老二脸上出现笑意：“好说，好说，走，去我家里。”

朱老二说着转过身去，满面春风，仿佛又年轻了几岁。我和肖子谦便尾随其后，路上又去肖子谦车里拿了点东西，是朱畅托我们带过来的。

我们随着朱老二一路往前走，我看到村子里三三两两地出现了人影，虽然每个人的眼神依旧看起来很怪异，但也让我舒心不少。

朱老二家里的气氛很沉闷，只是坐了一小会儿，朱老二转身便又走了，仿佛不愿意和我们多说一句话，倒是朱畅的母亲对我们热情有加，仿佛看到我们就看到了她儿子，又是嘘寒问暖，又是端茶递水，后来又给我们做了饭。

“大娘，最近身体可好？”我吃着饭随口问道。

大娘坐在对面，看着我们，笑吟吟的："好什么呀，都一把年纪了，指不定哪天就要撒手归西了。"

"您可别这么说，我看您老身子骨很结实呢，再活个百八十岁没有一点问题。"

"哎，你可别取笑我了。我可不愿意活那么久，那得多受多少罪啊。"老大娘苦笑着说。

"怎么可能，您和朱大爷都是好人，好人有好报，一定能长命百岁的。"

"哎，有什么好报啊，多半身子都进黄土了，哪天死了，连披麻戴孝的人都找不到。"

我听着有些伤感，她明显还记挂着儿子。我说："您也别难过，您儿子现在生活得很好，就是记挂着您二老，这才特意嘱咐我们来看看你们，你们有什么信儿，也可以告诉我们，我们可以代为转达。"

老大娘听了很激动，想了半天说道："也没什么信儿，你们要是见到畅畅了，让他好好过日子就成。我们在这里一切都好，有吃有穿，让他不要担心。"

我使劲点了点头。

老大娘接着说："还有，还有，你们要见了畅畅就和他说，让他千万别回来，村子里……村子里不太平……"

"我知道了，大娘，您就放心吧，您是说上次的事情吧，我知道。不过那都是好久以前的事情了，过去了不就没事了吗？"

老大娘盯着我的眼睛，老半天，摇摇头，叹了一口气："哪有那么简单的？这段时间村子里不太平，死了好几个人，而且，而且都是年轻人……"

看来又有新情况，我赶忙问："最近？难道最近又……"

"可不是嘛，"老大娘看来真没把我们当外人，"前两天又有两个找见了，哎！我听说都死得冤呀……"

"又有两个？"我顿时汗毛倒竖，"是谁？"

老大娘说："你就别打听了，说了你也不知道的，反正就是那样子了。你们要见了畅畅，就跟他说千万别惦记着回来，一定要记着。"

“我知道了，大娘，”我说，“我那天见到了朱畅，给他说了说村里的情况，他死活不肯回来，说是害怕连累你们。大娘，前两天到底是怎么回事？”

朱大娘脸色阴霾，叹着气：“最近也是怪了，好多奇怪的人来到村子里，这世道怕是真的要变了。”

我问道：“什么人？”

朱大娘想了想，说道：“说是勘察队的，勘察队是干什么的？”

“勘察队？”我实在不明白是什么勘察队，“他们来干什么？”

朱大娘摇摇头，说：“看来，我们这些人也该入黄土喽……”

“到底怎么回事？你刚才说死人了，到底是谁又死了？”

朱大娘闭口不言，无论我怎么问也不肯开口再多说一句。吃完饭，收拾了东西，朱老二还没有回来，我们也不好在这里干坐着，便找个理由走出了他们家院子。

此时时间虽然还早，但是朱家沟已显出了些暮色。

我问道：“肖兄弟，你怎么看？”

肖子谦低垂着脑袋，眉头紧皱：“看来这几天确实发生大事了。”

我说：“不知道是谁又死了？”

肖子谦看了我一眼，说：“看来老费已经给上面打报告了。”

“你是说，是省上的人来调查案子？怎么速度那么快？”

“恐怕不是调查案子那么简单的，这个村子的秘密不少……”

“难不成那什么勘察队是来调查宝藏的？”

“很有可能！”肖子谦点点头，“看来我们还得去找她。”然后便向前走。

“你说谁？”我问道，脚下没停，跟了上去。

肖子谦走到了柳明嫂子的家门前。此时天色已经有些暗了。我们推门进去，一进院就闻到一股呛人的烟味。我看到柳明嫂子正蹲在窗户檐下，用柴火烧着土炕。

以前我在农村老家就睡过这种土炕，一把柴火填进去，整个炕面上都是热腾腾的。

我们走进去，她一直都没有发现。我和肖子谦没有多说话，就静静地站在院子中央，等待着她站起来。

“妈呀。”她站起来看到我们的时候被吓了一跳，“谁？想要吓死我吗？”

“这么快就不记得我们了？”我说。

她听到我的声音愣了愣，慢慢走了过来，伸出黑乎乎的手擦了擦眼角，仿佛终于看清了：“怎么又是你们？你们、你们来干什么？”

“我们路过这里，想顺便来感谢感谢大姐。”

“感谢我？”我看到她的眼睛一亮，“感谢我什么？”

“感谢大姐上次给我们指路啊，上次我们捡了不少矿，收获不小。”说着，我从兜里胡乱掏出来两张钞票，递了过去。

她看到我递过去的钞票，脸上浮现出一丝笑意，伸手接了过去，马上装进口袋：“行行行，你看你们太客气了，我这也是随便说说的呀。你们喝水吗？我给你们倒点水喝。”

“不了，”我赶忙说，其实我也没看到她有任何倒水的意思，“我们这就准备上山去了，只是觉得有些奇怪，所以来问问大姐。”

她看起来有些警觉，往大门口和院子四周瞅了瞅，压低声音说：“你们想知道什么？”

“那好，我也不拐弯了。大姐，我们想去林子里面捡矿，不知道那东西还有没有再出来过。”

我看到她明显脸色发暗：“你们两个要是问这个啊，我、我还是不要你们的感谢了。”她说着把手伸进口袋里，作势要把钱还给我们，可是手却半天没有掏出来，看来是在做激烈的思想挣扎。

我故意爽朗地笑了笑：“没事，没事，你要不说了就算了，我们又不是要故意打探的。只是我们来的时候，听说好像又找到了两个，所以想来问问清楚，好做个准备。这万一上去下不来了，下次可就不能感谢你了啊。”

柳明嫂子一愣：“你们、你们怎么知道的？”

“什么怎么知道的？”我皱着眉头假装不屑。

“你们怎么知道又找到两个？”她难以置信地看着我们。

“都传遍了，谁还不知道啊，”我装作不屑地说，“我们就是听了个大概，对了，是在哪里找到的？”

柳明嫂子望着我们，揣在兜里的手紧了紧还是没有伸出来：“在哪里？林子里呗，哎，这次啊，可真是被、被、害惨了。”

“被谁害惨了？”我紧张地问道。

她往前凑了凑，低声说道：“我告诉你们，你们可千万别说出去啊，他们是被诅咒害的。”

我咧咧嘴：“不可能吧，哪有那么邪乎的事情？”

“真的，”她看我不信，瞪大了眼睛，仿佛亲身经历了一般，“咦，说了你们也不会信，他们两个啊，死得太惨了。那个晚上，风刮了一夜，呜呜哀叫，我就听见那个林子里鬼哭狼嚎的。肯定，肯定是他们被缠上了，那个凄惨啊……想想都起鸡皮疙瘩。周大两口子也是可怜，估计才从那个凶兽那里逃出来的，却没想到，哎，哎，我给你们说啊，这次你们要是以为还是那个东西咬死的，那你们就大错特错了，这次绝对是被诅咒的，我敢保证。”

在听到周大的名字的时候，我的脑海中浮现出的是一个典型的山里人的形象，老实淳朴，看起来木讷、不善言辞。

我听到肖子谦轻轻问道：“为什么你那么确信？”

她继续神秘地说：“我能肯定。要是被咬死的，最起码有伤痕吧，可是他们身上，却连一个牙印子都没有。周大还算看得过去，就在那棵树下躺着，可是，你知道吗，他的肚子里面，骨头全碎了，软塌塌地凹了进去。柳叶妹子，哎！我那妹子就惨了，我敢保证，她是自己走进那个圈里面去，把自己吊死在树上的。”她讲这些话时，忍不住哆嗦了几下，好像实在讲不下去。

我忍不住问道：“是你亲眼看到的吗？”

她狠狠瞪了我一眼，“我没事看那东西干吗？”

我不觉好笑：“那你怎么知道得那么清楚？”

“哼，这事情谁都知道，就连你们两个都知道，我能不清楚吗？啊，对了，你们到底是怎么知道的？”她瞪圆眼睛盯着我们问道。

我嘿嘿一笑：“我们哪里知道什么啊，只是听了个大概，这不都是你讲给我们的嘛。”

“哎呀呀，不得了。”她紧张地捂住嘴巴，“你们、你们可不敢对别人说是我告诉你们的啊！”

“你就放心吧，怎么会呢！对了，他们是在哪里死的？”

“后山的林子里。”柳明嫂子又紧张了起来，“你们问那么仔细干吗？”

“我们就是打听打听，一会儿上山的时候好绕道走，要是不小心走到那地方，还不得吓死人啊。”

她听罢又嘿嘿乐了：“你们两个男人家，胆子怎么那么小呀？没事的，没事的，都已经处理过了，现在没事了。不过我可告诉你们啊，这件事情你们可千万不要给别人说是我告诉你们的。”

“为什么呀？这有什么好怕的？”

她瞅了我几眼，挤眉弄眼地说道：“这可是族长的意思，你们可不要害了我！”

“族长？是朱老二吗？”我问道。

她的眼神明显出现了恐慌：“走吧，走吧，你们赶紧走吧。我什么也不知道了。”

我没有动，问道：“你还没告诉我们他们两个是在哪里死的，我们怎么敢去呢？”

她一边推我们走，一边指着远处说：“就在那边树林子里，那儿有一段白色的断崖，那后面就是，你们要是害怕就绕开走。”

我站住脚，说：“还有，你倒是别急着推我啊，村子里到底来了什么人？”

“谁知道什么人，一拨一拨的。”柳明嫂子说这话的时候，明显没有朱老二那般生气，看起来好像满怀期待。

我们几乎是被赶出来了。

15

我们沿着山道往前走，此时天色也是黑了下来，山道上风声更紧了。我问道：“肖兄弟，我们不会是要去她说的那个地方吧？”

“不用了，我们回去吧，那个地方我知道。”肖子谦心不在焉地说道。

“你知道？你去过？”我扭头看了他一眼，以为他在开玩笑，“我怎么没去过？我们不都是一起过来的吗？”

肖子谦站住，微微闭起了眼睛，表情异常严肃。大约两分钟后，他忽然问我：“你还记得上次我们去的那条山道吗？”

“怎么能不记得？”我说，“不就是我们和一梅仙尊许鹤去的那条？”

“好了，我们回去！”肖子谦忽然眼睛睁开，眼睛中闪过一丝亮光，拉着我就往回走。

“怎么了？发生什么事情了？”我吃了一惊，以为周围出现了什么东西。左右看看，没有异样啊。

肖子谦已经走出去几步了，我听见他说：“走吧，莫兄，我有点眉目了。”

我赶忙跟了上去：“什么眉目？”

他停住脚步，望着我，忽然淡淡一笑：“如果我猜的没错，我们，就要找到凶手了！”

“什么？”我瞪圆了眼睛，可是我怎么一点线索都没有呢？

“走吧，我们回去。这里已经被折腾得乌烟瘴气的，我们留在这里没什么意义，”肖子谦看起来心情很好，他又说，“现在只是个开始，看吧，这村子马上就会更加热闹了。”

在驱车回市区的路上，我坐在车座上一直想肖子谦的话，不知什么时候竟然闭上眼睛沉沉睡了过去。等我醒来的时候，发现已经在B市了，而天色已经完全黑透了。

“我们、我们直接回来了？”我看着车窗外的霓虹，忍不住问道。我以为今晚还会喝到朱畅的酒，却没想到肖子谦直接回了市区。

肖子谦一边开车，一边说：“莫兄，今晚好好休息，明天一早我们去找费警官。”

“你已经知道凶手是谁了吗？”我兴奋地问道。

肖子谦没有点头，也没有摇头，而是说：“如果我猜的没错的话，应该可以这么说了，不过得明天去了警局看了情况才能确定。”

“好，”我很高兴，“那一会儿我们去旅人酒吧庆贺一下吧。”汽车拐进市区，街上的车已经很少了，旅人酒吧转眼即到。

“不了，我还有点事，莫兄你先回，等一切结束了，我们再好好庆祝。”

我没有再说话，肖子谦开车离去后，我独自一人去喝了几杯酒，然后回去休息。只是今晚异常兴奋，竟然辗转反侧难以入眠。

第二天肖子谦联系我的时候，我已经站在警局门口等着他了。

费警官依旧坐在宽大的办公桌后面吞云吐雾，和以往不一样的是，他的对面还坐着几个身穿西装的人，面生得很。看到我们两人走进来，费警官露出一丝惊讶，但马上又笑着站了起来：“你们、你们怎么来了？”

肖子谦并没有回答老费的问题，而是眯着眼睛微微扫视了一圈。房子里除了老费外，一共有五个人，四男一女。看到我和肖子谦的时候，他们也站了起来。

“看来我们来得不合适啊。”肖子谦悠悠说道。

费警官搓了搓手，说道：“没事，没事，快进来，我们也正在谈朱家沟的事。给你们介绍一下，这几位是受省厅委托、前来参与调查朱家沟的事情的同志。”

“调查朱家沟的事情？”我看了几人一眼，这几个人看起来文质彬彬，不像是警察。

费警官笑了一下，转身对着几人说：“这就是我刚才给你们说的肖大侦探，虽然他现在不负责这个案子，不过你们要有什么想问的也可以问问他，他去过那里几次。”而后费警官冲我一笑，扔了一支烟过来。

对面几人上下打量着我们，好一会儿，其中一人冲老费问道：“自己人？”

费警官吸着烟哈哈一笑：“自己人，自己人，都是自己人，你们就放心吧，不要有什么顾虑。”

“你好，肖侦探，”对面一人走了过来，他花白头发，看起来最起码有六十岁，但是说话却铿锵有力，“我们是受省公安厅委托的由历史学专家、地质学专家及考古学专家组成的勘察队，既然不是外人，我也就直说了，我们是来勘察朱家沟与明朝朱允炆父子有关的墓葬的。”

我听了后忍不住笑着问：“这你们也信？”

那人看了我一眼，表情严肃地说道：“信不信不是我们说了算，只要有可能存在，我们都有必要去查看。在科学的基础上，经过严谨的考察得到的论证才最为可信。”

我暗暗咂舌，果然严谨。

肖子谦看着对方，淡淡一笑，随口说道：“那就辛苦你们了。”而后转头对老费说，“既然你这里有客人，那我还是改日再来吧。”

对面的几人有些发愣，显然不知道该如何应对。费警官听到这句话也是一愣，但碍于肖子谦又不好说什么，只能跟着说：“没事，没事，这都是谈工作嘛。”

“算了，改日再说吧。”肖子谦一摆手，不等他们说话，就走了出去。我也跟着走了出来。

出了警局大门，我笑笑：“看来，这次朱家沟真的是热闹了。”

“折腾吧！”肖子谦淡淡笑着说，“我就不信他们能折腾出个什么来。”

我问道：“肖兄弟，我看你对那些专家很不感冒啊。”

“哼！”肖子谦冷笑了一声，接着说道，“他们找不到那个地方。”

我们在外面闲转了一圈以后再回来，办公室里就只有老费一个人了。他不好意思地笑笑，迎到门口，搓着手说道："实在不好意思，怠慢了，怠慢了。这上面派来的人，我也不敢不见。见谅，见谅。快请坐。"

我和他握了握手，他肥厚的大手，驱走了院外的寒气。我心情还不错，问道："费警官，好久不见了，最近可好？"

"还好，还好，老样子。"他打着哈哈，邀请我们坐下来，给我们递上烟，又去拿了杯子要倒水。

"别忙了，老费，我今天来，只是想问你几件事情，问完了就走。"肖子谦笑着说道。

费警官倒了两杯水，顺势坐在了沙发上，他说："难得啊，肖大侦探今天来找我，是想问什么？有什么我可以为你效劳的？"

肖子谦微微一笑，问道："朱家沟的案子现在是什么情况？"

费警官面色微微一变，随即又哈哈笑道："这个案子我都不想提了。把他们几个放回去后，我就给上面打了报告，现在也轮不到我们插手，省上成立了专案组，他们负责。"

"回去了？"我问道，"几天了？"

"几天了？"费警官皱着眉头想了一会儿，"和你们说过的第二天他们就回去了。怎么了？有问题吗？"他望望我，又看着肖子谦，似乎还不知道周大和柳叶死了的消息。

"这之后呢？"肖子谦问道。

"之后？没有之后了啊。"费警官很诧异，好像这个问题很怪异，他接着又说，"之后就不是我们的事了，我只管听上面安排就行了。对了，你还在调查吗？他们怎么了，不会又出事了吧？"

肖子谦没有回答，继续问道："是将他们送到朱家沟了吗？"

"是啊，小罗亲自送的。"费警官肯定地说，"是我让他去的。那么多人呢，路上可不能再出了岔子。"

"嗯，"肖子谦点点头，"罗风人呢？"

“罗风？”费警官微微想了想，揉了揉肥脸，“对，你不说我又快忘了，小罗最近一直在请假，听说好像是老家出了什么事情。回头我得催催他。他这一请假，我这边工作都不好开展了。”

我看到肖子谦的脸上闪过一种异样的笑容，他说：“果然如此！”

“什么如此？”费警官疑惑地问道，其实我也同样疑惑。

“费警官，我要看一看罗风的资料。”

“什么？”费警官一时没有反应过来，“罗风的资料？要这个干吗？”

肖子谦说：“如果我说我怀疑，这一切都是罗风干的，你会信吗？”

听到这句话的时候，我的心猛地跳起来，肖子谦怎么会怀疑罗风呢？他可是警察。

费警官的双眼瞪得滚圆，他望了望肖子谦，又看了看我，满脸的难以置信。他使劲搓搓脸，问道：“这是什么意思？”

肖子谦依旧淡淡地笑着，不过他目光很坚定。

“我怀疑，朱家沟的这几桩案子，和罗风脱不了关系。”

费警官难以置信，挠挠脖子，站起身来说：“这件案子，你真的不用插手，交给上面就行了，你我都落得清净。况且，这根本不可能，罗风可是我们警局最出色的刑警。”

“是啊，肖兄弟，会不会是弄错了？”我紧皱着眉头，我对罗风一直颇有好感，也不相信案子与他有关。

肖子谦依旧微微笑着：“如果这件事情，真的如我所说，你想过会是什么后果吗？罗风是你的人，如果出了问题，你难道能没有责任？老费啊，你再不积极一点，到时候万一别人找出真相，你就麻烦大了。”

费警官咬着烟，来回踱步，显然他没想过这案子会与罗风有关。如果换作别人这么说，他肯定会大笑或者大骂，可是，现在说话的是肖子谦，他不得不掂量对方说话的分量。

肖子谦又说：“我是在查明真相，至于如何处理，那是你的事情。当然，你也可以不相信我，因为我现在也不是十分确定。但是，如果真的如我所说，我想你也不愿意把一个杀人凶手留在身边吧。还有，老费，我可以明确地告诉你，你送回去的人，一个也没有回到村子里，而且有两个前两天已经死了。”

“什么？”费警官显然被触动了，他咬咬牙，使劲吐出一口烟雾，“肖侦探，你所说的都是真的吗？算了，既然你这么说，那一定是有不小的把握。这个案子确实很蹊跷，现在上面还处在调研阶段，我暂时还能给你提供一些帮助。如果你能查明真相，那当然最好不过了。你放心，如果有人胆敢挑战法律的权威，无论他是谁，我们一定会让他受到应有的严惩。”

肖子谦脸上的表情并没有多少变化，他站起身来说：“那我等你的消息。我要罗风的资料，越快越好。明天我会再来，我想明天应该给你一个准确的答案。”

“好，有劳肖侦探，我希望你能尽快查明真相，最好是赶在上面真正介入之前。”一直到我们出门，费警官的脸色都不是太好。可能这件事情，对他的触动实在太大了。

出了警局，我长舒了一口气，问道：“肖兄弟，你今天说的，是真的吗？罗风他真的会是凶手吗？”

肖子谦虽然笑着，却很认真地说：“如果说昨天有百分之七十的肯定，那么现在已经有百分之九十的肯定了。”

“为什么？”

“明天你就知道了。”肖子谦笑着说。

“好吧，”我点点头，又说，“可是，肖兄弟，你今天真不该这么直接。如果罗风真的是你说的那样子，你能确认费警官他是置身事外的吗？你不怕他们……”

“不会的，老费不是那样的人。”肖子谦自信地说。

“你们以前认识吗？”

“不认识。”

“你能那么确定？”我笑道。

“是的，确定。其实莫兄不是也同样认为老费不会是那样的人吗？”肖子谦望着我，眯着眼睛笑着。

我仔细回想了一番，好像确实是这样。凭我观察人的经验来看，费警官虽然看上去不好接触，实际上却善良正直，应该不会做那样的事。

“罗风失踪了。”当我们再一次踏进警局的时候，费警官神色严厉地对我们说。

“什么？什么意思？”我诧异地望着费警官。而肖子谦的脸上依旧是轻笑的表情，与往日并没有丝毫变化。

“这是你要的资料，”费警官手里拿着一个文件夹，“我已经详细调查过了，罗风，是在2000年进入警察队伍的，至今十年，没有任何不良作风，也没有受到过群众举报。”

肖子谦慢悠悠地走到办公桌前的那张沙发前，盯着费警官手里的文件夹，说：“你没有说到重点。”

“重点？”费警官一愣，“重点是，昨天我给罗风打电话，他的电话停机了。他登记的老家的地址，我们已经请当地部门核查过了，根本就没有这个人。”

肖子谦起身接过费警官手里的文件，转身坐到沙发上，问道：“现在你怎么看？”

费警官挠挠头：“肖侦探，你说，罗风真的、真的会杀人吗？”

肖子谦没有回答，他打开手中的文件夹。我坐到他身边。忽然，他好像发现了什么，眉头紧紧皱在了一起。我顺着他的目光看去，他的眼睛落在一行字上：罗风，男，1975年生，祖籍云南，苗族人……

“费警官，立刻请求通缉，罗风已经潜逃了！”肖子谦变了一种声调，很平静却不容置疑地说道。

“通缉？现在吗？”费警官还没有接受这个事实，昨天还在自己手中的一员干将，此刻怎么就成了罪犯？

“晚了恐怕就来不及了……”肖子谦合上手中的文件夹，“莫兄，快走，我们去朱家沟。”

费警官跟着站了起来，问道："你确定要请求通缉？通缉是要有证据的，这样是不是太草率了？"

肖子谦匆忙扔下一句话："相信我，按我说的做吧，出了问题我承担，再晚就来不及了。"然后头也不回地出去了。

我跟着肖子谦一路疾驰去往朱家沟。可是偏偏路上拥堵，在市区耽误了不少时间。等我们到H县城的时候，天已经黑了。

肖子谦停下车，说："算了，莫兄，既来之则安之，我们就在这里休息，明天再去吧。"

"可是，你不是说晚了就来不及了吗？"

"是啊，可是现在已经晚了。既然老天这么安排，我们就别勉强了。我相信，老费知道怎么做。"

晚上我没心情喝酒，可是肖子谦非拉着我去。我们在朱畅酒馆里喝了几杯，原本只是闲聊，朱畅母亲托我们带的话，我们也没有说，毕竟说了也没什么意思，根本就不存在什么诅咒，都是人为的。可是今天有点特别，朱畅喝了几杯酒之后，忽然装作漫不经心地问："你们两人到底是做什么的？"

我有些警惕，岔开话题："怎么？你看我们像坏人吗？还是怕我们喝了酒不给你钱啊。"

"这个倒不至于，"朱畅很豪爽，仿佛只是随口一问，"反正也无所谓，钱财都是身外之物，我这酒也不值钱，我是把你们当朋友，酒喝多了随便说的。我得告诉你们，现在的朱家沟可不比从前了。"

我看了一眼肖子谦，他好像正盯着酒杯出神，但是我知道他在注意着我们的谈话。我凑过去问道："怎么回事？"

"村子里出事了，死了好些个年轻人了，我想……你们肯定知道？"

我盯着他没有回答，借着酒劲点了点头，问："你怎么知道？"

朱畅说："事情都传到外面去了，我还能不知道？"

"哦？"我有些奇怪，这案子不是被严密封锁的吗？消息怎么会泄露出去呢？“你怕了？”

朱畅咧开嘴哈哈笑着，指着我狡黠一笑：“看来你果然知道。我倒是不怕什么，人固有一死，只是现在因为这些事情，村子里面进了不少乱七八糟的人，搞得乌烟瘴气的，这可不是什么好事。”朱畅长叹一口气，“平静了多少年了啊，现在是再也平静不了了。”

“这不正如你愿嘛，你不就是因为村子里没意思才出来的？现在这么一闹，没准村子里就慢慢繁华起来了，那时候，你就可以回去了。谁还能说什么呢？”

“不是那么回事！”朱畅似乎有点悲观，“多少年的传统了，朱家沟的人们已经习惯了平静的生活，忽然出了这么件事情，平静被打破，别说上一辈人接受不了，就是我们也有些接受不了。以后啊，再想恢复平静，可就难了。”

“没你说得那么严重吧，不过是警察例行公事调查案子罢了，你不让调查，死了人难道还让白死了？这你也不希望吧，再说了，不就几个警察嘛，案子结束了他们也就走了。”

“哪有那么简单……”朱畅喝一口酒，龇着牙说道，“你们别说不知道啊，现在可不光是警察了，听说来了好几拨的考古队什么的，调查案子是其次，主要是冲着宝藏去的。那么多人，怎么可能都是考古队？路过的人都在我这里打听朱家沟怎么走，依我看啊，基本都是些盗墓贼。”

我笑了笑。朱畅顿了顿又说道：“不过话说回来，我们村子在那地方都有多少代人了，那所谓的宝藏找了几个世纪都没找到，存不存在都说不准呢，他们能找个什么出来？村子里好些年都没人去找那东西了，根本就没有的东西，还找个什么啊。”

肖子谦自始至终都没有说话，可能他想问的我都替他问了吧。

16

第二天一早，天还没亮我们就出发了，可是到朱家沟的时候，却看到村口停了好几辆警车。

“怎么回事？”我惊异地问道。

“早就知道会是这样子，”肖子谦说着，找了个位置停好车，“老费要是不安排人来，那才奇怪呢。”

村子里有好些个警察在转悠，除此之外，我们还见到了那天在警局的那几个专家，因为都不熟，碰面后也就仅仅打了个招呼。

我们看到几个警察逮着人就打听罗风，可村子里的人都窝在家里，偶尔过去一两个人，看到警察也会远远地绕开。村子里的人我基本上都认识了，可那些人我却觉得很面生，应该就是朱畅所说的那些盗墓贼。

看来，这村子里确实变得“热闹”了。

再往前走走，我们正巧碰到了H县公安局的局长李龙。因为上次见过面，所以并不生疏。他知道我们的身份，问我们：“什么意思呀，一大早就接到上面的通知，让我们带队寻找罗警官。罗警官怎么了？发生什么事情了？”

肖子谦没回答，点点头问道：“怎么样？”

“没找到。”李龙沮丧地说，“我们已经把这里找遍了，包括后山林子等一切有可能的地方都找了，就是没有罗警官的影子。”

一大早？看来费警官行动很快。朱家沟不大，肯定也是找遍了。再看他身后，有几个警察正在盘问几个灰头土脸的人，他们显然不是村民，那几个人神情沮丧，显然还没有什么收获就碰到警察搜山了。

“嗯，我知道了。”肖子谦说，“你们继续找，我们也去看看。”

李龙没有回答，点点头便走了。我和肖子谦继续往山道那边走去。我不禁问道：“你说他们能找到吗？”

“能找到才怪！”肖子谦头也不抬地说道。

“我觉得也是，要真是罗风那小子干的，他早都跑得远远的，还能在这里等着被抓？”

“那我们去哪里呢？”

“随便转转，我总觉得还差了一点什么。”肖子谦皱了皱眉头说道。

“差了一点什么？”我侧过脑袋问他。

肖子谦摇摇头说：“我现在也说不上来。”

我说：“看来真如朱畅说的，现在村子里杂七杂八的人都来了。怪不得不见村民走动，现在怕是人心惶惶了。也不知道消息是怎么走漏出去的。”

“世上没有不透风的墙，说保密只是延缓散播的速度罢了，毕竟这么偏远的地方，能找到的人不多，现在还只是个开始，过上不久，来的人会更多。”

我想这么下去，也够朱老二头疼的了。这个地方原本是世外桃源，现在却因为那传说中的宝藏被搅扰，也真不是一件好事。

又往前走了一段，不知不觉间，我们走过了山道、走过了枯井，等我们再停下的时候，已经身在一片密林子里了。

“莫兄，你觉得这地方熟悉吗？”

我四处看了看，确实有点熟悉：“莫不是上次我们来过的那片林子？”

“正是，”肖子谦悠悠说道，“这里就是柳明嫂子所说的地方。”

“也就是周大和柳叶死的地方。”我嘴上说着，又急忙四处看了看。身后的不远处，便是那一段白色的断崖，我们此时正站在断崖的脊背上。断崖面朝村庄，如果站在村子里面看，即使看不到这片林子，也能看到那一段白色的断崖。

“莫兄，别紧张，我们过去看看！”肖子谦一边说一边慢慢挪着步子。

白色的断崖下面，我不认识的大树小树纵横交错着，树底下是一层枯枝败叶，我抬头望了一眼那些斜斜生出来的枝杈，想着柳叶应该是吊死在了哪一棵树上，心里顿时咯噔一下，摸出一支烟来点上。

肖子谦慢悠悠走着，转着圈，过一会儿又蹲下，用枝条拨弄着。我问道：“你是不是又在找那什么尸香魔芋花粉？”

肖子谦点点头，又摇摇头，说：“我看看还有什么别的东西没有，我只是觉得有点奇怪罢了。”

“我也觉得奇怪。”我恨恨地说道。

“你奇怪什么？”肖子谦直起身子，笑着问我。

“我奇怪的是，费警官明明说罗风把人都送回来了，可是我们在村子里根本就没见到他们，谁知道他送到哪儿去了。”

肖子谦盯着我看了好一会儿，又低下头去：“或许罗风真的送回来了，只是没有送到家而已。”

“那能送到哪儿去呢？”

肖子谦想了一会儿，低头叹了口气，又转过身去，用棍子拨拉树叶。

林子茂密，风反而比外面风小了很多。我转身扔掉烟头，正要猛踩几下，眼前忽然又出现了那个老太太，我的头发猛地竖了起来。

“呀——”我一声大叫，“你，你……”我感觉喉咙里卡得厉害，半天喘不上气。

我眼前不到半米的地方，那个老太太定定地站着。我已经被吓得快要晕过去了，半天回不过神来。这时候有人拍了拍我的肩膀，我木讷地转头一看，肖子谦就站在我身旁。再转过头，老太太依然在，她用恶毒的眼神盯着我，或者说盯着我们，眼睛里充斥着一种让人难以置信、难以忘怀的恐惧。

肖子谦没有说话，我也没有说话，我不知道老太太的出现意味着什么。

我们的目光对视了几秒钟，就在我不敢再看、想要挪开目光的时候，看到肖子谦淡然站在我的身旁，有了一些勇气。转过头就看到老太太忽然伸出双手，撩起了衣服，她的黑色夹袄立刻罩住了脑袋，然后她转身，慢吞吞地走了。

我的恐惧从心底发散出来，老太太一步一步地挪动着，从我的角度看过去，她的衣服上面是空的，就像一个没有头颅的人。

我一直没有从震惊中回过神来，也不知道那老太太走了多久，也不知道我站了多长时间了。等我回过神来后，看到肖子谦已经走回去在不远处的树叶里面胡乱拨拉着了。我追过去问肖子谦："你看到刚刚那位老太太了吗？"

肖子谦说："看到了。"

"你说这意味着什么？"

"有人要死了！"他平静地说。

其实他的回答和我心中所想的一样，只是我不想去承认而已，我问他："会是谁？"

"不知道！只能肯定，在找到罗风之前，死亡还会接着发生。"

那么眼前的事情就是赶紧找到罗风。可是这件事谈何容易。我不断地思考下一个遇害的可能是谁，我把每个人都在脑海中过了一遍，可是好像每个人都有可能。

肖子谦转了几圈之后并没有什么发现，我们又慢慢往回走去。这里距离村庄不是很远，我们之前来过一次，因此不至于迷路。中午的时候，我们回到了村子里。朱家沟的人仿佛失踪了一般，一个都看不到。我们一直走到村口，才发现警车依旧停着，有七八个警察三三两两地聚在一起，讨论着什么。

我问肖子谦是不是要回市区，他说："不急，等他们走了再说！"于是我们走到村口，坐在小溪边聊天闲谈。

感觉肚子有些饿，我去车里拿面包和水，不经意间看到李龙在一辆警车上呼呼大睡。

我们吃饱喝足，又闲聊了一会儿，就看到警察们纷纷上车，连带着好像还带走了几个灰头土脸的人。警车呼啸着开走了。李龙也一直没出来，不知道他看到我们了没有。

看着警车绝尘而去，我扔掉手里的烟头说："他们走了，我们是不是也回去？"

肖子谦望着清澈的水面，随手捡起一颗汩汩流水下清晰可见的鹅卵石，胡乱扔了出去：“不着急，我们先歇一歇，再等一会儿。”

我知道肖子谦有他的打算，也就没有再多说话，找个地方斜斜一靠，眯着眼睛，听着小河潺潺流水的声音，享受着大自然。

迷迷糊糊中，我看到肖子谦站了起来，我赶紧振作起来：“是要走了吗？”

“走，莫兄！”

“去哪里？”

“我们再去转转。”肖子谦望着远处的荒山，皱着眉头说道。

我忍不住说道：“好吧，不过，我实在不明白你还要找什么。既然你已经确定凶手是罗风了，按理说我们的工作也就完了，只要等着费警官他们将罗风捉拿归案就好了呀。我们为什么还要去那里？”

肖子谦挠挠头，看起来很单纯，实在让人无法将他与名侦探的头衔连在一起。他低声说道：“可是我总觉得……”

“你总觉得怪怪的？有什么没想明白？没关系，走，我陪你再转转。”我笑着说道。

他看了我一眼，有些腼腆地笑了，没有再说话，我们又朝着村子里面走去。

我问他有没有什么目标，他摇了摇头。

此时天色不早不晚，村子里有丝丝淡淡的烟雾开始升起，有零零散散的人慢慢走出来，有人从我们身边经过，脸上也没有什么特别的表情。我们往前走了一段，看到前面出现了一个熟悉的影子，是柳明嫂子，她从院子外面的柴火堆里抱了一捆干柴，正往回走着。

看到我们，她犹犹豫豫地站了站，最后还是跨进了大门。我和肖子谦跟了进去。院子里，几个小孩在追逐嬉闹着。大概是见过我们的缘故，几个小孩看到我们也没有多少惊讶，只是稍微跑开了点，却并没有躲进屋子里。

柳明嫂子蹲在窗户下面，将柴火码整齐后塞进了黑乎乎的炕洞里，头也不回地问：“你们怎么又来了？”她的语气听起来很不友善。

看来她早就知道我们会跟进来。我和肖子谦没有动，就站在院子中央，一直等到她干完了活，然后走了过来。“我就知道，”她说，“我已经观察你们两个很久了，你们根本不是来捡矿的。”

我和肖子谦对望了一眼，没有说话。

“我知道你们是干什么的。哼，亏我以前还那么相信你们。”她反复搓着双手，好像很冷的样子。

“既然你那么厉害，那你猜猜我们是干什么的？”我眨着眼睛，故作神秘地问道。

她左右看看，凑到我们身前：“说老实话，你们是不是来找宝藏的？”

她看了看我，又看了看肖子谦。我不认为她能从肖子谦的脸上读出什么东西。我往前凑凑，低声说：“既然你这么认为，我也没什么好说的，那么，你是不是打算把我们赶出去？”

“我哪有那么大的本领啊，”她瞪着眼睛，脸上反而带着喜色，“要放在二十年前，你们要来这里，不是我说，有你们的好果子吃……”她眨眨眼睛好像是在回味着，“现在世道变了，不同往日，朱家沟早已经不是以前那个朱家沟了，尤其这段时间，杂七杂八的人来了不少。可是，如果你们真是来找宝藏的，那我劝你们还是别费这份心了。要是真有宝藏，我们早就找到了，还能轮得到你们？”

我笑着点点头，“话是这么说，可是谁能保证就真的没有呢？”

柳明嫂子摇摇头，低声笑着说：“宝藏啊，你们想想就算了，这么多年，多少代人就差把这座山翻个个儿了，也没找出个所以然来，你们……不行不行。”

“我们也就是来凑个热闹。照你说的，要是真有宝藏，也轮不到我们来找，更不会这么轻易就放我们进来。”

她得意地点点头，眼睛上下瞄着，很自豪地说：“那是肯定的。”

我实在不知道她为什么那么得意，又问她：“那你都知道了，还要赶我们走？”

她撇撇嘴：“朱老二对你们那么好，我有什么本事赶你们走？不过我真不明白，你们给了朱老二多少好处，连他都能听你们的？”

这才是重点，对吧？我心里想着，故作神秘地说道：“你想知道吗？”

她望着我，没有说话。我故意皱皱眉，很为难很犹豫地说道：“也没多少好处，他什么也没告诉我门，倒是给你的好处最多。”

她眨巴着眼睛：“你说的是真的吗？”

“你觉得呢？”我稍微提高了声音，不过还是使劲压着，“你觉得我们很有钱？其实，我们给你的好处最多了。”

她说：“我就相信你吧。不过，我知道的都已经告诉你们了，我现在可没什么能告诉你们的了。”

“没关系，”我说，“我又不是来听消息的。我们就要走了，顺便来看看你，以后可能就不会来了，就此道个别吧。”其实我倒不是虚情假意，我说的是实话，既然案子已经破了，鬼才愿意没事跑到这荒山野岭来！

“以后，不来了吗？”她脸上闪过一丝忧虑，有些紧张地说道。

“没什么事情当然就不来了。”我笑着对她说。

“那……你们……不找了？”她的表情有些难以捉摸。

“找什么？哦，哦，不找了。大姐，你不是说了嘛，这里根本就没有什么宝藏，找也是白找，我们可不想浪费时间在这里。”

“哦，哦，”她使劲地点点头，好像很赞同我们的说法，“我知道了。”

我觉得没什么好说的了，于是看了看肖子谦，他依旧没什么表情。我打算招呼一下，然后就走。

“你们、你们真的是来找宝藏的吗？”她又神秘地问道。

“怎么，你有？”我随口问了一句。

“你们、你们可以帮我看个东西吗？帮我看看那个，值不值钱？”她略带恐慌地看着我们问。

我眼睛一亮，不会真的有什么好东西吧。肖子谦脸上也微微有了点表情。

“我相信你们不是坏人，不会骗我的。”她丢下了这么一句后，转身进了屋子。

我的好奇心也一下子被提了起来，不知道自己将要看到的是一个什么东西。肖子谦虽然脸上的表情没有什么大的变化，但是我知道他的内心肯定也起了波澜。院子里的几个孩子看到大人走进屋里去了，慢慢围了过来。最先走过来的是柳明的儿子小强，后来几个孩子都跑了过来，我和他们有一搭没一搭地说着话，都是些与事情无关的话。

柳明嫂子从屋子里走出来，她看到孩子们围着我们，黑着脸赶走了他们。把我们叫到了屋门前。她手里拿着一个用破布包着的东西，看上去并不大，我和肖子谦都没有说话，三个人三双眼睛都盯着这个东西。

“先说好啊，”柳明嫂子抬起头，说道，“我是相信你们才给你们看的。最近村子里来了好多外人，乱糟糟的，可是那些人啊，一看就不是什么好人，所以我给谁都没说过。嫂子就相信你们，你们先看看，东西要是值钱，我就卖给你们，但是你们不能告诉别人是从我这里拿的。”

“答应你，答应你，快让我看看是什么东西！”我很着急地说道。

她慢慢打开外面包着的破布，里面出现了一本黑乎乎的书。

“是什么东西啊？”我很失望地说道。

“我也不知道，虽然我看不懂，但是我觉得它很值钱。”她看着我，翘首以盼，满眼的期待。

“就这黑乎乎的东西，还值钱？哼，白送我都不要。”我撇过脸去，表示一点也不感兴趣。

我没注意到身旁的肖子谦，此时他的眼睛正慢慢眯了起来，他接过那本书，慢慢翻开看了几页，我转身的时候就看到他的眼睛里慢慢泛起了一丝波澜。“这不是什么好东西，不过，我买了！”他说。

“真的？”柳明嫂子脸上闪过一丝惊喜，“你看，你看它能值多少钱？”

“这要看你能不能说清楚它的来历了！”肖子谦翻看着书，头也不抬地说道。

“我……我……是我捡的。”她犹豫着说道，好像生怕说错一句话而影响到这本书的价值。

“哪里捡的？”肖子谦合上书，抬起头问道。

她又仿佛做了一番挣扎，最后鼓起勇气说：“就是在那个林子里捡到的。”

“能具体点吗？”肖子谦半闭着眼睛，笑眯眯说道。

“就是，就是，那个林子……”

她说得吞吞吐吐，真是叫人着急，我已经忍不住瞪圆了眼睛，可是肖子谦却依旧笑眯眯慢慢悠悠说道：“没关系，你好好想想，说清楚了，我给你个价钱。”

她点点头：“是在、在那个白色断崖下面。”

我一听白色断崖，顿时心中一紧，问道：“你是说，是在周大他们死的那个地方？”

“不是，不是，”她有些紧张地说道，“他们是在断崖上面死的，我、我是在断崖下面捡的，跟他们没有关系的。”她看起来很紧张。

肖子谦接着问道：“你不是说，他们死的时候你没有去吗？”

“我是没去，”她赶忙说道，“我没敢到跟前去，只是，只是跑到那个断崖下面，看到、看到这本书就捡了回来，真的没有上去。”

肖子谦眯着眼睛沉思了好一会儿，才睁开眼睛，问道：“这本书，你想卖多少钱？”

“能、能值钱吗？”她盯着肖子谦，有些紧张地说道。

“或许不值钱，但是我可能用得到，你开个价吧，我买了。”肖子谦说。

“这个、这个……”她又胆怯起来，仿佛不知道该如何开口。我理解她的心理，无非就是说低了不甘心，说多了又怕我们不买，而她自己又不知道这本书的价值，所以显得很为难。

“你倒是赶快说啊！”看着太阳逐渐西沉，我有些不耐烦了，“赶紧说话，不说我们走了。”

“能、能值一百，不，二百块钱吗？”她紧张地说道。

我不知道该怎么回答，肖子谦却从口袋里掏出一叠钱，也没数，便递到柳明婶子的手里。

我大概看了，都是百元的，至少有上千块。我有些惊讶肖子谦的表现，这些钱别说给一个从不出大山的农妇，就是给我也不是个小数目。

她显然有些惊讶，颤抖着不敢接，但她最终还是接过去了，连声说："谢谢，谢谢。"

我们从柳明嫂子家出来，肖子谦一句话也没有说，一直等我们回到车上的时候，他才说："莫兄，我真不知道如果没有这个女人，我们还要走多少不该走的路。"

我想了想也是，我们每次到朱家沟，总是因为她而能有些收获，她确实起了不小的作用。很多年后，当我回想起这个案子的时候，朱家沟给我影响最深的两个人，其中一个便是柳明的嫂子，而另一个，绝对是那个穿着黑色夹袄的老太太无疑。

"我们回去吧！"肖子谦说。

我点点头："好的，你的疑惑解决了吗？"

"也许，这本书就能解决我的疑惑了。"他微微一笑。我在心里祝他好运。

17

回到 B 市以后，我又回到了以前的生活，好像这个案子也已经解决，后面的事情就该交给费警官，跟我没有什么关系了。

几天后，我得到了两个消息。

第一个是肖子谦告诉我的。他说，从费警官的口中得知，那几个专家虽然没有找到传说中的古墓，但经过半个多月的联合勘察，他们给出结论：结合当地的地理位置、姓氏组成及那个口口相传的不知道是真是假的藏宝图的民间传说，他们认为朱家沟可能存在着一座疑似为历史上不知所踪的建文帝朱允炆或其子朱文奎的墓。

专家组给出的原因是：朱家沟的姓氏大半是朱姓。据朱家沟的族谱记载，祖先确实是在建文四年搬迁至此的。但专家组同时也指出了他们的疑惑，那就是，如果这些人真是朱允炆或者朱文奎的亲族或者附属者，族谱如此明目张胆、郑重其事地记载是建文四年搬过来的，当时搜捕的官兵为什么没有将他们抓起来？对于这样的事，以往的统治者可都是抱着“宁可错杀一百，不能放过一个”的想法，莫非真的是山高皇帝远的缘故？说实话，这点也正是我所疑惑的。不过村子里姓朱家的人对自己乃是皇室血脉深信不疑，就差拿出玉玺来证明了。大概这是因为人内心在努力地为自己寻求一种优越性吧！

靖难之役后，朱允炆携其子朱文奎不知所踪，一同出逃的还有其身边的副将和兵士。除了朱姓，此间还有顾姓、王姓与薛姓等。历史上有顾成护佑建文帝逃亡的说法，也有薛承原保护建文帝南下，去到湘潭等地的说法，也有人说，当年朱元璋安排到南京灵谷寺用以保护朱允炆的暗棋洁庵法师俗姓为王姓。但是，这些说法是真是假，谁也不知道，而且建文帝等人究竟逃向哪一个方向，这也还是个谜。从地理位置上看，从南京一直往西，进了潼关，过陈仓不过几百里路程就到了H县。如果真要往西北方向逃亡，逃到这个地方也并非没有可能。

专家的联合调查结论和村民的说法有极大的相似之处。尽管这个消息原本就有，让人感觉专家的话和没说一样。但是，专家就是专家，经过专家这么一说，去往朱家沟的人越来越多，这已经不是老一辈人恪守所谓的壁画和诅咒传说就能阻止的事情。据说，还有人打算以此为契机，在朱家沟办农家乐呢。

第二个消息是我在街上看到了一张公安部的通缉令，内容是在全国范围通缉罗风。通缉令出来后没过多久，街头巷尾就有人开始议论这件事情。传言很微妙，说什么的都有。有人问我知不知道与罗风有关的消息，我也只是一笑置之。偶尔去了一趟警局，我才知道，一直没有罗风的任何消息。

在这期间，我几乎每天都去旅人酒吧喝酒，可是一次也没有见到肖子谦。

大约半个月以后，肖子谦忽然给我打电话了，并约我第二天随他一起去朱家沟。

“案子不是已经解决了吗？怎么又去？”我随口说道，并不是因为不想去，而是觉得再去好像没有任何意义。

“罗风死了！”他忽然说道，

“什么？”尽管对着电话，我还是瞪圆了双眼，“怎么、怎么可能？”我实在难以相信听到的一切。

“明天再说，明早七点，在警局见面。”肖子谦说完这话就挂了电话。

一晚上我睡得都不安稳，第二天早晨不到六点我就醒了，醒来后就怎么也睡不着了。

我到警局的时候，刚好七点，肖子谦已经坐在费警官的办公室了。

“好了，来了，我们走吧！”我刚出现在门口，费警官就大声说道。

“走！”肖子谦跟着站起身来。我还没进去便又跟着他们往外走去。院子里已经停了好几辆警车，我随着肖子谦和老费坐在一辆车上，警笛呼啸，一行四辆车往朱家沟方向驶去。一路上没有停顿，到了朱家沟的时候，已经将近中午。

罗风是在离村子很近的山道上被发现的。我第一眼看到的时候，很惊讶地问了一句：“这个，是罗风吗？”

我为什么会这么问呢？

罗风的尸体被白布盖着。我们到的时候，已经有很多警察在忙活，四周拉起了警戒线，好些村民在周围看着。我有点诧异，这些和以往的每次都不一样。我甚至看到了朱老二看向我们的时候眼睛里的恶毒和怨恨，还有柳明嫂子看到我们从警车里面走出来时的诧异的眼神，以及其他很多熟悉的不熟悉的目光。看来最近的朱家沟确实很热闹。

李龙带着我们一直走到尸体旁边，掀开白布，我看到了一具没有头颅的尸体，身上穿着整齐的警服。

我第一个想到的，是那个身穿黑色夹袄的老太太。我清晰地记起了她曾经在那个白色的断崖上所做的动作。我望了一眼肖子谦，我知道自己的眼神中充满了惊异。

肖子谦显然懂我的意思，他无奈地摇了摇头。

没有人回答我的疑问。

“怎么样？”李龙对走过来的一名警察说道。这名警察我认识，正是上次在朱家沟见到的法医，大家都叫他王队。

王队面容沉重，他盯着我们几个的眼神有些恍惚。最终，他面向费队长，摇头说道：“死亡时间不是很长，应该是在昨天夜晚零点到两点之间，死者身上有多处伤痕，但都不足以致命。真正的死亡原因、原因……”他没有继续说下去，但是谁都看得出来，没有头颅，怎能不死？

“死者身份？”费警官点起一支烟，摸摸肚子问道。

对方并不诧异费警官问这个大家都已知的事情，看来他十分熟悉这一系列的办案程序。王队说：“从相貌体征等初步判断，死者为警员罗风，年龄三十五岁左右。”

“嗯，”费警官抽着烟，眉头紧皱，隔了好半晌，问道，“还有其他有价值的线索吗？”

没有人回答，那就是没有了。

费警官他们说这些的时候，肖子谦不动声色地在周围转了好几圈，四处看了看。

法医在进行现场勘查与取证，我和肖子谦站在一起，默默地注视着现场，谁也没有说话。大约半个小时之后，费警官走过来，低声问道：“可以处理了吗？”

肖子谦没有说话，皱着眉头沉思了一会儿，又摇摇头，又点点头。我觉得好笑，不知道这是什么意思。费警官却没有一点焦虑，好像并不着急从肖子谦那里获得答案。他悠闲地抽着烟，看着眼前忙忙碌碌的警察，仿佛很有成就感。过了好一会儿，肖子谦点点头，说：“就这样吧。”

费警官大步踏上前几步，对着李龙嚷道：“好好查查，有什么线索整理后交给我；没事的话，这里就交给你来处理，我先走了。”李龙点头答应。费警官又转身走回来，望着我和肖子谦说：“怎么样，一起回去吧。”

肖子谦眯着眼睛看向我，仿佛是在征求我的意见。我摊开双手，耸耸肩膀：“我听你们的。”

“那就走吧。”肖子谦说完就朝着来时的汽车走去。临上车前，我又朝人群中看了一眼，什么也没有看到，其实我也不知道我想看到什么。一路上，老费一边喋喋不休地抱怨，一边回忆罗风是如何如何的优秀，他又是如何如何想不通。可是，我觉得他忽略了最重要的问题：罗风是如何死的？是被谁杀死的？

我看到肖子谦眉头紧皱，罗风死了，他原本的推理出现了问题。

回到市里以后，肖子谦的心情似乎很沉重。我们三人都没有去警局，而是径直走进了旅人酒吧。三人各怀心事，都喝了不少酒。最后离开前，肖子谦交代老费，要重点调查一下许鹤。

两天后，我从肖子谦那里得到两个消息：一是检测了尸体样本，确定了死者正是罗风。二是许鹤早已经失踪，哪里都找不到，也没有人知道他的下落。

案子已经毫无眉目，我也没有任何线索，只是隐隐觉得罗风的死或许和许鹤有关。罗风一死，许鹤就失踪了，这肯定不会是偶然。但是我又没有任何证据，更何况费警官和肖子谦都知道这些情况，既然他们都没有提，那我说出来也没什么意义。

费警官的意思，是想让我们就此罢手；他说这已经不是我们能参与的事情了，他也不想再继续追查。

那天之后，我和肖子谦又喝了两次酒，虽然两次都没有谈及这个案子，但我明显感觉到肖子谦一直皱着眉头，看来这件事情对他的打击很大。

大约是在一周后，肖子谦又约我去一趟朱家沟。我不知道他还要去干吗。其实我情愿相信肖子谦的判断是正确的，罗风就是凶手，最后畏罪自杀。只是罗风尸体的样子的确让人难以和自杀联系到一起，反倒和黑色夹袄老太太所示范的情景如出一辙，莫非真的存在什么诅咒？

在赶往朱家沟的路上，我最终还是没能忍住，把这个想法讲给了肖子谦听。肖子谦听了之后，微微摇了摇头。我不知道他是怎么想的。那时候时间已经过了晌午。

隔了好大一会儿，肖子谦又笑着说："莫兄，其实很多时候我和你想的一样，但是有些地方我还是没能想明白，实在有些不甘心。最后一次，就最后一次，莫兄，陪我再辛苦一趟，要还是无法解开谜团，我也就不管这个案子了。"

"肖兄弟，别这么说，其实我不辛苦，再去十趟八趟都无所谓。只是看你这样我也不舒服，实在没线索了，我们就当是罗风干的吧。反正罗风现在也死了，可能真的是那诅咒……"说到这里我心头一凉，脑海中无端出现了那个老太太，让我感觉不大舒服。

肖子谦没有回答我，而是发动车子向朱家沟驶去，我靠在车座上睡了过去。等我从昏昏沉睡中醒来的时候，肖子谦已经把汽车停在了朱家沟村外的老地方，他看着我笑眯眯地说道：“莫兄，再不醒来，我可要把你留在车上了。”

我嘿嘿笑着，去小河洗了把脸，顿时清醒了很多。朱家沟和以往一样，根本不见半个人影。此时日已偏西，四周也异常安静，除了偶尔林子里的鸟叫，根本听不见其他任何声响。

我甩了甩手上的水，问肖子谦打算去哪儿，有什么目的。

“没有！”肖子谦说道，“没有目的，也没有打算，就是随便转转。没事就当游玩了，反正这个地方也挺美的，山清水秀。我喜欢在路上，没有目的，未知结局。”

“嗯，和我想的一样。”我哈哈一笑。

“等等。”肖子谦喊了一声。他转身去打开后备厢，从里面提出一个很大的背包，军绿色，看起来朴实无华。我问道：“是要带上它吗？”

肖子谦没有说话，一甩大背包斜挎在肩上，这样看起来确实像是出来旅游的人。

我们一直走，从村头走到村尾也没见一个人。我们在那面白色的断崖下面转了一圈，肖子谦在那儿沉思了许久，我不知道他在想什么，估计是在想关于那本书或者是那个穿黑色夹袄的老太太。

断崖的另一面是静谧的村庄，天色有些昏暗，四周除了树木就是落叶，除了偶尔飞出来的蚊虫外，没有任何活物。

我们同时看向密林深处，彼此交换了一下眼神，没有任何犹豫，便一步一步继续朝前走去。越往里走，山势越高，按理说应该看得更加清楚，可是这林子里树木很茂密，遮天蔽日。要不是我在原始丛林里面待过，还真会以为这就是原始森林。我接过肖子谦的大背包背在背上，那背包还真有些沉，我不得不用两边的肩膀换着背。

夜幕早已经笼罩下来，或许外面已经是星空点点，但是在这里，我们的头顶上是漆黑一团，而在我们周围却反倒有些昏黄的光。脚下踩着的是松软的枯叶，四周一股潮湿温热的气息包裹着身体，并不好受，我有些恍惚。现在这季节，应该是干冷干冷的才对，可是这里偏偏温热氤氲。我的手臂不知道是被叮咬了还是因为什么，麻麻痒痒的。途中，肖子谦的背包终于派上了用场，他从包里拿出来一瓶喷雾，在我们周身美美地喷了个遍，全身闻起来有一股风油精的味道。不过，总比腐败的霉味好闻一些。

偶然间，我听到远处有声声狼嚎，我问道："肖兄弟，你怕吗？"

"你怕了？"肖子谦笑道。

"怕？"我甩甩胳膊，"怕就不来了。"

此刻置身于一个完全陌生的丛林间，我仿佛回到了连队的求生训练。

头顶上黑乎乎一团，虽然并不是伸手不见五指，但身边的肖子谦只剩一团黑乎乎的影子。不过这并不妨碍我的观察，我的视力很好。"肖兄弟，这里，有问题！"走到某一处的时候，我叫住了肖子谦。虽然我不知道此刻我们身在何处，但是我已经觉察到周围的异样了。此时肖子谦正默默地走在另一侧，好像在思索什么。他听到我的话，停了下来。又过了几秒钟，他问道："什么？你说什么！"

我周遭转了一圈，已经相当确定了，"这些树木绝对不是杂乱无章的，我敢肯定，这一定是有人栽种过的。"

肖子谦依着我的脚步前后左右转了几圈，有时候还比比画画。我凑上去说："自然发芽长出来的树木，优胜劣汰，绝对是杂乱无章的，但这里的树木却十分整齐。"

肖子谦抬头去看，我也抬头去看，树木参天，枝叶茂密，此时脚下踩着的依旧是厚厚的一层落叶，氤氲着的还是潮湿的难闻的腐败的气息。我忍不住想，如果说这些树木是人工栽种的，树木长得如此巨大，那得是多少年前的事情。

我忽然想起了周大他们几个所说的那个能令人迷路的树林。时间已经到了十点多，这个点要在城市估计正值夜生活的高潮时段，但是在这个林子里，已经和午夜没有差别了。我早已经分不清东南西北。我问肖子谦还知不知道我们身在何处，肖子谦却说："我也没有想到我们怎么就走到这里了。"

“说什么呢，肖兄弟，这不是我们一起来的嘛，”我挠挠头发，上面黏糊糊的，“不过，如果你也迷了路，那看来今晚上我们是回不去了。”

我听见肖子谦轻轻笑了一声，他说：“我也不知道我们在哪里。”

“说不定这也不是什么坏事呢，不是说只有迷路了才有可能找到那个古墓吗？”我们慢悠悠往前走着，我没感受到恐怖，反而异常兴奋。

我们一直走，不知不觉就过了零点。一路上头顶偶尔有些响动，可能是什么小动物跑过，有时候也会让人吓一跳。手机从进山的时候就没有了信号，只能拿来当手表使唤。我实在想不清楚为什么这里总是有一种近乎暗黄的淡淡光亮，我们走了这么久也依旧在。

不知道怎么走的，我们后来到了一片狭小的空地。令我惊异的是，这里竟然只有零零星星的小树，说是小树也有些勉强，这里的树木歪歪扭扭，树干枯裂，看上去年代久远，却只有两三米高。周围都是参天大树，让这里显得有些特立独行。不过这地方让我长长舒了一口气，因为总算感觉到空气不是那么黏黏糊糊了，有凉风扑面而来，脚下也不再是踩着棉花的感觉，硬硬的土地踩上去感觉很好。

肖子谦依着一棵树半蹲下来，说：“还是歇歇吧，莫兄，这样走下去没有什么意义。”

我嘿嘿一笑，顺势也蹲了下来。我们两人的体质都还不错，这一路下来，基本上没有大喘气。肖子谦打开背包，拿出几个瓶瓶罐罐，无外乎食物、水之类的。“莫兄，我们得赶快生个火堆。”肖子谦说得很对，刚停下来的时候感觉不到，不过几分钟就浑身冷得发抖，衣服潮湿粘在身上，让人只想痛痛快快地冲个热水澡，再舒舒服服地躺到软床上。

周围枯枝败叶多得是，我们随便捡了一些过来，生了一团篝火。我点燃一支烟蹲下抽着，肖子谦若有所思，他的眼睛里映着熊熊跳动的火光，我看他心情好像不错。

“就差酒了。”我笑着说。

肖子谦抬头看了我一眼，他在包里一阵摸索，两大瓶二锅头就被拎出来了，他又从包里拿出几块防潮垫来，我们边喝酒边聊，有一搭没一搭地说着话，最后静下来各自想着心事。起初周围偶尔还会传来鸟叫，后来逐渐安静了下来。不久，寒气袭来，我感觉周身有点冷，又去抱过来一节树干扔进火堆里。树干嗞嗞响着，冒起一些青烟，我站起来拍拍手，不经意间看到了远处的一团亮光。

“肖兄弟，你看那是什么？”

肖子谦此时正坐在一块防潮垫上半眯着，他的头微微垂下，长碎发散落在眼前，脸上映着火光。他站起来顺着我手指的方向看了一眼，捋了捋额前的发梢，眉头渐渐皱了起来。

“过去看看！”我说道。

天很黑，远处的光就显得异常亮。那一团亮光看起来蓝莹莹的，起初我以为是鬼火，后来发现那光亮静止不动，不像是鬼火。

“会不会是盗墓的？”我低声问。

“看着不像，这地方不是一般盗墓贼能找到的。”肖子谦答道。

“你确定不会是盗墓的？”我又问道。

“不会。”肖子谦很肯定。

我皱着眉头，不明白为什么他那么肯定。

“我们都能找到这里来，那些专业盗墓的，能找不到这地方？再说，这里又不是他们说的那个树林。”

“我说不可能就是不可能。”肖子谦说得不容置疑。他蹲下来，左右看了一会儿，又说，“当然，像许鹤那样的人除外。”

“许鹤……一梅仙尊……”我低声说着，想着那样的人确实没几个，“那团亮光会不会是什么动物或者植物？”

“不知道。”肖子谦回答说。

我们一直循着亮光所在的方向而去，最后来到了一个一人多高的土崖前，那亮光刚好在土崖脚下，仔细一看仿佛近在眼前，又仿佛遥不可及。

“不太像，”肖子谦依旧低着头，仿佛自语般说道。

我问他："什么不太像？"

他说："不太像是动物或植物的光。"

肖子谦从旅行包里拿出了一把野营铲，给了我一个眼神，我知道他想要干什么。"等等。"我说。

我就地收拾了一些柴草，重新燃起一个小火堆，火光照亮了石壁，身体也暖和了许多。我们更加清楚地看到这是从一道弯弯曲曲的裂缝中透出来的亮光。

"这里面必有蹊跷，"我趴在裂缝间往里面仔细看了看，"说不定还真的是宝藏也说不定呢。"

"但愿啦，"肖子谦嘿嘿一笑，"一切都说不准，自然界中奇妙的东西太多太多，不可思议的东西也是太多太多，机会和毒药都是并存的。"

我们当即沿着那裂缝开始挖，累了就坐在火堆旁休息，休息好了继续挖。天色蒙蒙亮的时候，两人早已是满头大汗。我们相互看了一眼，不禁都笑了，我揶揄道："这哪里是英俊潇洒的肖大侦探啊，活脱脱一个地老鼠，哈哈。"

肖子谦抿嘴一笑，淡淡说道："你也好不到哪里去。"我低头一看，果然如他所说。

树叶缝隙间微微透下来一丝光亮，看来天色即将亮了，我们沿着那一道裂缝歪歪扭扭地挖进去，直到在面前的山壁上挖出了一个大洞，最后，面前出现了一条逐渐向下倾斜的路。

我们打算歇一会儿，等体力恢复了再进洞一探究竟。刚刚坐下没多久，我忽然感觉到一阵细微的颤动，肖子谦几乎和我同时转过身去望向了身后的大洞。

一阵细微的颤动之后，一切又恢复了平静，我们面面相觑。

"是地震了吗？"我小声问道。

肖子谦没有说话，他冲我招招手，我们慢慢起身朝着身后的大洞穴走去，刚走到洞口，一阵颤动从脚部传来，虽然极其细微，但我很明显地感觉到了。声音是从地下传出来的。

“地下有问题！”我急忙小声说道。

肖子谦看来也已经注意到了，他慢慢地贴近洞口，耳朵贴在地面上听了听，眉头皱得越来越紧。此时那股隐隐的震动又逐渐传了上来，并且越加强烈。

18

“快走！有东西出来了！”肖子谦低吼一声,猛地站起来。我来不及细想，跟着肖子谦一翻身便跳上了小土崖，狂奔几步之后，我们攀上一棵大树噌噌噌爬了上去。我们刚刚停下攀爬的动作，便感觉到了一阵强烈的震动，大树一阵抖动，一声吼叫从我们脚下传来，声音震耳欲聋，我们都睁大了眼睛。

一道黑影猛地从洞口里面蹿了出来，黑暗中宛如一阵风般越过我们燃起的篝火，眨眼间消失在数百米外的丛林中。

不过我看得真切，那黑影跃过火堆的时候还凌空回头看了一眼，也是在那一刹那，我看到了一双手掌大小的血红眼睛。

一切转瞬间又平静了下来，我睁大双眼半天没缓过神来。转头时，看到肖子谦还在愣愣地望着远处，嘴里低声念叨着：“还真的有这东西……”

过了一会儿，稍微平静了点，我问肖子谦：“现在我们干吗去？”

“莫兄不是已经有答案了吗，还来问我？”肖子谦耸耸肩膀。

“那我们进去看看吧。”我看着洞口，虽然有些紧张，但是也很兴奋。

肖子谦点了点头，又说：“我们先把火堆处理掉，森林里见不得火。”我随手拿起铲子铲起了些碎土就要倒在火堆上，肖子谦忽然低下头抬手喊道：“慢着！”

“是有什么发现吗？”我手上的动作停了下来。肖子谦慢慢地在火堆边上蹲下来，拨拉开几个小石块。我跟着蹲了下来，映着火光，地上可以看到一道清晰的血迹。

肖子谦用手指蘸起来一些血，放在鼻子下面闻了闻，眉头一皱：“看来它受伤了。”

我也深深吸了一口气，刚才我目睹那动物的凶猛，动作迅猛、力量惊人，这绝非一般的野兽。这让我不得不重新估量我们即将要进去的山洞里面到底存在着些什么。我顺着血迹向后看去，一路都是血迹斑斑，不知道是什么让它受到如此重的创伤。

肖子谦一句话也没说，他站起来，前后左右看了一会儿，然后又回到火堆旁。

我等了好半天，终于忍不住问道："现在怎么办？"

肖子谦重新抬起头来的时候，我又看到了他眼里的自信。他只说了两个字："继续！"

我们灭了火堆，一切收拾停当后，肖子谦看了我一眼，轻轻说了一句："走吧。"然后一低头便走进了眼前这个不规则的土洞。

刚一进到洞里，便闻到血腥味夹杂着泥土味和说不上来的腐味。里面黑不见五指，好在肖子谦还准备有一把强光手电。它在这里才算真的有了用武之地。借着亮光，我们看到地上是血迹斑斑。

不清楚那动物的受伤原因，我们走得小心翼翼，越往里走，洞里反而越安静。

洞里并不算潮湿，我们沿着坑坑洼洼的路一路向下，起先整个洞看起来就像自然风化所成，但是越往后，人工打磨的痕迹越明显。

"这到底是什么地方？"我拿着手电四下照着，越往前洞竟然越来越开阔，后来我们竟然走到了一个类似于大厅的地方。

说是大厅，可实际大小比我们平时看到的大厅大了不止一星半点。大厅中空气有些压抑，一股恶心的难闻气味蔓延过来，我忍不住掩住口鼻。

肖子谦略略皱了皱眉头，他饶有兴致，四处看了看，对着我们身后的山道说："这应该是一个墓道了。"

我点头表示同意。大厅里很空旷，恶心的气味越来越浓，呛得人难以忍受。要不是我经受过训练，此时怕早已经蹲在角落吐了。

我们小心翼翼地转了一圈。肖子谦的手电光，忽然在一个角落停了下来，我放眼一看，即便是心有准备，还是忍不住叫了一声。

手电筒所照之处，胡乱扔着不下十具惨白的人骨，骨头横七竖八地散落着，我们还可以分辨出哪些骨头是胳膊，哪些骨头是腿，当然，最明显能看出来的是一些散落的头颅，大多数头颅上光秃秃的，手电的光照在上面，那些凌乱的头颅骨显得异常森白。最令人恶心的，是几个还在腐烂的头颅和躯体上，有不少黑色、白色的虫子在蠕动、扭曲，有些虫子已经到了地上，虫子带着身下的液体，一扭一动，偶尔还能看到身体上带动的黏稠液体划出一道丝线，灯光照过去，明晃晃的。

我感觉喉咙一热，有东西涌了上来，一口没忍住吐在了一边的角落里。

“你没事吧？”肖子谦头也不回地问我。

“没、没事。”我感觉舒服了一些，又看了那边几眼，实在不想再留在这里了，闻到空气中恶心的味道，我再次喉头一动……

“应该是那什么猎犬没有吃完的食物，”肖子谦语气平静地说道，“这可能只是个开始罢了，莫兄，你可要做好准备啊——”

我觉得胃里又是一阵翻滚。

绕过那些骨架，我们又转了一圈。除了一些零散的胳膊、腿之外，数十米的大厅中，再找不出别的东西。我也逐渐适应了这里，胃里总算没有刚才那么难受了。虽然偶尔一脚踩不好，脚下“啪”的一声会踩扁几只虫子，让人不舒服，但总算能忍住不犯恶心了。最后停在一块相对干净一点的地方时，我还是忍不住问道：“肖兄弟，既然我们找到了墓道，也看到了那个什么猎犬，为什么没有看到他们说的那些棺材呢？”

肖子谦微微一笑，说道：“这墓道里面机关重重，复杂程度绝非一般词语能够形容的，莫兄不会以为就只有这么大一点吧。”

我当然不会这么以为，只是有些心急了而已。走了一圈，我们也看明白了，除了我们进来的那个山洞之外，竟然还有五条山洞能够通到这里。我问道：“你怎么看？”

肖子谦没有说话，他打着手电，在地上照了照，又站在每个洞口处往里看了看，低声说：“它从这里出来的！”

我走过去一看，果然，洞口处零零星星有一些血迹，看来那东西果然是从这里跑出来的，不过洞口外面却相对干净，并没有腐烂的躯体和风干了的骨头架子。“我们这是要到它的老巢去吗？你不怕它再回来？”我问道。

肖子谦往洞里看了看，说：“它受的伤不轻，没有那么快回来的。”

我一想也是。我将手电往里探了探，抬腿就要往进走。

“等等……”肖子谦忽然一把抓住我，我心中一惊，抬起的脚又收了回来。

“不对，”肖子谦眉头猛然皱了起来，“这个山洞有问题。”

“有问题？”我又看了几眼，风平浪静，能有什么问题？

肖子谦没有说话，他静静地站了一会儿，又转身回到我们刚进来的山洞口，“莫兄，你过来。”

我依言走了过去，这是我们刚进来的洞口无疑，指引我们进到这里来的血迹还在地上。这个洞口相对干净一些。肖子谦打开背包，从里面掏出了几只蜡烛：“你帮我把蜡烛放在每个洞口的中心点上。”肖子谦低声说着，并将几只蜡烛交到我的手里，“记住，中心位置。”

我不解地接过来，问道：“肖兄弟，你会这些？”

肖子谦并没有回答我，又低头在背包里翻找起来，他的神情是少有的严肃。我强咬着牙，忍着恶心的臭味，将蜡烛按照他的说法依次摆在了其余五个洞口的中心点上。有个洞口在一大堆骨头后面，白骨倒还罢了，那些恶心的蠕动的白色虫子也有不少，我小心翼翼地躲着，结果还是踩扁了两个，让我自己泛起一阵恶心，恨不得把踩到虫子的那只脚剁掉。

摆好后点燃，我把剩下的蜡烛交还到肖子谦手里的时候，看到他又拿出了短香握在手里。我以为他是没有火柴，便摸出了打火机递了过去。

肖子谦冲我笑了一下，摇摇头，说道：“莫兄，把手电筒关掉。”

我摁灭手电筒，大厅里面顿时暗了下来，只有那五只蜡烛的火光在一片漆黑中摇曳着，看起来跳动不安。隐约中听到窸窸窣窣的声音，我仿佛看到一条一条的白色蛆虫在向我们这边爬来。

肖子谦往前走了一步，昏暗中我看不清楚他有什么动作。我站在他的身后，一动也不想动，生怕一个不小心脚下“啪”一声炸开一个虫子。隐隐约约中，我听见肖子谦在说些什么，片刻，他又将手中的短香一晃，令我目瞪口呆的是，那支短香顶头呼啦蹿出一点火苗，竟然着了起来。

这……我真是不知道说什么好了。作为一个普通人，我感觉他就像在我面前变戏法。紧接着，更奇妙的事情发生了。

短香点燃以后，一缕青烟升了起来，借着微弱的亮光，我看见那一缕青烟在直直上升到半米多的时候，忽然拐了个弯，向着右侧的一个门洞而去。青烟仿佛长腿了一般从洞口的正中心位置蹿了进去，不过数十秒钟，那支蜡烛摇晃了几下便熄灭了。

肖子谦一句话没说，轻轻摇了摇头，就见那一缕青烟换了个方向，又朝着另外一个门洞而去，如方才一样进入门洞十余秒钟后。那只蜡烛摇晃几下也熄灭了。

我看着肖子谦变戏法一般的手段，对他更加佩服了。随着两只蜡烛的熄灭，洞里的亮光变得更加微弱，青烟继续改变方向，向着第三个洞口飘了过去，这个洞口正是方才我准备要踏进去却最后被肖子谦拉了回来的那个，没想到青烟刚飘到蜡烛上方，蜡烛忽然就熄灭了。

肖子谦脸色严肃异常，紧紧抿着嘴唇看着青烟飘向第四个洞口，不出所料，蜡烛也随即熄灭。

就剩下最后一个洞口了，也是那个最恶心的洞口。此时这个大厅里基本上又恢复成了一片黑暗。我眼睛都不敢眨，紧紧盯着最后一个洞口。也不知道是幻觉还是怎么的，随着光线变暗，我竟然看到那个洞里有模模糊糊的亮光，正是我们之前在外面看到的裂缝里透出来的光。

本来已经几乎看不到的青烟因为这模糊的光亮而又变得清晰，我看到那一缕青烟直直飘向洞口，从那些骨头上面飘过，飘进了洞内，消失不见，而洞口的蜡烛却始终都没有熄灭。

“就这个了。”肖子谦扔掉就要燃尽的短香，指着最后一个洞口冲我说，“跟我来。”

我还在震惊中没有回过神来，木木地答应了一声，竟然也忘了打开手电筒，就跟着肖子谦朝那个洞口走了进去。

肖子谦走得大步流星，我咬牙跟在他的身后，一路上“啪啪”的声音不绝于耳，我感觉浑身像爬满了无数的蚂蚁一样难受。

所幸，洞里看起来没有那么糟糕。往前走了一程，便发现这条洞工工整整，到了后面，竟然出现了砖砌的痕迹，大块的青砖，散发着古老的气息，看来果然是古墓无疑。洞里有些角落还有零散的骨架和完整的尸体，但是大多都已经成了枯骨，不过，只要不是那种密密麻麻爬满蛆虫的东西，那就还好。

光越来越亮，周围的景物变得清晰起来。又拐了几道弯，肖子谦忽然毫无预兆地在我眼前停住了脚步。我从他的身边看过去时，愣住了，我们眼前竟然没路了。眼前是一道厚实的砖墙，也不知道存在了多少年月。我顺着砖墙四周看了看，砖缝紧实细密，刀片都无法插进去。肖子谦好像也没有想到会是这个样子，他的眉头又皱了起来。

我说：“肖兄弟，你看这……”

肖子谦沉思了一会儿，走上前去，在青砖上面摸了个遍，最后又摇摇头，有些颓然地退了回来。

其实我更加诧异的是：四周这些昏暗的光线来自哪里。

“不可能，不对啊！”肖子谦慢悠悠地坐到地上，闭上眼睛思考。

我也找了块干净地方蹲了下来，点上一支烟使劲吸了几口，借此冲淡残存在心里的恶心的感觉。肖子谦慢慢睁开了眼睛，我和他便有一搭没一搭地闲聊着。

“肖兄弟，你说什么不对？是我们选的这条路吗？我也觉得这条路可能是不对的，你看洞口的那些东西……”

肖子谦看了我一眼，苦笑了一下：“应该不会出错的。”

“好吧，兴许这里有什么机关，我们没有发现呢？”我随口乱猜，虽然明知道肖子谦刚才已经很认真地找过了，要是有什么机关的话应该也早就发现了。我转了个话题，随口问道：“你刚才那一套是什么情况，以前怎么没发现你懂这些呢？”

肖子谦看了我一眼，缓缓地说：“都是些小把戏，我不懂这些，只是将现成的拿来用用而已。”

肖子谦说得简单，实际上怎么可能那么简单呢？我笑了笑，说：“那我们再退出去，重新选一条路再走一下？”

肖子谦脱口说道：“不可能，其他几条路进去了就别想再出来了，那几条路没有一条是活路。”

他的话让我吸一了口凉气，古墓凶险早就听过，古墓探险虽然刺激，但是把命搭上就不值当了。我心情有些沉重，索性也就不说话，自己无聊地左右看看，顺便歇歇脚，留肖子谦一个人慢慢思考。

忽然，“咚”的一声轻响传进了耳朵，我怀疑自己听错了。我看向肖子谦，他猛地抬起头来，眼睛盯着眼前的砖墙。看来我没有听错，我们先后轻轻站了起来。

“咚”——又是一声传了过来，这一声明显大了一些，仿佛是有人在用大铁锤砸着地面。

“这是？”我低声问道。

肖子谦冲我摆摆手，示意我不要说话。我们慢慢走到砖墙跟前，耳朵贴到墙上。又是一声传来，声音不大，但是能感觉到是在这堵墙的另一头。我还能感觉到墙体在微微颤抖。

“是什么？”我尽量压低声音。

肖子谦摇摇头，眉头又皱了起来，时间一分一秒地过去，我始终没有听到“咚咚”的声音再响起。

“是不是那猎犬又回来了？”我踩灭烟头，紧张地问道。

“不可能！”

肖子谦忽然抬起头来，好像想到了什么，拉着我："不好，快走！"

"什么？是那东西回来看了吗？"我急忙问道，但是脚底下没停，抓起地上的背包就跟着肖子谦就往回跑。

"到底怎么回事？"我一边跑一边问，"是不是那家伙又回来了？"一想到那双巴掌大小的血红眼睛，我就心里发毛。

肖子谦这时候竟然洒脱起来，我看到他的脸上竟然有了淡淡的笑意。

"我知道怎么回事了，莫兄，马上就知道我猜得对不对了。"

我们往前跑过两道弯，大概跑了五百米左右后，肖子谦拉着我在墙角蹲了下来。我忽然感觉身边有些异样，一转头，浑身一个战栗，我说："肖子谦，你就不能选一个好一点的地方吗？"我转头的时候，正好看到一具白骨斜斜地"坐"在我身边，由于地方狭小，我们已经肩并着肩，就差手牵着手了。

肖子谦笑眯眯说道："都快成化石了，害怕他做什么？"

"我——"我一时语塞，其实我根本不是害怕，只是怕恶心罢了。不过好在这是一具干尸，没有那些恶心的虫子，否则，我宁可出去死也不愿意在这儿多待一秒钟。

肖子谦忽然低声叫道："快，堵上耳朵。"

他说着，双手已经堵在耳朵上，我虽然不明白是怎么回事，但也跟着要捂耳朵。就在我刚把手举到耳朵边上的一刹那，一阵震耳欲聋的声音传了过来。

"轰——"

我感觉身边的山洞都震了起来，头顶上掉下来无数的石块，脚下的土地也跟着抖动起来，一大团土石正好掉在我们身前的地面上，扬起的土沫子散了开来，我的眼前瞬间一片灰黄。这一声要是在外面可能还好点，在这密闭的山洞里，确实是产生了地动山摇的效果。幸好我在关键时刻堵住了耳朵，不过饶是如此，鼓膜仍旧被震得生疼，那一具干尸骨架由于这一震没有"坐"稳，斜过来靠在了我的肩膀上。

我赶忙一跃站了起来，拍了拍身上的尘土，现在真想连自己的肩膀都剁了去。

巨响之后，肖子谦也好不到哪里去，他站起来拍了拍身上的尘土，冲我一笑，又“嘘”了一声，示意我不要说话。过了一会儿他竟然笑了起来。

等到耳朵里面的嗡嗡声慢慢消退的时候，我才低声问道：“肖兄弟，这是墙倒掉的节奏吧？听声音绝对是炸药，而且这装药量绝对不少。这是谁要炸死我们吗？”

肖子笑着说道：“莫兄和我想的一样，不过我估计不是为了炸死我们。至于是谁，过一会儿你就知道了。”

“是谁？”我惊讶地问道。

“如果我猜的没错，那绝对是你想不到的人。”肖子谦低声说着，慢悠悠地往回走去。我紧紧跟在他的身后，顺着墙根儿慢慢往回走去，眼前除了一些掉落的碎石土块和不太结实没有坐稳的干尸之外，什么都没有。

拐过最后一道弯的时候，我忽然听到前面传来一阵窸窸窣窣的声音。我赶紧拉了肖子谦一把，不过看来我多虑了，肖子谦显然也已经听到了，我们就势在墙角下蹲了下来，我双手握拳，不知道前面将会出现什么。

等了几分钟，我们眼前忽然闪过一道亮光，是手电筒的光，看来是有人来了。我安心不少，是人就不用害怕。

“这里面能找到吗？”一个声音传了过来，尽管声音不大，但是让我异常惊讶。因为听着声音，我猛地想起一个人来。

这时候另一个声音说道：“不要惊慌，该是你的就一定是你的，什么时候出现不过是时间问题……”

这个声音也很耳熟，我脑海中立马浮现出了两个面孔。如果我没有听错的话，这两个声音的主人是罗风和许鹤。

这让我很震惊，罗风不是死了吗？不过在这里碰到熟人总比碰到刚才那些干尸舒服一点。

我看了肖子谦一眼，此时他脸上出现了不易觉察的微笑，看来一切正如他所料。

19

脚步声越来越近，两束手电筒的光亮也越来越强，肖子谦拉着我慢慢往后退去，在那一声巨响之后，我感觉周围的亮光仿佛又增加了一些，现在不借助手电筒也能清晰地看到眼前的一切。这里只有一条通道，想要躲到一旁避开他们是不可能的，我们只能向后退去。等我们又退出几道弯的时候，刚才的脚步声和手电筒的光亮已经全然看不到了。

看来他们走得小心翼翼，速度相当慢。我们在原地等了一会儿，隐约能看到两束手电筒光亮的时候，肖子谦又摆摆手，我们再次向后退去。这样走走停停，眼前的光亮越来越黯淡下来，不一会儿，等我意识到不太对劲的时候，转身一看，后面竟然是那个大厅，刚才那一堆白骨还在，上面的黑色、白色蛆虫依旧在蠕动，我的喉咙一阵跳动……

肖子谦冲我笑笑，便转身又回到了起初看到的大厅里，我强忍着恶心反胃跟在他身后，又一次走进了打死也不想再来的大厅里。

大厅被无尽的黑暗包裹着，大概是因为熟悉的缘故，我隐约还能看到那几个深邃的黑洞，恶心的感觉也慢慢压了下来。

能看到归能看到，但是我已经完全没有了方向感，只记得那个最恶心的洞口通向的是生路，可是我宁愿去死——

肖子谦伏在角落，拉开背包，又在里面翻找起来。

我凑上去已经做好点蜡烛的准备，可是却看到肖子谦从背包里拿出两小瓶矿泉水，他递给我一瓶，然后自己仰起头慢悠悠喝了起来。

他一副不紧不慢的样子，我凑上去低声问道：“肖兄弟，怎么会是他们？”

“有什么问题吗？”肖子谦眯着眼睛问道。我看到他脸上满满的自信，我敢肯定他什么都知道，可我一直跟他在一起，为什么现在还是被蒙在鼓里？

“不对，”我紧接着说道，“罗风不是已经死了吗？”

“掩人耳目而已！”肖子谦喝了一口水，眼睛盯着洞口，不紧不慢地说道。

“掩人耳目？为什么？”我正要拧开水瓶盖子，忽然想到了什么，“哦，对，罗风是想要金蝉脱壳。”我忽然醒悟了，“罗风为了摆脱我们和警方的追查，故意造成已经死亡的假象来迷惑我们。一定是他杀了那个人，然后去掉了那个人的头颅，可是肖兄弟，那什么，不是化验过了吗，死者确实是罗风啊。”

肖子谦似笑非笑地盯着我说道：“有钱能使鬼推磨的道理，莫兄不会不懂吧。”

这时候我听见脚步声越来越近，我赶忙说：“他们就快过来了。”

“没事，我们就在这里等等他们吧。”肖子谦说着又从包里拿出一把黑布伞，看起来并没有什么特别之处。我很是不解地看着他，可是肖子谦好像全然看不到我的惊讶，脸上依旧挂着笑意，他把伞撑开放在地上，拉着我在伞的后面蹲了下来。

我无奈地看看他，又指了指眼前的这把黑布雨伞，问道：“这个……是什么名堂？”

“一会儿你就知道了。”肖子谦嘿嘿一笑，又爱抚地摸了摸眼前的伞布。

“下一步怎么做？”我低声问着。

“等着！”肖子谦一边回答，一边用手慢慢拂着伞布，好像上面落点灰尘都不行。

我转过脸四处看了看，总是担心有什么小虫子爬到脚面上，那样的话就真的要剁了脚我才能安心。我又想了想，说道：“他们可不简单啊，刚才那什么猎犬可是重伤了才跑掉的。”

肖子谦回过头看了我一眼，笑眯眯地说：“别担心，莫兄，随便给你一把双筒喷子什么的，你也能做到。”

“这么说，他们是带有武器的？”我皱眉说道，不过转眼一想也对，来这地方带着武器也很正常，况且他们连炸药都带，带手枪、猎枪也没什么出奇的。我紧紧地握着拳头，想着我们手里只有空气……

肖子谦看出了我的心思，拍了拍我的肩膀说：“莫兄，别担心，那些东西都是唬人的，真正实战起来，还得靠拳头。”

虽然我不是很赞同这个说法，但是现在也没有心情反驳他。我望了一下那个洞口，此时好像能看到一星半点的光亮。

“他们来了！”我低声说。

肖子谦点点头，示意我不要说话，我们看着那个通道，里面的两束手电光越来越清晰，眼看着越来越近，马上就会出来。我心里更加没底了。

手电光终于从洞口里面照射出来，紧跟着越来越亮，大厅里亮度增加了不少。肖子谦示意我不要动。我静下来听两人的脚步，更加确定是罗风和许鹤。

那两人走到大厅，好像也很惊讶，双双止住脚步，我能感觉到他们用手电筒四处照着。当他们的手电光照到我这里的时候，我的心也紧跟着提了起来，我摸起地上一个石块，只等着一个不注意先下手为强。可是奇了怪了，他们的手电筒照到黑布雨伞上照了照，又照向了别处，就好像压根儿看不到伞一样。

我看了看肖子谦，他正笑眯眯地看着我手里的石头。我有些尴尬，心想：这把雨伞有这奇异功能？真像传说中的隐身。真是大开眼界了。

这时候我听见罗风低声说道：“许先生，这是什么地方？”

隔了半晌，许鹤说道：“此地大有玄机，切莫轻举妄动！”

“这里有机关吗？”罗风用手电筒四处照着，我猜测他的心里是有些紧张的。

许鹤轻声说道：“如果我没猜错的话，这里是一个六芒阵法，此地六个洞口，按照六芒星之位排列，形成两个互为犄角的三角，其中两个三角各有一个生门，其余四门入者即死。”

罗风没有说话，他默默看了一遍，才低声说道：“请先生明示。”

许鹤似乎从身上解下一个背包，然后在背包里面翻找着什么。我听见他说：“来，罗风，你帮我把这几只蜡烛点上，在每个洞口的中心位置，记住，一定要在中心位置……”

这个场景如此相像，让我忍不住又看了肖子谦一眼。

“许先生，你看。”罗风忽然叫了一声，我知道他的手电筒一定是照在了我们刚才点过的蜡烛上。此时蜡烛早已经熄灭，但是还有多半截留在地上。

不好，被发现了！我心里一紧张，手里的石块握得更紧了。我看了一眼肖子谦，他的脸上似乎看不到什么表情。

许鹤好像是过去看了地上的蜡烛，又蹲下身拿起来仔细端详片刻，说道：“不好，是有人来过了。”

“有人？”我听见罗风跟着叫了一声，并且我还听到了“咔嚓”一声，我知道那是拉动枪栓的声音，随后，大厅里胡乱地晃起了手电筒的光亮。

我听见许鹤站起身来说道：“罗风，看来我们有麻烦了。”

罗风用手电筒四处照了照，大声喊道：“谁在那里？”

他喊话的方向对着蛆蚜子，明显是一种试探。黑暗中我看到肖子谦嘴角微微上翘，眼睛也自然地眯起，似乎是在看好戏的感觉。不过我还是有些担心，手心里也隐隐有了汗液。

罗风的手电筒还在四处乱照，就听见许鹤说：“不用找了，他们不在这里。”

“不在这里？”罗风的手电筒重新照回到了他的身前，“那他们去了哪里？”

“看来对方也有些道行，蜡烛才熄灭不久，他们应该也是刚刚才离开的。”

“许先生，他们会不会已经从生门出去了？你能找到生门的位置吗？我们还是快点过去吧，要是被他们抢先了……”

许鹤的语气有些不稳，听得出他有些急躁：“我刚才说了，这六芒星阵法两个三角各有一个生门，其余四门进得去却出不来，他们能到这里，说明是从其中一个生门进来的。”

罗风问：“我们能走到这里，说明，说明我们走的是一个生门？”

许鹤“嗯”了一声，我又听见罗风低声问道：“许先生，那就是说那人已经进了我们刚出来的那条道？可是，我们一路走过来，怎么没有发现呢？”

“我总感觉不好，罗风，事不宜迟，我们快退出去。”

两人似乎是打算原路返回了。

猛地，一声大喝在整个大厅中响起：“晚了！”

我侧过脑袋，从黑布雨伞一侧偷眼瞧去，就看到一道黑影眨眼间已经到了对方二人身前，尽管有些亮光，但是我根本看不清到底发生了什么事情，只听见“砰”“砰”两声有人倒飞着摔倒在地上，同时一声枪响在大厅中震荡开来。

我转头看了一眼，身边哪里还有肖子谦的身影。

两束手电光同时照在洞口的黑影身上，一身长及膝盖的黑色风衣无风轻摆，略长的刘海儿盖着半边脸颊，嘴角上翘，脸上挂着一丝近乎邪恶的笑容，不是肖子谦还能有谁？

“是你！”罗风虽然挨了一击，不过看来并无大碍，他从地上站了起来，“肖子谦！”

“幸会，罗警官！”肖子谦不紧不慢说着。

“你是怎么找到这里的？”罗风恨恨地说道。

肖子谦冷笑一声，眼睛仿佛漫不经心地盯着罗风，他的手掌翻飞，一把银色的手枪正在指尖飞舞：“你以为凭着这小家伙就能伤到我吗？”

倒在身后的许鹤撑着地咳嗽了几声，慢慢站起身来，他向前走了几步，冲着肖子谦行了一礼，说道：“原来是肖先生，许某有眼不识泰山，还望海涵。”

肖子谦依旧翻转着手里的小银枪，没有搭理他。

许鹤顿了一顿，继续说道：“上次老朽是班门弄斧了，请问阁下到底是何方高人？肖子谦恐怕不是你的真名吧！”

“真不真名，又有何妨？”肖子谦笑着说。两束手电光直直照在肖子谦的身上和脸上，不过他依旧神情自若，“肖某对许先生也是刮目相看啊。”

我知道他说的是上次的事情，上次许鹤可是对我们说没有找到古墓，现在他又身在此处，而且是跟着罗风一起，只能证明他之前是在骗我们。许鹤有些尴尬：“惭愧，惭愧……”

这时，又响起一声拉动枪栓的声音，罗风叫道：“肖子谦，我知道你有些能耐，但是我还是劝你不要多管闲事，否则、否则……”

肖子谦嘴角翘得更高了，他眼睛一挑：“否则如何？”

罗风冷笑了一声：“否则，今天你就别想从这里出去——”他的“去”字才说了一半，忽然“砰”的一声枪响，他开了枪。

不好！我心里一惊，这家伙话说一半突然放黑枪，真是卑鄙！不过就在他放黑枪的时候，洞口的肖子谦应声化作一道黑影消失在黑暗中不见了。我急忙左右看看，没有找到肖子谦的痕迹，再往洞口一看，肖子谦已经在原地出现了。

他眨眨眼，脸上依旧是那淡淡的笑意：“我说了，你这小东西伤不到我。”

听他的声音应该是没事，我缓缓松了一口气，此时不要说对方两人，就连我也觉得肖子谦实在是太神秘了。

“哼，不可能。”我听到罗风冷哼一声。又是一串枪响，只听得洞内回声震耳欲聋，借着他们手电筒的光，我看到洞口土石纷飞，肖子谦已经消失不见。

枪声过后，我一眨眼，肖子谦又站在了原地。他的动作仿佛没有变化，脸上更是笑得灿烂：“如何，还要继续试试吗？”

“不可能。”我听到罗风一声大叫，显然他的内心已经开始胆怯了，“肖、肖子谦，你、你到底是什么人？”

“算了，”许鹤自己走了上来，抱拳行礼，说道，“肖先生，怪老朽有眼无珠得罪了阁下，不过今天也算生平头一次如此大开眼界。能破解六芒星阵法的人，据老朽所知，全天下一把手数得过来。你到底是什么人？”

“哦，是吗？”肖子谦淡淡笑道，“那肖某真是荣幸了，不过你说的这什么六芒星阵法我没听说过，也根本不知道，我不过是借用了一点工具而已。”

“什么工具？”许鹤紧跟着问道。

“我需要告诉你吗？”肖子谦脸上虽然挂着笑意，但是语气很冷淡。

“也罢，”许鹤沉思片刻，忽然又想起了什么，“这么说，你一直在我们附近？可我为什么感受不到你的气息？”

肖子谦哈哈一笑，忽然看向我这边：“莫兄，出来吧！”

我早就不想躲在这里偷着看戏了，只是没有找到合适的机会，现在听肖子谦一叫，我便合上伞，光明正大走了出来。

就在我合上伞的瞬间，许鹤的一束手电光打了过来，亮光有些刺眼，我忙举起空闲的手臂遮住眼睛。不过手电光在我眼前一晃，马上又移到了伞上，并且一直停在那里。

我提着伞慢慢走到肖子谦身边。

“怪不得，怪不得，”许鹤惊讶地说道，“我说怎么没有发现你们，如果我没有猜错的话，这把伞应该是大秦方士徐福远渡东洋时留给其弟子的四宝之一——伞”。

“算你有点见识！”肖子谦轻轻一笑，收起了黑布雨伞，“我是来查案的，并不想伤害你们。怎么样，是不是该跟我回去了？”

许鹤有些犹豫，转头看了一眼罗风。我站在肖子谦身边，被手电筒的光照得有些不适应：“喂，罗警官，能不能把你的手电筒放低一点？”

罗风有些不甘心地把手电筒从我的脸上移到了我身上，我也摁开了手电筒，照在罗风和许鹤的身上。这样大家都看得明明白白，好歹也公平一些。

灯照过去时，我看到罗风的手里拿着一把长筒喷子，枪口正对着我们这边。这种枪的威力我知道，打在身上基本上就没有生还的可能了。我说：“那啥，罗警官，意思意思行了，你那东西别老指着我们，我看着别扭啊。”

罗风并没有理我，他盯着肖子谦说道：“肖子谦，我还是那句话，这件事情跟你无关，你还是不要多管闲事了。”

肖子谦眯着眼睛没有回答，好像听到一个不太好笑的笑话。

罗风咬咬牙说道：“你若是执意要这样，我也没有办法——”他的话音还没落，我心里忽然咯噔一下预感到不好，赶忙身子一矮，就势往旁边滚去。

“砰——”

我身子刚刚着地，一声巨响仿佛在耳边响起。我从地上起来，感觉到耳边一疼，用手一摸，黏黏糊糊的，看来是擦破了皮，流血了。

“好你个王八蛋！罗风，你玩阴的！”我嘴里骂着，脑海中的注意力高度集中，身体时刻准备着，生怕罗风会再开一枪。

我抬头一看，顿时乐了，肖子谦还站在原地，不过我看他的时候，他的手里正捏着一把半米长的单筒喷子。怎么回事，东西不是在罗风手里吗？这么一眨眼就易了主。我一向自恃眼力还不错，可也没有看清楚他是如何做到的。再看罗风，他正两手空空地盯着肖子谦，有些发愣。

肖子谦倒转枪头，像电影里演的那样，朝着还在微微冒烟的枪口吹了一口气，然后将枪绕在手上异常熟练地把玩了两圈，最后将枪扔给了我：“莫兄，我不喜欢这玩意儿，你拿着。”

有武器在手，我自信多了。不敢说自己有百步穿杨的本领，但是这么近的距离，我想打左眼就绝对不会打到右眼上。我拉动枪栓，子弹顶上膛去，“哗啦”一声，清脆悦耳：“罗风，亏我以前还把你当兄弟，你却想置我于死地，算我白认识你了。”

罗风听了我的话，反而笑了起来：“兄弟？这么多年了，我何时有过兄弟？不过我还是谢谢你，你就当看错了人，我可从没把你当过兄弟，甚至朋友。”

“你……”我一时语塞，不知道说什么好。

肖子谦面色一正，冷冷说道：“罗风，收手吧。”

“收手？”罗风依旧笑着，但是我听得出来笑得有些悲凉，“你叫我收手？真是可笑至极，肖子谦，你有什么资格对我说这些话？”

“有什么资格？”肖子谦嘴角一咧，“你觉得你今天还有机会逃脱吗？”

“逃脱？哈哈，”罗风仰头大笑，“你不觉得你这话说得大言不惭吗？”罗风说完，脸上露出一缕凶光，“肖子谦，今天别说是你，谁也休想对我如此说话。”

肖子谦冷冷地看着他，眉头慢慢皱了起来。

气氛一时有些尴尬，我看到事情不好，握枪的手紧了一紧，对着罗风。果然，我看到他手腕一抖，一枚拳头大小的手雷已经握在了手里，不过从他的眼神里，我能看到他稍许的不自信。罗风手里的手雷我认识，是“二战”时期意大利产的，里面装的是正宗TNT，这家伙的威力不可小觑。看来刚才炸开青砖墙的那一声巨响就是这东西发出来的。罗风盯着肖子谦喊道：“我再最后问你一句，今天的事情你一定要插手吗？”

肖子谦眼睛微微眯起，脸上依旧挂着笑意：“罗风，你以为凭这些就能吓到我了？我也不妨告诉你一句，今天你要能从我的手里走掉，从此我肖子谦改名换姓，跟你姓罗。”

“是吗？”罗风一咬牙，猛地拉开衣襟，他的腰间挂了一串同样的手雷，不用细看也足有十个八个了。要是全部引爆，足以将这个大厅炸成一片废墟。罗风又拿出一只来捏在另外一只手上，冲肖子谦喊道：“那这些呢？”

我倒吸一口凉气。肖子谦好像也没想到他会这么下血本，他盯着罗风半晌，忽而又哈哈笑了起来，说：“你这又是何必呢？你就不怕到时候搬起石头砸了自己的脚？”

“姓肖的，我本来还想等这件事情过后和你做一笔交易的，看来今天我不得不提早和你商谈了。”

肖子谦微微一笑，手腕一抖从腰间摸出一个黑色的匣子，漫不经心地举到眼前，问道：“你是想要这个吗？”

20

我定睛一看，那正是周大几个人从古墓中带出去的小黑匣子。

罗风看到黑色盒子的瞬间，身体猛地抖了一下，我吓了一跳，生怕他一个不小心拉动了引线，赶忙喊道："罗风，有什么话好好说啊，这东西又不值钱，何必这么大动干戈呢？"

"不值钱？"罗风听了我的话忽然眼光一凛，盯着我咬牙切齿地说道，"你说它不值钱？"

我说错话了吗？我本来就这么以为啊。我不想激怒罗风，索性装作没听到，扭过头看向许鹤，许鹤正站在罗风身后，眼睛盯着罗风，不知道在想什么。

我没想到的是我这个举动竟然使得罗风更加愤怒，他涨红着脸，盯着我，牙齿咬得咯咯作响。

"罗风，你还没有回答我！"肖子谦淡淡说道。

罗风听了肖子谦的话，瞪了我一眼，转过头去，重重说道："是！"

肖子谦轻笑了一声，拿着黑盒子仔细端详了半天，然后轻飘飘地说道："可是它确实不值钱啊！"

"你！"罗风眉头紧皱，他看着肖子谦，顿了顿叹一口气说道，"你能把它给我吗？什么条件都可以，只要我能做到。"

肖子谦很随意地笑着："这个东西在我这里确实没有什么用处，本来给你也无妨，可是，现在我却不愿意给你了。"

"如何才能给我？"罗风盯着肖子谦说道，语气已经缓和了很多。看来，他确实很想要这个东西。

肖子谦翻转着手里的黑匣子，慢悠悠地说道："跟我回去，或许我可以把它交给你也说不定呢。"

"我答应你！"罗风几乎没有任何犹豫地说。我有些纳闷儿，如果那些人真的是罗风所杀，那他回去就是死路一条，死都死了还要这东西干吗呢？罗风继续说道："那么，你能把盒子给我看一眼吗？"

肖子谦盯着罗风，淡淡地说道："难道你没看到过吗？"

"不，不是，"罗风紧张地说道，"我就看一眼，我要确定盒子里是不是我要的东西。"他说完又盯着肖子谦，好像生怕他不愿意，"依你的本事，还担心我玩什么花招吗？就看一眼，如果是我要的东西，我就答应你。"

我走到肖子谦身边说："肖兄弟，别给他看，小心……"

我话还没说完，肖子谦已经笑着打开了盒子，他嘴里说道："我谅你也不敢。"又伸手从里面拿出了那柄漆黑短剑。此时的剑身又有了些变化，上面的黑色雾气好像更加浓了，不但有若实质般流动，而且好像在微微颤动着。我吃了一惊。

"就是它了！"我忽然听到许鹤大声叫道。我一愣，赶忙举起手电筒照过去，并把枪口对准了他。

许鹤的一只手里拿着罗盘，此时罗盘正在微微颤抖，盘面上的指针指向我和肖子谦的方向，而他的另一只手里拿着一张纸符。我看过去的时候，那张纸符竟然呼的一下无风自燃起来。

许鹤不等纸符烧完，快步走到罗风身边，惊声说道："就是它了，罗风，以前我还不能确定，现在纸符自燃，我敢保证，绝对没有错。"

罗风仿佛根本没有听到许鹤的声音，从那柄黑色宝剑拿出来的片刻，他的眼睛就直了起来，现在竟然双膝一软，扑通跪倒在地上。

我看了肖子谦一眼，他正笑眯眯地盯着罗风，并且微微在点头，仿佛有些吃惊，又仿佛一切都在他的预料中。

罗风眼神呆滞了许久，忽然又眼睛一亮，双手伸了过来，说道："还给我，我答应你，我什么都答应你。"

肖子谦手一挥，那柄宝剑就重新躺进了漆黑盒子。他把盒子捧在手里，漫不经心地说道：“还给你？你这话有问题，谁说这东西是你的？不过这东西到底有多好，能让你用生命去换？”

罗风闭上嘴巴，但是脸上阴晴不定，愣了半天好像还在回味。他慢慢站了起来，紧咬着嘴唇，说道：“这个你无需知道，我只问你，我跟你回去，你就能把它交给我吗？”

“刚才可以……不过现在不行了！”肖子谦笑眯眯地说，“我现在对它的来历有浓厚的兴趣，你不妨说来听听。”

罗风恨得咬牙切齿：“肖子谦，你到底是什么意思？”

肖子谦盯着罗风看了几眼，慢慢收起了笑容，他面色一冷，语气也严肃了几分：“我的意思，你听不懂吗？”

罗风对肖子谦的反应有些不能适应，他垂下头想了片刻，说：“我是不会告诉你的。之前我不能确定它是不是我要的东西，否则绝对不会让它落到你的手里。现在我确定了。肖子谦，你最好能把它还给我，否则，我会用后半生的时间去得到它。虽然我知道斗不过你，可是我发誓，只要我活着，‘罗风’这个名字，将会成为你的噩梦。”

“哦？”肖子谦不怒反笑，“你觉得吓唬我有用吗？不过你越是这么说，我就越想知道它的来历。你告诉我了，说不定我还真就给你了。”

罗风冷眼看着肖子谦，使劲摇着嘴唇：“肖子谦，别怪我罗风心狠，那就得罪了！”罗风手一抖，我吓了一跳，这可不是闹着玩的。这手雷要真的炸开了，肖子谦或许能躲得过去，而我却不一定。

“罗风，你别——”我急忙喊道，赶紧枪口一转指向罗风，可是还是慢了，就听见“嗤”的一声，罗风已经拉开了手雷的引线，手雷上“嗞嗞”地冒着火花……

我赶紧趴倒在地，“砰”的一声巨响后，我就什么什么都不知道了。

等我再醒来的时候，看到肖子谦正站在我身旁，笑呵呵地盯着我。我努力地想动一动，浑身却像散架了一样疼：“肖兄弟，我昏迷了多久？”

“没多久，几分钟而已……”他说。

我努力坐了起来，揉了揉胳膊腿，所幸都还在，我问道：“罗风呢？死了吗？”

肖子谦收拾着身边的背包，头也不回地说道：“跑了。”

“跑了？这、这……”我摸起手电筒，四处看了看，此时大厅到处都是碎石瓦块，除了我们两人和零散的四处奔逃的蠕动的虫子之外，再也看不到其他人的影子。我问道：“罗风不会被炸死了吧？”

肖子谦微微一笑，站起身来一甩手将背包背在背上，对我说：“你觉得他有那么脆弱吗？”

我站起来活动活动胳膊和腿，身体似乎没什么异样，不知道刚才是自己命大还是肖子谦救了我。我说：“我们现在怎么办？”

肖子谦冷笑几声：“他跑不掉的，这里的出路已经被封死了，他们只能跑回去。他那么想要我手里的这东西，绝对不会跑远的。”

那倒未必，我心里想着但是脚下没停。我和肖子谦两人顺着刚才的路往前走去，这段路刚才已经走过了，再走没什么难度了，唯一要注意的就是躲开地上的小虫子。我们一直走到刚才到过的砖墙跟前，也没见到罗风和许鹤的影子。那堵墙已经被炸开了一个大洞，照肖子谦所说，罗风他们肯定是从这里退了回去。

肖子谦想也没想，抬腿就走进了洞口。我跟在他身后走了进去，眼前豁然开朗起来。

这里充满着淡淡的亮光，虽然看不到光源，但已经完全不需要手电筒来照明，仅凭肉眼就能看清全部。这是一个约有五六百平方米的大厅，墙壁上一块一块的亮光闪动。怪异的是：偌大的一处地方却空无一物，空旷至极。

我们绕着大厅四周走了一圈，看到对面有一个通道，幸好只有一个通道，更幸好没有前面那么恶心。肖子谦站在通道边，并没有着急进去，他回过头看着这一间大厅摇着头，仿佛无比惋惜：“没想到这里竟然如此腐朽了，真不知道我们是运气好，还是运气坏。”

我跟着他看了一会儿，又收回目光，品味着他的两句话，不过我始终不能理解。

“什么腐朽，你是说这里吗，什么意思？”

肖子谦仿佛没听到我的话，他依旧盯着远处，慢悠悠地说：“莫兄，你看到墙上的那些亮光了吗？”

“看到了，有问题吗？”我四周扫视一圈，不懂肖子谦的意思。

“如果是在一百年前，我们站在这里的话早就已经死了。”肖子谦的语气很淡定，与之前相比没有丝毫变化。

“什么意思？”我还是不理解。

“墙上的那些亮光原本是一些壁画，不过现在看来已经损毁了。”

“壁画？”我一吃惊，猛地想起了柳叶曾经说起过的壁画，“你的意思是说这些壁画现在损毁了？前段时间柳叶他们不是还看到过的吗？是罗风干的？”

“他还没有这么大的本事，”肖子谦嘴角一翘，“别说是他，任何一个人都不可能办到。”

“那是谁毁掉的？”我一边四处看一边漫不经心地问，“难道还有别人来过这里？”

肖子谦仰起头长长舒了一口气后说：“是自然风化的结果，所以我说我们是幸运的。壁画毁掉了，阵脚也就破了。要是我们早进来的话，断然是走不到这里的。”

我想了想，说道：“如果真是你说的那样，那也不对啊，自然风化需要很长的时间，可是柳叶他们进来的时间距离现在也不是很久啊！”

“他们到的不是这里，”肖子谦说完，转过身朝着新发现的通道走了进去。我自然不愿意一个人留在这里，于是赶紧跟了过去。这是一条长长的甬道，里面偶尔也能看到一些零散的枯骨，不过我已经不害怕了。走了好大一会儿，拐了几个弯也没有尽头，路只有一条，倒也不至于迷路。

“你没发现什么问题吗？”我忽然意识到这里有些不一样，低声问道。

肖子谦走在我前面，却仿佛没有听到我的话，他用手摸着墙壁，一点一点往前走着。

“这里好像越来越黑了。”等到我说这话的时候，眼前已经什么也看不到了。一路上那些亮光都逐渐消失了，我的眼前现在已经是一片漆黑，伸手不见五指。

“打开手电筒吧。”肖子谦忽然站住说道，要不是他出声及时，我肯定会撞在他身上，不过他突然说话，吓了我一跳。

我从背包里摸索了一会儿，找到手电筒打开，左右照了照，前面依旧是漆黑一片，我们正踩在一条低矮的青砖路面上。路面上干干净净，两边是青砖铺成的墙壁，整齐工整，我看到肖子谦目不转睛地盯着前面。

“怎么了？前面有问题吗？”我用手电筒照了照前面，没发现什么异样。

肖子谦紧皱着眉头，沉思了一会儿又继续往前走去，同时低声说：“我也说不上来，你跟在我身后，不要走散了。”

又往前走了一段，脚下忽然出现了一些碎石青砖，手电筒往前一照就照到了一堵墙壁，和我们之前看到的青砖墙一样，直接封死了去路。不过，在青砖墙的一角有一个大洞，从四周的碎石和大洞的痕迹来看，应该是罗风炸开的。

我依旧跟在肖子谦身后，我们钻进那个被炸出来的大洞，继续往前走。这次没走多远，眼前忽然出现了亮光，那是一种淡蓝色的幽冷的光，十分诡异阴森，让人浑身起了鸡皮疙瘩。

肖子谦停了下来，他冲我招招手，示意我关上手电。我照办了，等到眼睛慢慢适应了黑暗后，四周的景物反而比手电筒照着的时候更清晰，而那种淡蓝色的光也仿佛离我们更近了。

肖子谦向着亮光的方向走去，我把手电筒装进背包，握住刚才那把喷子，紧跟了上去。

大概又走了五六分钟，那道淡蓝色的光依旧在眼前晃来晃去，看起来触手可及。

肖子谦忽然拉了我一把，示意我蹲下来。

我知道现在不是说话的时候，便无声地蹲了下来，顺着他手指的方向看去，可是瞪大眼睛看了好一会儿，却什么也没发现。

我冲肖子谦摇了摇头，他随手从边上捡起一个小石块朝着眼前的路面上扔了过去，我很诧异他这是做什么。令我惊异万分的是：他扔出去的石子并没有如我想象的一般落在青砖地板上，而是直接陷在路面上，然后慢慢地沉了下去。

我惊讶得半天合不拢嘴，瞪大眼睛，不知道面前是什么情况。明明整齐的路面怎么会让一个小石子沉了下去呢？

肖子谦做了个“嘘”声，示意我不要说话，又捡起一个石块往前扔去，石块依旧陷进路面慢悠悠沉了下去。

肖子谦仿佛不甘心，又捡起一块石子……如此这般扔了几颗以后，再扔忽然就有了变化，我惊奇地看到接下来扔出去的石子并没有像之前一样直接陷进路面，而是在路面上弹起来了一下，划了一条弧线落下去，然后才慢慢沉了下去。我侧身仔细看了看，刚才由于光线昏暗，所以并没有发现，这一细看才发现：前面路面的颜色和我们脚下踩着的不一样。

“这里有问题！”肖子谦忽然说道。

这不是白说吗？我看了看他，石子都能陷进地面去，别说是我，就连傻子都能看出来这里是有问题的，不过我并不明白到底是怎么回事，就顺着肖子谦的话问道：“有什么问题？”

“前面过不去了。”肖子谦嘴角翘了翘，有些无奈地说道。

我仔细看了看也没看出什么门道，于是问他：“前面是怎么回事？你可千万别告诉我是路面还没有凝固，我看得出来这里有些年头了，就是稀泥做的也能成化石了。”

“是水银。”肖子谦说，“不过我依旧要说，我们还真是幸运。”

“都过不去了还说幸运，”我自嘲地笑了笑，“不过没踩进去确实挺幸运的。”

“不，”肖子谦拉开背包翻了一会儿，说道，“要是早些年我们进到这里，早已经死了。”

又是这话……我没心思和他辩证，等肖子谦翻完了背包，我问：“现在怎么办？”

肖子谦有些无奈，看来是没找到要找的东西，他摊开双手无奈地说道：“没办法，这条路我们是过不去了，看来我今天只能跟着罗风姓罗了。”

“不至于吧！”我站起身来，试着往前走了两步，又用脚尖往前点了点前面的水银，“既然石头能在上面弹起来，说明并不是所有路面都是水银的，我们试探着慢慢走，说不定运气好就能过去呢？”

肖子谦继续说道：“这条路并不是只有水银这么简单，这是南疆苗人流传的一种阵法，现在眼前的并不是一条路，而是一个水银池，池下有暗桩。可惜我对此不是很精通，这种路是有过去的方法，不过要按照一定的步法才能通过，一旦走进去就没有回头的机会，如果走错一步，阵法启动，原本的暗桩就会移位，人陷进水银池里，将会尸骨无存。我现在越来越确定罗风的身份了。”

我吓了一跳，赶忙往后退了几步：“那怎么办？看来罗风果然是有备而来的，他又是怎么知道这条路的？”

此时，肖子谦还没有说话，前面忽然传来了一阵笑声：“哈哈，肖子谦，算你还有点见识，连这都能看出来，我还以为你会直接死在里面……”

罗风！我的第一反应是拉开枪栓准备开枪。可惜前方除了那种淡蓝色的好像鬼火一样的东西外，什么都看不到。

肖子谦慢慢站了起来，幽幽地看着前方。

“罗风，你别得意得太早了，”我用枪胡乱指着，喊道，“你以为这小小的水银池就能挡住我们？别忘了，你要的东西还在我们手上呢！”

对面又传来了一阵哈哈大笑：“姓莫的，你别得意，弄死你就跟捏死一只蚂蚁一样，你最好劝肖子谦交出我要的东西来，否则，你以为今天你还能活着出去吗？”罗风的语气和腔调完全和我当初认识的时候不一样了，看来他果然隐藏得够深。

“罗风，我敬你是一条汉子，鬼鬼祟祟的有意思吗，有本事过来和我打一架，谁赢谁输还不一定呢。”

“你在开玩笑吗？”罗风哈哈笑着，“有本事过来再说吧，我保证好好陪你玩玩！”

“你！”我一咬牙，手指一紧，就想开枪。

“别玩口舌之争！”肖子谦低声说道，“他要的东西在我们手上，还怕他会跑吗？”

对面果然一阵沉默，继而罗风又说道：“不一样就是不一样。不过这次你猜错了，我要的东西并不只有你手里的一件，等我找齐了其他东西再来问你要也不算晚，你就慢慢拿着吧。肖子谦，我还是那句话，除非我死了，否则我将会是你的噩梦！”

“那你就去死吧！”我心头一股怒火上涌，手一抖举着枪朝着对面放了一枪，“砰”的声音在空旷的通道里格外清脆。

一阵沉默，过了半晌，还是什么声音也没有。

“怎么样啊罗风，不会太倒霉，撞枪口上了吧？”

黑暗中一阵咬牙切齿的声音传来：“姓莫的，我本来不想把你怎么样，既然这样，那你就别怪我不客气了！”

罗风身上有手雷，他扔过来一颗我们就完了。

“不好！快卧倒！”我朝着肖子谦喊道，同时一把拉过他趴倒在地。

隔了好长时间却什么动静也没有，我竖起耳朵也没有再听到罗风的声音。“罗风，你还在吗？”我大声喊道，除了回声却什么也听不到，看来罗风已经走远了。

我有些尴尬地冲肖子谦笑了笑，再次站起身来。肖子谦拍了拍身上的灰土，重新拎起背包，说：“算了，再让他嚣张几天，我们先出去。”

“出去？”我望了对面一眼，“不追了？”

“没办法，这里过不去，再找其他路吧！”肖子谦转过身去，将背包甩在肩上，我能听出他语气中有些不甘心。

既然肖子谦都这么决定了，我还能怎么办？可是一想到回去的那条路，我就开始泛起恶心。我紧皱着眉头冥思苦想，就在转身的时候忽然有了点想法，我说："肖兄弟，你看这样行不行？"

21

肖子谦转过头来，饶有兴致地看着我。

我盯着眼前的水银池问道："肖兄弟，什么样的步法才能通过呢？"

肖子谦笑了笑，说："我要是知道还能站在这里吗？"

我蹲下身捡起几个小石头，说："我有一个办法能找到路。是不是走对了，生路就不会移位？"

肖子谦耸耸肩膀没有回答，算是默认了。

"好吧，你看我的。"我把手中的石块甩了过去，其中大半直接陷进了水银池中，而还有两颗却弹了一下，掉落在路面上并没有沉下去。

"这里就是暗桩了！"我指着两块石头掉落的地方对肖子谦说道，"如果我们把石头都撒过去……"

肖子谦眼睛一亮，还没等我说完，就马上扔下背包，蹲下身躯四处寻找石子，嘴里还说道："莫兄，真有你的！"

"其实我也是乱猜的！"我不好意思地说着。其实我只是不想再看到那些恶心的虫子而已。

这里的石子说多不多，说少也不少，估计都是刚才的爆炸震落的。丢过去的石子大多数都会沉下去，不过总有几颗留在了路面上。我们扔进去的石块不计其数，留在路面上的石块也越来越多，后来，一条石块路便慢慢出现在了水银池面上。石块路并不是直直的，而是左拐右拐弯弯曲曲的，而且石块的间隔也并不相同，有的隔得远，有的隔得近。我用手电筒往前照了照，好家伙，连起来足有小十米的长度。那之后才能看到满地的碎石，真不知道这要多少水银才能形成这么大的水银池。连起来的落脚点看起来毫无章法，真不知道是什么样的步法才能走出来这样的一条路。

“好了，莫兄，可以了。”肖子谦说着，抓起背包就要踏上去。

“肖兄弟，你还是等一下吧，让我先来试试，万一这个方法不行……”

“万一这个方法不行，我活着回来的概率绝对比你要大一些！”肖子谦微微一笑，看上去依旧很单纯。

我点点头站在一边，说：“好吧，那你先来，等你过去了我再走，万一我走错一步，我们两个人就都别想活着了。”

肖子谦没有犹豫，第一脚试了试慢慢地踩在石子上，一直到踩下去了才抬起了另一只脚，眼前的石子也没有往下陷；我暗暗松了一口气，看来这个方法兴许是可行的。

肖子谦一步一步小心翼翼地走了过去，我的心紧绷着，一直跟着他的步伐向前，直到他站在远处的碎石堆上，我才终于长长地出了一口气！

“莫兄，过来吧！”肖子谦在对面喊道，“没有问题的，只是要踩稳了，石头上容易滑倒。”

只要踩稳就可以的话，我是没有问题的：“你放心吧，我这就过来！”我慢慢地踩在石子上，才发现脚下的小石子果然晃动得厉害，我不得不伸开双手保持平衡。回想起肖子谦刚才轻轻松松的样子，我更加确定自己和他的差距不是一点两点，脑中一走神，忽然身子一晃——

肖子谦在对面大声喊道：“小心！”我一个激灵，再也不敢乱想，一心一意地试探着往前走，可是还是出了一点问题。就在离肖子谦还有一米左右的时候，脚下一个石块滑了一下，我忽然感觉身子一空，站立不稳，眼看着就要掉进水银池里，我大叫了一声往前扑去。肖子谦一把抓住我的衣领，硬是把我拉了过去，我惊出了一头冷汗，双腿也忍不住颤抖着，这时候我们忽然听到身后传来了轰隆隆的声音。

我们赶忙转回头去，就看到原本散落的石块好像在遭受地震一般，颤抖起来。随着那声音的持续，石块慢慢陷进了“路”面，不过几秒钟就看不到了。紧跟着，轰隆隆的声音也停止了，我们身后又恢复了平静的样子。如果不仔细看，还以为又是一条干净的青砖路面。

我终于站立不稳坐到了地上。

大口喘了几下之后，我逐渐回过神来："刚才好险，肖兄弟，你救了我一命。"

"莫兄，可别这么说，这次多亏你了。"肖子谦腼腆地笑笑，抓起背包，顺便拉了我一把。

我慢慢站了起来，脸上带着苦笑说道："一点小聪明而已。"又抖了抖胳膊和腿，才感觉逐渐恢复了正常。

抬眼望去，眼前又是一堵青砖墙，墙角又是一个炸开的小洞。

"真搞不懂，这么多墙有什么用！"我小声嘟囔着。肖子谦已经靠近了小洞，他站定后小心地听了一会儿，确定没有什么声音之后，慢慢地跨了进去。

他小心翼翼的样子，让我觉得这堵墙后面一定不会简单。

我跟着他慢慢走了进去，眼前黑漆漆的，什么也看不到。我把手伸到背包里，准备拿出手电筒，身边忽然传来肖子谦压低了的声音："不要动！"

我立马停止了动作。感觉肖子谦在慢慢往前挪去，我也就双手往前摸着，一点一点移动着。才挪动了几步，忽然感觉手中一实，我心中一惊，可千万别是什么蠕动的东西。

还好，东西是坚硬的，冰冷光滑，它挡住了我前进的路。

好险！我擦了一把脑门上的冷汗，肖子谦拉着我转了个方向，开始向右边摸索。我跟着他摸过去，一点一点前进，不过几步之后，我便摸到了一个棱角。我又上下左右顺势摸索了一番，一个立体的形状在我脑海中清晰起来——这是一口棺材！

虽然摸到这个东西让人并不觉得意外，但我还是忍不住一阵哆嗦。还没等我再继续摸索，忽然眼前一亮，我看到一团淡蓝色的火焰在不远处闪烁着。

蓝色火焰明显在跳动着，可是周围却仍旧一片漆黑，似乎它所发出的光并不会外溢。

我正在诧异之中，身边忽然响起了肖子谦的声音："跟我来！"

我循着声音慢慢往前挪去，前面又感觉空旷起来。不一会儿，我又摸到了第二具棺材。我心中一冷，忽然想起了柳叶他们的描述。难道这里就是他们曾经进来过的地方吗？这样想着，我慢慢抬起头朝黑暗中四处瞅去，忽然心中一寒，因为我看到一双闪着红光的眼睛，和朱武所讲一模一样，足足有成人手掌那么大！

这不是幻觉吧。我一惊，仔细一瞅，那双眼睛仿佛眨了一下，我没来由地双腿一软。幸好本来就是蹲在地上的，所以不至于摔倒，只是屁股着了地。看来那东西果然是回来了。我拉了一把前面的肖子谦，这才意识到他早已经停下了脚步，看来他已经发现了。

黑暗中我看不到肖子谦的动作和表情，但依稀能感觉到他正目不转睛地盯着那一双手掌大小的血红眼睛。

那就是所谓的地狱猎犬吗？天哪，太恐怖了！虽然早已经听朱武他们讲过，也在山洞外面瞥到过一次，可是当这东西活生生地在我眼前时，我还是难以置信，恍惚间，我感觉到那一双血红色的眼睛正在一点点地靠近我，它张开长满獠牙的嘴，朝着我恶狠狠地咬过来……

忽然我感觉胳膊一沉，茫然转过头去，四周一片黑暗，哪里有什么怪兽？我回过神来，埋怨自己这个时候竟然还敢走神？"肖……"

"嘘！别说话——"肖子谦拉着我靠在棺材上，长长地出着气。我能感觉到他是在调整状态做准备。预感到有什么要发生了，我反而镇定下来。

他伸手从背包里拿出手电筒，又示意我准备好猎枪。我轻车熟路，拿起枪来。忽然，一阵细微的跳动声从身后传来。

"咚——咚——"

声音响了两声又停了下来。我仔细琢磨了一下，感觉应该是敲击棺椁发出的声音。肖子谦轻轻弹着我的胳膊，我知道他的意思，于是一手握紧枪托，一手摸上膛位。

"咚——"忽然又是一声，这一声明显比之前近了一些。

声音响起的同时，身边的肖子谦猛地拉着我站起身来，他身子一转朝着身后的方向按亮了手电筒。

我没有迟疑，在肖子谦拉我的同时就子弹上膛，他的手电筒照向右侧四十五度的方向时，我顾不得忽然看到强光时的刺眼，手指一扣，“砰”的一声，一发子弹和手电筒的光几乎是同时射了过去。

“嗷——”一声巨吼猛地传来，震得我的脑袋嗡了一下，肖子谦猛地拉住我蹲了下去，我的胳膊肘不小心碰到了棺材沿，一阵触电般的激灵，我胳膊一麻，枪掉在了地上。

前面配合得可谓天衣无缝，现在却有些狼狈。我们蹲下的同时，剧烈的撞击砸在了身后的棺材上，我正背靠着棺材，猛的一阵震动将我往前一弹，我就趴在了地上……

一阵咣咣当当的声音响过后，又逐渐安静了下来。

我重新蹲起来，摸起掉在地上的枪，缓了一口气：“它，走了吗？”

肖子谦正蹲在我的身边，他慢慢抬起头，等了好一会儿，才轻声说道：“好像是吧。”

他打开了手电筒，周围的一切又慢慢地清晰起来。我们站起身来，借着手电筒的光，看清了周围的情景。眼前的画面正是朱武几人描述过的：一个不小的空间里，安放着八口棺材，每一口棺材都比我们平时见到的大了许多。八口棺材按照一定的方位摆放着，尽管我看不懂，但也能感觉到绝对不是随意摆放的。

我想起刚才看到的那一团蓝色亮光，可是现在却不知道去了哪里，已经消失不见了。我忽然想起柳叶曾经说起过的壁画，于是也摁亮手电照向四周的墙壁，果然，一幅幅生动的画面在我的眼前依次展开。

这些诡异的画面正如柳叶所讲，看起来形象逼真，壁画上所画的情景和之前一系列的案子大同小异，这里无疑就是柳叶他们曾经进来过的古墓了。我们慢慢往前走去，每一步都走得小心翼翼。绕过面前的棺材，肖子谦停下了脚步，亮光照在地上，映出了一摊殷红的血迹。血迹斑斑点点，周围的地面和棺材上也有不少，一股血腥气弥散在周围。血迹鲜艳，一看就是刚才那个“地狱猎犬”留下的。

既然能流血，那就说明还是一个活物，顶多是一个凶猛一些的野兽罢了，这样一想，我心里反而平静了下来。“看来那个地狱猎犬受伤不轻。”我拍了拍手上的枪，有些得意，看来能力并没有退步。

“现在还叫地狱猎犬，未免有些太抬举它了，”肖子谦眯着眼睛，微微一笑，“顶多一个野兽而已，挨了莫兄一枪，还能不能活下来都是个问题，即使不死，也是重伤了。”

我们一边说着，一边绕开血迹，围着其他几口棺材转了起来。这里的每一口棺材都严丝合缝，我们不是专业的盗墓者，自然没有办法打开它，况且，我们对棺材里面是什么也并不感兴趣。再往前走，我们看到了一个小小的洞口，应该就是当初朱颜他们进来的路了。

“出去吗？”我问肖子谦。

肖子谦回头用手电筒扫了一圈，说：“这里就这么大点，罗风和许鹤可能早都已经出去了，我们留在这里也没什么意思，你说呢，莫兄？”

当初听朱武几人讲的时候，感觉这个古墓要多神秘就有多神秘，现在站在这里，我竟然一点恐惧的感觉都没有了，虽然也遇到了几处比较危险的地方，但好在有惊无险。我不禁有些唏嘘，向四周又看了看，开口说：“那就走吧，看来也不过如此。”

肖子谦微微一笑，整理了一下手里的东西。我们走到洞口时，他又用手电筒往里照了照，侧过头来对我说：“莫兄，你可别小看这里，这座古墓当初设计的时候也是相当讲究的，虽然比不得帝王陵寝，但是也蕴涵着很多巧夺天工的阵法，每个阵法环环相扣，贸然闯进来，触动任何一个阵法都会九死一生。可惜，现在已经荒废了，所以机关才会失效了而已。”

“我怎么看不出来？肖兄弟，你是怎么知道的？”我半开玩笑地问道。

肖子谦望着我，眼神有些复杂，半晌之后他腼腆地一笑，说：“每个人的际遇不一样，知道的事物肯定也有所偏差。莫兄，我们赶快出去吧，不能让罗风他们等得太久。”

“好吧！”我也只能作罢，整理了一下，跟在肖子谦后面，钻进了那个小土洞。

刚开始地方很窄，只能容一个人爬着通过，我们爬了几米后，洞里忽然开阔起来，出现了一条斜斜向上延伸的青砖甬道。我站起来拍了拍身上的灰土，说道：“这才像话嘛，趴着走的感觉真是不爽。”

肖子谦同样拍了拍身上、手上的灰，笑着说：“这应该才是当初的墓道，我们刚才走的那一段，应该是盗墓贼留下的盗洞。”

“看来盗墓贼来了不少呢。只可惜，他们虽然找到了墓穴，却过不了地狱猎犬那一关。”我边走边说。

我们沿着甬道往前走了大约一两百米的距离后，眼前出现了一个可以爬出去的洞口。出了洞口之后就看到一个小山洞，山洞前长满了巨大的树木，和朱武当初讲的一模一样。

“他们当初就是在这里迷路的吧。”我看了看四周，除了手电筒的光外，看不见一丝一毫的亮光，我笑着对肖子谦说，“现在应该是半夜吧。”

我们走了半天也没能走出这片满是巨木的树林，反而绕回到刚才出来的小山洞前。

“算了，反正现在也走不出去，我们休息一会儿吧。”肖子谦在原地坐了下来，打开背包拿出一些压缩饼干，递给了我一些，然后他就靠着山洞口蹲了下来。

我接过饼干，也蹲了下来。身心暂时放松下来后，这才觉得身体沉重，极度疲累，双腿像灌了铅一般的沉重。

歇了个把钟头，抽了两根烟，我感觉稍微好了点。我用手电筒往外胡乱照着，所看到之处依旧漆黑一片。巨大的树冠将这里遮挡得严严实实，空气潮湿，衣服黏黏地粘在身上，让人很不舒服。

“肖兄弟，我们不会在这里过夜吧？”我站起来一边活动身体，一边说，“这里可真不是人待的地方。”

“谁说不是呢！”肖子谦也站起来活动筋骨，“莫兄有什么好办法吗？”

“你可别指望我了，”我嘿嘿笑着，“肖兄弟，这小树林应该难不住你吧？”

肖子谦起身走了两步，眯起眼睛笑着说：“我那点宝贝你都看到了，后面的路我们只能靠运气了。走吧。”

我耸耸肩，跟在肖子谦身后又进了巨树丛。这里的巨树一棵接着一棵，大小外观都相差无几。越往前走，我心里越发吃惊，感觉好像永远也走不到头一样。

肖子谦忽然停下脚步，我赶忙跟了上去，问他：“怎么了？走不动了？”

肖子谦眉头微皱，转身对我说：“莫兄，有点问题！”

“问题？”我用手电筒四处看了看，没看到什么异样，“有什么问题？”

“这片树林确实有古怪，莫兄没有发现什么不同之处吗？”肖子谦眯起双眼，脸上带着一贯的笑意。

“不同之处？”我小声念叨着，又左右看了看。树林中静得可怕，听不到一点其他的声响，也感觉不到一丁点风，空气好像凝滞了一样。这与我曾经到过的深山老林完全不同。我忽然觉得头皮发麻：“这个树林里竟然没有一只动物，而且完全感受不到空气的流动。”

“问题就在这里，这片林子的古怪就在这里。如果我没猜错的话，这片林子是与世隔绝的。这里本身就是一座阵法。我们现在就在阵法中。”

“阵法中？那我们怎么办？出得去吗？”

肖子谦看了我一眼，又是轻轻一笑：“莫兄，我又要说那句话了——”

“如果早些年我们到这里的话，早已经死了！”我抢着说了出来。

肖子谦仿佛不好意思地笑了笑，然后说：“正是这样。这里的阵法本来是一环扣一环天衣无缝的，但现在大多数阵法已经损毁，所以其他的阵法也难以自行启动，因此这里暂时是安全的。”

“好吧，你说是安全的那就是安全的。不过我们还是赶快走吧，这地方我是一分钟都不想再待了。我们赶快找找，说不定能找到出口呢！”

我们沿着一个方向一直走，最后终于看到了一个洞口，我高兴地说：“看吧，找到出口了。”

肖子谦却摊开双手说：“莫兄，恐怕那不是出口，而是入口。”

“这，不可能吧！”我紧走几步过去仔细看了看。令我失望的是，我刚才扔的烟头就在那里，这分明就是我们进来的那个山洞口。

“怎么办？”我无奈地坐在山洞边，双腿十分沉重。

“我们再试一次。”

又走了半个多小时，我们又一次绕回了原来的山洞口。

我算彻底崩溃了！瘫坐在山洞边上，大口喘着气，一句话也说不出来。肖子谦看来也有些无奈，他坐在山洞的另一侧，不知道做何感想。

“还有办法吗？”我悻悻然问道，一点也振作不起来，转身看着山洞，“要不，要不我们再走回去？那边不是还有一个出口吗？”

肖子谦看了看身后，沉思了片刻说：“要是实在没有办法，也只能如此了。我们先休息一会儿再说。”

22

一阵沉默。

我一想起要回到古墓，心中就一阵反感。先不说那些死人骷髅和腐臭尸体，就是那个水银池，我也没有把握还能过第二次，况且现在那什么猎犬是死是活还不知道，要回去还真是得下很大的决心。待在这里虽然暂时出不去，但最起码还是安全的。就这样胡思乱想着，我靠在洞壁上迷迷糊糊地睡了过去。

等我再次睁开眼睛的时候，仿佛从地狱回到了人间——我看到了光亮。

眼前一片白雾茫茫，尽管依旧分不清东南西北，但是能看到大自然的光亮了，我心中升起了一种久违的亲切。我动了动胳膊和腿，感觉都有些酸麻了。肖子谦正坐在山洞口的一块石头上，手里把玩着一支烟，他头也没有回，嘴里却说道："莫兄，你醒了？"

我站起来动了动身子，感觉浑身都有些酸痛，但是也没有什么大碍。我冲肖子谦打了一声招呼，抬头看去，四周白茫茫一片，就连巨大的树木也是隐隐约约的。

"怎么这么大的雾气？"

肖子谦微微一笑，站起身来和我一样活动活动了身体，笑着说道："莫兄不会是第一次在树林里过夜吧？"

"哪里，"我笑着说道，"我知道树林里雾气大，可是我没见过这么大的。"

喝了点水又吃了点东西，我正要向肖子谦询问该怎么办的时候，他忽然说："昨晚上罗风和许鹤来过了。"

“什么？”我刚喝进去的一口水差点喷出来，“什么时候？怎么回事？他们来过了？你没事吧？”

“我这不是好好的吗？”肖子谦眯着眼睛笑着，“就在你睡着的时候。”

“不是吧！”我更加难以置信了，“肖兄弟，我猜的没错的话，他们先前就出来了，早该走了啊……怎么晚上还会在这里出现？难道他们也出不去？”我自顾自地说着。

“聪明，莫兄！我猜也是这样的，不过这个迷阵难不住许鹤，他只是需要时间。至于我们为什么没遇见他们，既然我有伞，那许鹤有其他能够遮隐身形的东西也未得可知。”

“他们也是从这里出来的，你觉得呢？”肖子谦拂了一下额前的刘海儿淡淡地说，他的刘海儿上面湿漉漉的，还挂着水气。

“那现在他们人呢？”

“走了！现在这么久了，估计已经在朱家沟等我们了。”肖子谦呵呵笑着说。

“等我们？”我胡乱吃着东西，“他们就甘心出去等我们？难道他们没有发现我们吗？”

肖子谦耸耸肩膀，盯着我呵呵笑着。

“对了，伞，你的伞！”我脑子一转马上想到了。

肖子谦脸上挂着得意的笑容：“是的，他们没有发现我们，可是我却发现了他们。”

昨晚睡了一觉，今早又吃了点东西，我感觉精力充沛。

“好吧，肖兄弟，你说他们从这里出去了，我怎么就不信呢？”

肖子谦站起来，又拎起背包望着我，说道：“莫兄，我说过千万别小看任何一个人，罗风也许不能，但是许鹤绝对做得到。好了，我们也赶紧走吧，别让他们等太久了。”

“他当初可是连小小的古墓都找不到。”我小声嘟囔着，跟在肖子谦身后走。

肖子谦边走边说：“那是他不愿意给我们指路而已，其实在我们找他之前，他早已经知道这个地方了。”

“我们找他之前？”我一边走一边问着，“不可能吧，你怎么知道的？”

“猜的，”肖子谦微微一笑，继续说道，“不过你也马上就知道了，莫兄，你就等着看好戏吧！”肖子谦说着哈哈一笑，小心地看着脚下的路，我凑上去一瞧，原来在树的隐蔽处用刀子刻着一些箭头，很明显是做了记号的。

“这么神奇？”我惊讶地说道，“肖兄弟，我可没看到你做这些啊，什么时候弄的？”

肖子谦头也没抬，仔细看着那些记号：“这可不是我弄的，是许鹤的手笔，在你还没醒来的时候，我找到的。”

我愕然地点点头，跟着肖子谦又往前走了一会儿，他不时左右查看。我们往前走，他一边确认着记号，一边说道：“看来当初做这些，许鹤也是费了力气的。”

我笑着说：“只可惜，最终倒是我们渔翁得利了。”

脚下七拐八拐，我一路跟着他走，不多时候，忽然感觉眼前一亮，一道灿烂的日光从头顶倾泻下来。

“雾散了？”我随口说道。再看眼前的事物，我忽然大吃一惊，眼前的树木已经清晰可见，虽然还是大片树林，却和刚才看到的完全不一样了。

我的眼前出现了一片茂密的树林，青翠欲滴，阵阵风吹过来，树叶轻轻摇摆着，头顶的太阳暖暖地照着，远处似有似无的白色雾气一缕一缕地飘散着，更让我惊奇的是，这里的树木参差不齐，最大的也就碗口粗细。

“我们、我们出来了？”我大声喊道。

肖子谦站在原地并没有说话，只是冲着远处，微微闭着双眼，脸上的表情很平静，似乎这一切都在他的意料之中。

呼吸一口新鲜的空气，清新凉爽、舒服至极，我再回头瞅瞅，咦？这就更奇怪了。身后也是碗口粗细的树，刚才那些巨木完全看不到了，按理说即便是刚从黑暗中出来，我的视力也不至于如此不济，那么只能说明这个地方太过神秘。要不是亲身经历，我是无论如何也不会相信刚才我们是在一片巨木树林中的。

“真是奇怪！”我兀自惊叹着。要放在以前，我是断然不会相信世上还有这么奇怪的地方。这种事情，即使说出去，恐怕也不会有人相信。

肖子谦也回头看了一会儿，脸上的表情变化不定，末了冲我耸了耸肩膀，摆手说道：“走吧，莫兄，别看了，再看也找不到的。”

我木然地点点头：“是啊，一个很神奇的地方，不过，无论如何，能出来都是一种造化了，我们走吧。”

从那一片巨树林中出来，再看眼前这些的树林，便感觉异常轻松。再往前走了不过几百米，视野开阔起来，脚下的一切尽收眼底，原来此刻我们正置身在一座山脊上。山脊下面树木掩映，隐约还能看到山脚下的房屋田舍，不错，那正是朱家沟。

“你看那里——”我手指所指的方向上，一缕青烟正从某个烟囱中徐徐升起，让人感觉无比暖心。

肖子谦脸上挂着淡淡的笑意：“是啊，莫兄，人间最美的就是炊烟了。”

“那我们赶快走吧，这会儿下去说不定还能蹭一顿饭呢，哈哈。”

“走吧，不过在前面等着我们的，也许不是美味，而是枪口。”肖子谦脸上依旧笑着，只是那笑容很是冷冽。

我不以为然地笑了笑，边走边说：“马上就到村口了，任凭罗风再有能耐，他也不敢在光天化日之下与我们刀兵相见，再说了，他也不是你的对手，啊——”

我的话还没说完，忽然听到肖子谦在身后大喊一声：“小心！”我还没反应过来，就感觉脚下一空，身子一晃，紧接着便是一阵天旋地转。

等我反应过来时，已经头下脚上被吊在半空中了。再看肖子谦，他猛地一个闪身，就在我眨眼间，他的身影凭空消失在我眼前。我的身子不稳，双脚被一根绳子牢牢捆住，吊在一棵大树上，绳子荡来荡去，并且不断地在旋转。

肖子谦身影消失的一瞬间，我的耳中传来“啪”的一声。我凝神一看，肖子谦方才所站之处，凭空多了两排削尖的竹枪。我的脑门立刻惊出一阵冷汗，还没来得及为肖子谦担心，一阵破空之声便由远及近地传来——

几棵大树的缝隙间呼呼地飞来了几排削尖的竹枪，虽然不是很密集，但以我现在的状态，委实是十分危险。

我来不及多想，使劲一荡还在左右晃动的绳子，一排竹枪从我的耳边呼啸着飞了过去。幸好没有伤到。我就势努力摆了摆身子，利用荡起的弧度抓住了绳子，将身体立了起来。

刚刚调整过来，左右两侧又有竹枪飞来，我晃荡着绳子躲开了。受绳子限制，我的活动范围很有限，荡来荡去躲过了几枪之后身子已经不太灵活了。而竹枪好像并没有要停止的意思，一根一根划破空气，呜呜作响着朝我呼啸而来。我眼前一黑，眼见一根竹枪朝我飞了过来，心中顿时大惊。照着现在的滑行轨迹，那根枪可是奔着我的肚子下方去的……我瞬间有些清醒，本来有些疲惫的身体也好像有了气力，我使劲挪动身子，大喊一声，一个上蹿。虽说躲过了要害，可还是被竹枪刺到了。我感觉到一阵钻心的疼，那竹枪狠狠地扎在我的右边大腿上，斜尖已经没入了肉中，我疼得差点晕了过去，手上一松，忽的一下人又被重新倒吊在了半空中。

就在这时，一道黑色的身影“唰”的一声在我的下方出现了，不是肖子谦还能是谁？我已经没有力气去喊了，恍惚间看到肖子谦右手一抖，甩出一个物件，然后便有一道黑色的影子直朝着我的身体上方飞来。“啪”的一声响过后，我感觉身子一沉，直接从七八米的空中头下脚上地栽了下去。

我不知道自己是怎么落地的，也不知道我掉下去之后发生了什么，总之我感觉仿佛睡了很久。醒来的时候，我正斜靠在一棵树下，右腿上缠着一圈厚厚的白色布条。尽管布条看起来很厚，但上面还是有血渗出来的痕迹，整个布条沾染了不少灰土，黑红一片。在我的眼前横七竖八地扔着数十根竹枪，还有几个扎成方形的竹排。肖子谦正背对着坐在我前面一米左右的一根枯树干上，他的手里夹着烟。我异常吃惊地看到那支烟已经被点燃了，徐徐升起的烟雾从他的身边飘起。

他身前不过两米的地方，躺着一人。长须寿眉，瘦削的脸上毫无神色，花白的头发散落一地，即使换了个角度我依旧一眼认出了他——许鹤！之前的一梅仙尊许鹤，那一派仙风道骨的模样已经不复存在，他的胸口流出来的血早已经在衣服上风干凝结，身前的草堆中，胡乱地扔着因为沾染鲜血而显得异常妖艳的黑色梅花，看上去比之前更加古朴、更加厚重。

罗风！当我再次看到他的时候，我的心中一片混乱。这个和我无冤无仇却处处要置我于死地的警察，此时也是狼狈至极。他斜靠在许鹤身边的一棵大树上，眼睛半闭着，胸口一起一伏地大口喘着粗气，浑身上下殷红点点。

“你醒了？”肖子谦依旧头也没回地说道。我点了点头，想稍微坐起来一点，可是刚一用力就感觉到了一阵钻心的疼。

“莫兄，你最好不要乱动，你的伤很严重。”肖子谦淡淡说着，回过头来。一缕烟雾从他的眼前飘起，他的眼神中，透露出少有的桀骜。

“发生了什么？”我用了很大的力气，说出来的话却好像蚊子在叫，可是肖子谦显然听到了，他没有作声，只是转头继续默默地抽烟。

远处，一阵急促的警笛声响起。我看到罗风猛地睁开了眼睛，他狠狠地盯着我们，胸口起伏得更加厉害了，可是除此之外他却没有说什么，也没有做什么，也许是不能。

肖子谦好像没看到一般，很认真地将烟头扔到地上踩灭，站起身来，拂了一把额前的刘海儿，做了一个深呼吸，然后拍了拍身上的灰土。警笛声到了眼前，他对着罗风腼腆地笑了笑，耸耸肩膀低声说道：“对不住了，罗风，如果不是因为这些，或许我们能做朋友！”

一排警车呼啸着在草地上停了下来，第一个走下来的是一个肥胖的身子，一米八几甚至一米九的样子，穿着那件宽大的好像永不褪色的米黄色风衣，头上戴着早已经褪色的草编礼帽，浓眉大眼，肚子微微前挺，手里还捏着烟卷。不是费警官是谁！

我在医院待了五天才勉强可以下床。照医生的话说，幸好是我命够硬，虽然竹枪没有伤到骨头，但是刺穿了整个大腿，一般人的话早就流血过多无力回天了。

这几天中肖子谦来看过我，老费来看过我，兰沙队长也来看过我。他们都对我嘘寒问暖让我安心养病，明知我最关心的还是关于罗风的事，他们却对我只字不提。罗风已被收押审讯，而我却是个外人。

事情本该到此结束，我的使命也算完成了，我完全有理由相信肖子谦的判断是正确的。事情虽然已经解决，我的疑问却没有得到解决。我知道肖子谦想要告诉我，是不需要我问的，可是他一直没有说。我满头雾水，心里总有些不安。我的腿受伤不轻，每天的吊瓶让我昏昏欲睡，多走两步都会疼得颤抖，疼痛让我想那些事情的时间减少了许多。

半个月后，尽管腿上的伤还有点疼，但是只要不是长时间走路就都没问题。这天，肖子谦过来了。他来的时候，我正在院子里散步，老远就看到他的脸上笑眯眯的，我知道他肯定是有事想要告诉我。

肖子谦看着我等着我发问。

“怎么样？今天能告诉我罗风的事情了吗？”

肖子谦呵呵笑着说：“你觉得这件事情会落下你吗？”

我笑着看向肖子谦，等着他下面的话。

“走吧！”肖子谦一摆手，“就等着你了。”

“干什么去？”我嘴里问着，可是脚下没停，跟着肖子谦就往医院外面走去。

“当然是去解决你的疑惑了。”肖子谦头也没回地说。

出了医院，门口停着一辆警用桑塔纳。肖子谦开车，我们一路朝着警局而去。

车停在警局门口的时候，我吃了一惊，什么时候警察局变得这么热闹了？

以前空荡荡的院子里停了不下十辆非警用汽车，还有几个外地牌照的，仅看车牌号就能知道来者身份很不一般。老费的办公室更是热闹，我们走到过道上就已经听见了里面的喧哗声。

当我们站到门口的时候，里面的吵闹声戛然而止，与此同时，好几双眼睛看了过来。老费最先站了起来，脸上带着灿烂的笑容，左手还捏着烟卷，他老远就将右手伸了过来，同时喷出了一口烟雾，嘿嘿笑着说："我说肖侦探，你怎么才来啊，你看看，大家都在等你。"

肖子谦脸上挂着淡淡的笑意，他既没有握手也没有回答，只是环视了左右一下，便抬脚走了进去。

门口的沙发上坐着三个穿着黑西装的年轻人，办公桌对面的凳子上坐了两个警察，老费办公桌的侧面沙发上，坐着一个穿着西装的中年人。看到他的时候我有些纳闷儿，这人怎么看着这么眼熟？随后我仔细想了一下，对了，我在电视上见过这个人。

肖子谦走进去的时候，所有人都站了起来。老费没有理会旁人，径直走到中年人面前，微微低着头说道："李市长，这就是我给你说的肖侦探了。"

李市长脸上表情严肃，他上下打量了几眼肖子谦，朗声说道："就是你抓到的罗风？"

肖子谦未置可否地笑了笑，并没有回答，他转过头去冲着费警官说："是不是可以开始了？"

没想到肖子谦连市长也不打理。我从侧面看到这位市长的脸色很不好看。费警官在一边赔着笑脸搓搓手对市长说："肖侦探就是这性格，他的办案能力我是相信的，李市长你别见怪，这一次……"

李市长抬手打断了老费的唠叨，脸色缓和了一些后，继续对肖子谦说道："年轻人就是挺有性格，不错，希望今天不要让我们失望。"

费警官依旧在搓着手，他嘿嘿笑着说："李市长，那我们就走吧，肖侦探你看，今天我们都是冲着你来的，你可说好了不要让我们……哎，肖侦探，我还没说完呢你怎么就走了……"

我看得只想笑，不过最终还是忍住了。老费什么都好，就是太唠叨。肖子谦这时已经走到了门口，他头也不回地说道："我的时间很宝贵，与其在这里磨蹭，还不如去办点正事。”

我跟着肖子谦走出了办公室，后面的人也鱼贯而出。

审讯室在后面的小楼里，外边看起来其貌不扬，没想到走进去了让我眼前一亮，房间被一道铁栅栏从中间隔开，两边各一套桌椅，桌面干净整洁，似乎是用不锈钢制作，色调挺冷，头顶的天花板上安装了摄像头和录音设备，墙上还有显示温度、湿度的设施，这边有一台电脑，对面的桌子上还有一台显示器，看起来很是先进，所以费警官很是得意，跟在肖子谦等人旁边殷勤地介绍说：“这个电脑采用的是一机双屏，我们民警所做的每一条笔录，嫌疑人都能同时看到并随时提出修改，上面的设备能实现影像的同步传输和储存……”肖子谦漫不经心地听着，我对这些东西也并不感兴趣。冰凉的灯光让整个房间平添几分肃穆。老费招呼着肖子谦坐到桌子旁，又带着其他人走了出去，进入了隔壁房间。我觉得自己待在审讯室里不合适，所以就跟着去了隔壁。隔壁房间也是有好些个电脑仪器设备，光显示器就排了一列，我们进去的时候，几个警察正坐在电脑前，调试着设备。看到我们进去，他们都站起来敬礼，我也算是跟着市长沾了光，点点头算是打了招呼。

从监控室的屏幕上，我们能清清楚楚看到肖子谦此刻所处的房间里的一切，隔壁传出来的声音也听起来异常清晰。

李市长等人坐定后，老费又去了审讯室，透过监控设备，我们听到肖子谦的声音：“费警官，让莫兄过来吧。”

老费微微皱了下眉，不过马上又舒展开来，他朝我示意了一下，然后转身走了出去。我便朝屋内的人笑了下，去了审讯室。

桌子倒是宽大，虽然老费占了两个人的座位，但我们三个坐着也不是很挤，等到我们三人坐定，栅栏里面的门被打开，两名警察带着罗风走了进来。

再见到罗风我有一种异样的感觉，恍惚想到了我们初次见面的情景，一切都好像是刚刚发生……

罗风看起来并没有什么变化，相反比半个月前还精神了不少，他双手被铐着，看到我和肖子谦的时候愣了片刻，然后脸上便出现了嘲讽的冷笑。

肖子谦不以为然，他脸上依旧挂着淡淡的笑：“罗风，又见面了。”

罗风狠狠地瞪了他一眼，在对面的桌子前坐了下来。两名警察退出去之后，罗风眯着眼缓了好一阵子。有几次费警官想要说话，但看了看肖子谦之后又忍住了。大概三五分钟之后，罗风抬头对肖子谦说道：“肖子谦，我和你无冤无仇，你为什么要害我？”

“我有吗？”

罗风有些不镇定，他盯着肖子谦几眼，又看看我，说道：“你们为什么要冤枉我？”

肖子谦没有说话，我嗤笑了一句：“罗风，你开什么玩笑？事到如今还说别人冤枉你？”

罗风没有理会我，他的目光锁定肖子谦，说：“我也是受害人好吧，我说了我是被人劫持到山洞里的，本来我以为你们会救我，却没想到竟如此冤枉我。费队长，这样的蠢话，你也会信吗？”

费警官干笑了两声，转头对着我和肖子谦说：“你们看，这个、这个……还真难办，其实，有时候我也觉得小罗可能是被冤枉的……”

冤枉个屁，我在心里骂了一句。这罗风真是会演戏，他当初在古墓里的说辞和现在可完全不同。

“罗风，我以前当你是个君子，却没想到你也是贪生怕死之辈，敢做不敢当算什么男子汉？”

“什么敢做不敢当？莫顿，亏我以前把你当兄弟，却没想到你也跟着来诬陷我，果真是人心隔肚皮，我算是认错你了。”

肖子谦没有说话，我继续说：“人在做，天在看，罗风你这样有意思吗？”

罗风在对面哈哈大笑：“亏你们有脸说这样的话，肖子谦，我也告诉你，空口无凭地陷害别人，是要负法律责任的。”

老费转过头来，看向肖子谦，有些犹豫地说：“是啊，空口无凭是很难办的，肖侦探，你先把证据拿出来吧。”

肖子谦盯着罗风耸了耸肩膀说道：“好吧，要证据是吗？我满足你！”他说完，手慢慢地抬了起来。

罗风虽然脸上面无表情，盯着肖子谦，但看得出他有些紧张，身体微微紧绷着。

23

肖子谦的手伸出来的时候，手上捧着一个黑色的匣子。

罗风看到匣子的那一刻，表情有些异样，但是一闪之后又马上镇定下来，他怪笑一声："肖子谦，这东西我们见了不是一次两次了，这就是证据吗？"

"这还不够吗？"肖子谦轻轻说着，抚摸着盒子，"你一定知道它的来历吧。"

罗风皱着眉头，而后又松开："在座的人都知道它的来历，你又何必问我呢？"

"不，"肖子谦把盒子放在桌上，"在座的只是知道它是被朱六从古墓里带出来的，却并不知道它和你有什么关系。"

罗风望着肖子谦，平静地说道："它和我是有关系？不过我也只是在朱六他们报案的时候见过而已。"

"我不否认这一点，"肖子谦盯着盒子，"可是在这之前，你比朱六还想要得到它，我说的对吗？"

罗风脸色微变，不过马上释然，又说道："肖子谦，任凭你随便说吧，这些只是你的猜测。"

肖子谦并不计较："如果我说的没错的话，这里面的东西，应该是'百炼钢'，对吗？"

罗风一愣，接着哈哈大笑，说："你说什么就是什么了，反正我不知道。"

费警官饶有兴趣地看着黑色盒子，问道："什么是'百炼钢'？"

"不，你是知道的，你比谁都清楚，"肖子谦没有理会老费，依旧冲着罗风说，“‘百炼钢’的技术在唐代就已经失传了，所以朱家沟的古墓不可能与朱允炆父子有关，朱家沟的传说也只是‘传说’而已，里面也根本没有什么朱允炆或者他儿子的宝藏。至于这点，费警官，你请的专家组已经给出了定论。”

老费愣了一下，点点头说道：“是的，专案组经考证发现，古墓应该是当地朱氏大户的墓，还有那个历史学家好像是说，朱家沟其他的姓氏人群，是明末清初的时候才从四面八方迁来的，其中可能恰巧包含了朱允炆他们身边几个副将的姓氏。”

这么说，专家组已经找到了古墓？朱氏大户？那里面的机关能是一般大户能设置得起的？再说了，“百炼钢”技术可是在唐朝之前的，墓中有“百炼钢”，那肯定应当是唐朝之前的古墓，为什么还会说是朱氏大户的呢？难道是墓的信息不能被公开？或者，还是……

我不想继续再想！总之，不论那座古墓与朱允炆父子有没有关系，既然官方这么说了，我们也就只能这么接受，而且也必须这么认为。

肖子谦听了费警官的话后略略皱了皱眉：“古墓是什么年代的，我不想深究，”看来肖子谦也意识到了什么，“不过，里面的这个东西，我想罗风你一定不陌生。”

罗风嗤笑一声：“你在说什么呢？这些，跟我有关系吗？”

“有！”肖子谦继续说道，“盒子里的古剑是什么朝代的跟你没关系，但是它上面的东西就跟你有关系了——”

肖子谦一顿，我看到罗风的脸色忽然出现了变化，他的脸上神色阴晴不定，最后低下头一直盯着桌面。

“这把古剑应该是西汉时期的东西，你不用辩解，我已经找专家鉴定过了。它上面的图饰是一只犬，但不是一般的犬。”肖子谦顿了片刻，忽然说道，“盘瓠，你不会陌生吧？”

罗风猛地睁大眼睛盯着肖子谦，却半天都没有说话。

肖子谦依旧淡淡地说道：“我一直怀疑这是某个地方重要的图腾，后来看了你的档案，我终于明白了。罗风，你是苗人！”

罗风狠狠瞪着眼睛，咬牙说道：“那又如何？”

肖子谦继续笑道：“你们这一支苗人应该是盘瓠氏一族的后代，一千多年前迁到你们现在的住所，这个东西——包括上面的图案正是盘瓠氏的图腾，我说的没错吧。”

罗风咬着牙盯着肖子谦看了半晌，愣是从牙缝中挤出了几个字：“无稽之谈！”

肖子谦并不气恼，他依旧笑着，重新把盒子放到桌子上，又随手拿出一本书来，正是前些日子他从柳明嫂子那里买来的册子。

“我估计这本册子你还很陌生，不过没关系，我来告诉你吧。这是一本宗教的手册，也是他们几个从那座古墓里面带出来的。你杀了周大和周清之后，可能没有留意到它。没想到吧，正是这个册子让我明白了一些事情。也是我们运气好，这个册子是和你们氏族有关的。它上面明明确确记载了这个黑色古剑的出处，还有……盘瓠氏一族的图腾。”

罗风听到此处，眼睛忽然睁大了。

肖子谦依旧淡淡地说道：“很后悔吧，这本册子和你要得到的东西的价值不相上下。要不是它，也许刚才我说的真的只是无稽之谈，可惜了，罗风！你要不要看看呢？这么多年过去了，你为了得到它处心积虑、改名换姓，做警察恐怕也是为了这个东西吧。如果那几个人没有死的话，也许我应该成全你的。”

罗风这次没有说话，只是呆呆地盯着黑色盒子和那本线装书。

“好了，说说朱家沟这几个村民的事情吧。那座古墓里其实并没有什么诅咒，朱六的死，应该算是意外，对吧，莫兄！”

肖子谦转过头来看着我，我一愣，怎么还有我的事？我一想，也对，那什么猎犬不是被我一枪就招呼得无影无踪了吗？不过是一只野兽而已。于是我点点头说道：“那确实只是一直普通的野兽，不过样子凶猛了一些罢了。”

肖子谦接着说：“古墓中根本没有什么诅咒，在朱六他们进去之前，那个古墓应该已经被野兽给占据了，当然那只野兽也很幸运，因为在它占据那座古墓之前，那座墓里的机关经过了千百年，已经被损毁了。所以它才能把那里当成了自己的老巢。而朱六他们不幸运，恰恰遇到了那只野兽。而你，罗风，应该在那个时候已经得到了消息，并且看到了朱六带出来的这个盒子。”

肖子谦看了一眼罗风，又继续说道：“起先，我很疑惑为什么你找到了盒子却没有带走呢，在我和莫兄去了几趟朱家沟之后我才明白，原来不是你不想带走，而是你根本没有机会带走。朱家沟的村民和你一样，他们守护着一个传说中的秘密，所以对外人异常排斥，因此你根本没有机会得到这个盒子。朱六死后，柳明又偷偷地把盒子捡了回来。”此刻罗风已经微微垂下了头，但是我知道他一定是在认真听着肖子谦的每一句话。“而这个盒子却让柳明为此丧命，柳明应该是你杀的吧。罗风，是不是因为他不愿意把盒子给你呢？”

“其实以你的身手，完全可以在杀了柳明之后拿着盒子一走了之的，可是你没有这么做，我想原因有两个：第一个就是在那个时候你出现在朱家沟，被村民发现了。只要有人死了，他们一定会怀疑到你头上。凭你的聪明，肯定不会坐以待毙的，这时候你想到了一个脱离干系的方法，诅咒杀人！对吧？”

罗风依旧咬着牙，盯着肖子谦冷笑道：“你说什么就是什么了，诅咒不诅咒的我不知道，难道你们没有去过古墓里面吗？”

“我们是去过，我相信你也去过，古墓里面的机关早已经损毁了，可是当初柳叶说那几幅壁画很显眼。我当时就有了疑问。进古墓后我特意去看了，壁画是用特殊的荧光粉画成的，在光线照耀下会形成一连串动态的映像，而这种技术在西汉时期尤其盛行。朱六的死可能真的是个意外，可是当你见到这个盒子后，后面就不是意外了。罗风，在朱六死了以后，你就去过那里了，对吧？你为了证明盒子里面真的是你想要的东西，迫不得已才会拉上许鹤，你一定许给他什么好处了吧！是钱？还是其他？”

罗风定定看着他，却并不说话。

肖子谦微微一笑，继续说道：“当你看到那些壁画的时候，你就产生了借助诅咒来做文章的想法，你想让别人以为柳明真的是被诅咒杀害的，从而帮助你更加轻易地得到盒子和它里面的东西。当然第二个原因是你当时还没有确定这个盒子里面的是不是你要的东西，不想暴露得太早。罗风，你要是不这么犹犹豫豫，兴许你真的已经成功了。”

罗风此时抬起头来，望了一眼肖子谦，眼睛里红红的。

“那个人是周清吧，”肖子谦接着说，“我一直疑惑周鹏和周清都已经年龄不小了，两个人在一起那长时间为什么还不结婚呢？原来不是不想而是不能。周清不能和周鹏结婚，因为周清家是祖传的秘密守护家庭，女性守护者是不能嫁人的。罗风，这个你应该早就知道了吧。”

罗风的神态萎靡不振，他的头垂在桌子前，没给出任何回应。

“现在，我们说说桂花嫂子吧，她为什么会死呢？大家都以为他是因为柳明的死受到了很大的刺激而自杀，可是你应该比谁都清楚吧。我记得当初在朱家沟的时候，莫兄有些疑问，对吧？”

肖子谦转过头来笑呵呵地看着我。我愣住了，又仔细一想，确实是这样。“我记得那天下午我感觉有些奇怪，一直觉得森林里有些古怪，没想到第二天就出事了，可是这与桂花嫂子的死有什么关系呢？我记得当时法医的鉴定结果是：桂花嫂子是半夜十二点到两点的时候死亡的，这与那天下午有什么关系呢？”

肖子谦依旧呵呵笑着，他盯着我，没有说一句话。我觉得怪异，想了片刻随口问道：“难不成桂花嫂子那天下午就在那里挂着了？我们当时就应该去里面看看啊。”

“正是！”肖子谦接口说道，“桂花应该是知道了什么，被你灭口的吧？至于法医鉴定的死亡时间，也应该是你使了手段吧？”

肖子谦盯着罗风，我相信所有人都在听着肖子谦讲故事。

“好了，再说朱家沟确实很奇怪，在我去了几次后终于知道了，他们不允许年轻人出去，也规定出去的年轻人不能再回来，否则这一家都会受到严厉的惩罚。他们村口一直是有哨岗的，外人出入都会被暗中监控，除非排除了嫌疑，否则你不可能带走村子里面的一草一木。”

“柳明死后，让你没想到的是，他们竟然报案了。我一开始就想他们是在H县报案的，怎么一转眼就被送到了市里。因为莫兄曾经说过：自己不能完成的事情，不会无缘无故推给上级去做的。你害怕事情败露，知道他们报案了以后，便插手将案子揽到了你那里。你想就近去处理这件事，却没想到这是欲盖弥彰，费队长也因此找上了我。你觉得事情严重，只能进一步在诅咒上做文章，朱颜的死，正好成全了你把我们往诅咒上引导的目的。”

“可惜后来，那个盒子一直在我的手里，所以你更没有机会拿走了。所以，你想让周大帮你。可惜，你找错人了，周大是个老实人，他从来不干那些下三烂的事情，他拒绝了你，你害怕事情败露，就将周大残忍地杀害了。最可怜的是柳叶，她不过是看到了你杀死周大的事情，便被你送进了早已经布置好的绳索。”

“罗风，你还要狡辩吗？”肖子谦声音不大，很严肃说地道，“如果你问心无愧的话，需要用假死来脱身吗？当初看到你的尸体的时候，我真的以为自己猜错了，但是莫兄偶然间提醒了我，即使有人穿上别人的衣服扮成那个人，那也是没用的，因为即使身材和相貌都一样，人与人之间的气质也不一样。”

原来我不经意间的一句话竟然帮了他大忙。

罗风的头垂得更低了，我看到他的眼睛红红的，仿佛瞬间老了十岁。

“还要我继续说吗？”肖子谦又恢复了淡淡的笑意，“你想借着诅咒杀人的噱头，假借老费之口让我停止调查。可惜，罗风，你不太了解我，我认准的事情，一般不会轻易放弃的。”

罗风再抬起头来的时候，已经没有了先前的桀骜，满脸无奈和颓废。

“不过，罗风，我知道你也不会轻易放弃的，就算我退出了，可是你要的东西还在我的手里，你会放弃吗？你不能放弃，所以你便想到了用假死来金蝉脱壳。你手上有那么多的人命，这个应该也不难做吧？”

罗风颓然失色，身子软软地趴在桌子上。

“只可惜了，”肖子谦依旧淡淡地说道，“可惜许鹤却因为你做了地下亡灵，恐怕他到死也不知道究竟跟着你，是为了什么目的吧？”

肖子谦说完这句，长长舒了一口气：“我说完了，罗风，还有什么要补充的吗？”

罗风依旧一动不动地趴在桌子上，足足有近十分钟。就在我以为他已经咬舌自尽的时候，他慢慢地坐了起来，冲肖子谦笑了：“肖子谦，我佩服你！事情都被你说了，比我经历的还要详细，不过，也谢谢你，我从来没有像现在这么轻松过。”

肖子谦依旧笑着点点头，等着他继续说话。

罗风顿了顿，盯着眼前的桌子，良久，慢悠悠地说道：“我从出生的时候，就已经注定了我这一生不能为自己而活。这么多年了，我所做的一切努力都是为了它。你们都不可能理解的。可是终究在我就要得到的时候，它还是失去了。或许这就是命吧！”

罗风苦笑一下，接着说道：“是的，我是苗人，也是盘瓠氏族的后裔，我们的族人已经所剩不多了，我从记事的时候起，族人就将希望寄托在了我的身上，可怜，我是完不成了。”

我听得有些伤感，肖子谦却依旧是一副平静的模样，不知道他做何感想。费警官似乎因为案子破了而显得十分高兴。

罗风停了一会儿，继续说道：“我的家族是一个古老的家族，家族的历史和秘密，你们没有权利知道，至少现在还没有。他们一直与世隔绝，我的使命是寻找先祖留下的图腾。这么多年，你知道我是怎么过来的吗？隐姓埋名，背井离乡，我没有过过一天正常人的日子。我寻遍了所有可能的线索，终于知道了它大致的方向。我费尽周折来这里做了一名警察，可是事情远远没有我想得那么容易。我以为警察的身份能让我很快得到它，可是这么多年过去了，我依旧一无所获。幸亏得到了一梅仙尊的帮忙，我才知道了稍微具体的地点，可是我没想到，朱家沟的人竟然和我们家族人一样，过着与世隔绝的生活，还定下了那么烦人的规矩。”

罗风表情一变，继续说道：“本来我以为我这辈子是完不成使命的，可是朱六的死让我重新看到了希望。没错，当我第一次看到那个黑色盒子的时候，我已经隐约感觉到了，那就是我要的东西。可是，后来你出现了，肖子谦，要不是你，我可能已经完成任务了。”

罗风说完，定定地望着肖子谦，肖子谦问他：“为了它，害死那么多人，值得吗？”

“值得，”罗风没有片刻犹豫地回答道，“如果没有得到它，就是活着，也没有什么意思，还不如死了。”

我实在忍不住插了一句嘴：“可是，那么多无辜的人陪着你死，他们如何解脱呢？”

“他们的死，又何尝不是一种解脱呢？”罗风依旧淡淡说道，“他们同样有自己的使命,我能体会到他们的日子,他们为自己又真正地活过几天呢?与其行尸走肉一般地消磨生命，还不如死了。”

“不，你错了。”肖子谦轻轻说道，“朱家沟的人远远没有你那么执着，到了他们这一代，他们的使命感早已经淡化了许多，他们活着也并不是只为了那个使命而消磨时间，也有很多人做回了自己。或许你是值得敬佩的，可是错了就是错了，又何必再找什么理由呢？”

没有缘由，我想起了朱畅。

罗风沉思了好大一会儿，他笑了，对肖子谦说道：“好了，我认了，杀人偿命，我无话可说。肖子谦，我知道你绝对不是一般人，从我见你的第一次我就知道了。你和我有太多的相似，你背后的秘密肯定要比我多得多。不过肖兄弟，我替你惋惜。如今我已解脱，可是你、你不一定能获得解脱。”

我听到他这话，像是听到了一种无稽之谈。再看肖子谦，他脸上的笑容定在那一刻，良久都没有言语。我忽然觉得眼前的肖子谦离我好远，变得那么陌生。

走出警局，肖子谦的脸上依旧很平静，但是我明显感觉到此刻的他和以前并不一样了。我问道：“肖兄弟，我真心佩服你，认识了你，处处是奇迹。”

肖子谦转过头看了我一眼，表情并没有丝毫变化，然后又转过头去，慢慢悠悠地踱着步子。

我问道：“肖兄弟，你是不是也对罗风感到惋惜？那个，他最后说的你别当真……”

肖子谦忽然停下脚步，吓了我一跳。他转过头来，看了我一眼，问我：“莫兄，你替罗风惋惜？”

“是啊，”我心中松了一口气，“不是要完成什么使命吗？还没完成就被抓了，这次不死才怪呢，怎么着也挺惋惜的。”

肖子谦垂着脑袋，片刻之后说道：“罗风并不需要惋惜，我能体会到他的生活，也许他的生命本来就不属于他自己，死了才算是真的解脱了吧。”

说到这里，肖子谦长长叹了一口气，又转身慢慢朝前走着，仿佛是对我说，又仿佛是自言自语：“秘密，哪个人的背后能没有秘密呢？”

我愣了好久，脑子里空荡荡的，眼看肖子谦远走越远了。我赶忙追上去问道：“罗风的事情了了，接下来你有什么打算呢？”

他皱了皱眉头，忽然大笑了起来，这一刻，我感觉周围的空气好像都流畅了许多。

“是啊，突然感觉没事做了，不过我好像发现了一个好地方。”

“哪里？”

肖子谦一笑，淡淡说道：“朱家沟！”

“朱家沟？”我一愣，“那里还有什么好研究的呢？我们不是已经去过几次了？再说了，你刚才不是也说了，他们自己已经淡忘了自己的使命，你再去研究还有什么意思呢？”

“不，”肖子谦郑重地说，“朱家沟的秘密绝对不比罗风的秘密简单，我们去了那么多次，不过是碰到了一点皮毛。你忘了那个老太太了吗？莫兄，我有一种感觉，朱家沟的事情绝对没有这么简单，还有那座古墓。专家组不可能不知道‘百炼钢’的事情，他们刻意隐瞒和误导，难道你不觉得奇怪吗？”

我点点头：“是挺奇怪的。”

肖子谦又好像自言自语道："这个案子虽然了结了，可是我觉得我的工作才刚刚开始。朱家沟的很多谜团到现在都毫无头绪。我总感觉，朱家沟的秘密，将会改变历史。"

我怔怔地看着他，他忽然转过头来轻轻一笑，说道："莫兄，有兴趣吗？"

我虽然不知道自己能帮着他做什么，但我相信，此后的每一天一定也会非常精彩。我深吸一口，打起精神说道："必须的啊，哈哈……"

抬头看，日影西沉，天边闪过一道红光。